KB121719

유방암이지만 괜찮아

유방암이지만 괜찮아

다시 태어난 마흔, 당당하게 때로는 담담하게

타샤 용석경 지음

저의 소소한 이야기가 누군가에게 무엇이 되기를

병원 나이 마흔에 유방암 진단을 받았습니다. 항상 웃고, 긍정적이고, 건강했던 저는 어느 날 갑자기 암환자가 되었습니다. 워킹맘으로 열심히 달리던 삶이 한순간에 멈춘 듯했습니다. 막막함과 두려움. 하지만 마음을 추스를 겨를도 없이 정신없이 이어진 검사와 진료. 2020년 10월 진단, 1년여에 걸친 표준치료를 마치고, 지금은 호르몬 치료를 받고 있습니다.

암환자가 된다는 건 한 번도 경험해보지 못한 새로운 세계에 들어서는 느낌이었습니다. 물어볼 데도 없고, 듣거나 배운 적이 없는 것들을 선택하고 몸으로 겪었습니다. 치료를 돕고 응원하는 가족과 친구, 의료진이 있지만 마지막 결정과 치료의 시간은 온전히 환자의 몫입니다.

한 해 2만 5천 명, 매일 70명이 유방암 진단을 받습니다. 지금 이 순간에도 어느 누군가는 '유방암입니다'라는 말에 세상이 무너진 듯한 절망감을 느낄 겁니다. 제가 그랬던 것처럼요. 갑자기 맞닥뜨린 이 상황이 두렵고 무서울 동생, 친구, 언니, 어머님을 위해 저의 경험을 나누고 싶습니다. 매번 수수께끼 풀 듯, 스무고개 넘듯 정보를 찾아 헤매는 수고로움도 덜어드리고요.

진단 3개월 즈음, 누군가는 저처럼 힘들지 않기를 바라며 블로그에 글을 쓰기 시작했습니다. 저의 치료기록과 에피소드, 그 과정에서 알게 된 정보들, 느낌과 생각을 기록했습니다. 막 진단을 받은 환우들이 글을 정주행했다고 남긴 댓글에 가슴이 뭉클했습니다. 애틋한 마음으로 환자를 돌보는 보호자들을 보며 가족의 소중함을 깨닫기도 했습니다. 함께 나누는 것만으로도 위로가 되고, 귀한 인연을 만나고, 힘을 얻는 소중한 경험을 했기에 감히 용기를 내었습니다.

아직 5년 완치 판정을 받지 않았는데, 제 경험을 출간해도 될지 많이 고민했습니다. 다만 처음 진단부터 치료의 기억과 느낌, 일상으로 돌아가는 떨리는 마음은, 바로 지금 가장 잘 담아낼 수 있을 것 같았습니다. 초보 환자로서의 기억이 무뎌지고 희미해지기 전에 차곡차곡 기록하고 정리했습니다.

병원 선택은 어떻게 하는지, 두려운 마음을 어떻게 추스를지, 어떤 검사를 받는지, 항암 치료는 어떻게 견디는지, 달라진 일상으로 돌아가는 게 어떤 느낌인지 이야기해주고 싶습니다. 이미 겪어본 선배들에게는 별 내용이 아닐 수 있지만, 적어도 2년 전의 저처럼 유방암 진단으로 마음이 무너진 누군가에게 도움이 되었으면 좋겠습니다. 처음 암과 맞닥뜨렸을 때는 가족도, 일도, 스스로도 무너진 것 같았지만, 잘 견뎌내고 지금 이렇게 새로운 삶을 살아가고 있으니까요. 치료를 잘 마치고, 새로운 일상에 잘 스며든 뒤에, 후배들에게 건네줄 수 있는 책이 되기를 바랍니다.

이 책은 유방암 진단과 검사, 표준치료(수술, 항암, 방사선), 표준치료 이후 이야기, 알아두면 유용한 유방암 관련 정보로 구성되어 있습니다. 표준치료 부분까지 읽으면 치료가 어떻게 진행되는지 대략적으로 이해할 수 있습니다. 지금 치료 중이라면, 현재 받고 있는 치료 부분부터 읽으셔도 됩니다. 표준치료 후 호르몬 치료와 몸과 마음이 일상으로 돌아오는 과정도 생각만큼 쉽지 않았기에 별도의 파트로 구성했습니다.

유방암 진단으로 딸로서, 엄마로서, 언니로서, 주부로서, 직장인으로서 평온하던 일상에 변화를 맞은 모든 분, 소중한 가족과 친구를 돌보고 이해하고 싶은 보호자들께 도움이 되었으면 하는 바람입니다. 특히 어린 자녀를 둔 엄마 환우, 워킹맘들과 마음을 나누고 싶습니다. 어린 자녀에게 저의 진단 사실을 어떻게 이야기할지 막막함, 생각지 못했던 병가 휴직과 복직에 대한 두려움은 몸의 치료 못지않게 중요한 일들이었거든요.

책에는 저뿐 아니라 다른 환우들의 경험이 담겨 있습니다. '제'가 아니라 '우리'의 이야기를 담기 위해 많이 보고 듣고 묻고 찾았습니다. 후배 환우들을 위해 아픈 몸으로도 아낌없이 경험을 나누고, 지혜를 모아준 홍덕사 12인방과 모든 환우들께 감사 드립니다. 항상 응원과 지지를 보내주신 블로그 이웃님들과 친구들, 네이버 카페 '유방암 이야기', '6개월의 기적' 회원분들, 심리상담 <마음미소> 동기들, 핑크아미 전우들, 미코80 친구들에게도 감사드립니다. 힘든 시간을 함께 울고 웃으며 응원해 준 모든 분 덕분에 저의 전투는 외롭지 않았습니다.

수술실 앞에서 더 긴장해서 제 손을 꼭 쥐던 착한 남편, 1년 사이에 엄마와 아내가 모두 유방암 환자가 되었지만, 잘 이겨내고 곁을 지켜주어서 고맙습니다. 앞으로 평생 왕비처럼 모셔주면 더 고맙겠습니다. 홀로 애지중지 키운 고운 딸을 잃을까 마음 졸이며 매일 건강식을 만들고, 딸의 5년 완치 의지를 불태우는 친정 엄마 이경연 여사님, 젊은 자식이 먼저 아파서 미안하고 사랑합니다. 유방암 1년 선배이신 시어머님. 앞으로도 나란히 함께 건강길만 걸어가기를 기도합니다.

제 삶의 원동력이자 기쁨인 호승이, 희진이. 엄마의 빈자리에도 밝고 씩씩하게 기다려줘서 대견하고 고마워. 너희들에게 시련을 이겨낸 단단한 엄마, 누군가에게 도움이 되는 멋진 엄마가 되고 싶은 마음이 가장 큰 힘이 되었단다. 엄마가 많이 사랑해!

유방암 4기를 잘 치유하고 이겨낸 편집자 카덴자님, 항상 응원해 주시고 제 이야기가 책으로 세상과 만날 수 있도록 도와주셔서 감사합니다. 유방암 치료로 맺은 소중한 인연 미연이. 부종 방지 압박 붕대를 하고 일러스트를 해준 그 마음과 정성을 잊지 않겠습니다. 덕분에 유방암을 경험한 그녀들이 쓰고, 그리고, 만든 소중한 '우리의 책'이 되었습니다.

지금 이 순간에도 갑작스러운 진단으로 당황하거나, 치료로 힘든 시간을 보내고 계신 분들, 고비고비 힘든 순간이 오더라도 좌절하지 마시고 잘 견뎌내길 응원합니다. 과정은 힘들지만 시간이 지나면 몸도 마음도 행복한 일상으로 돌아가 있을 거예요.

동화 속 '오래오래 행복하게 잘 살았습니다'라는 말이 얼마나 소중한지 이제야 깨달았습니다. 무병장수는 놓쳤지만, 일병장수를 목표로 오래오래 행복하게 잘 살기를 꿈꾸어 봅니다.

2022년 9월 타샤 용석경 씁니다

암을 극복하고 치유해 나가는 길에 들어선 환우들에게 단비같이 반가운 책

전미선 교수
아주대학교병원 방사선종양학과

자신의 유방암 진단과 치료과정을 생생하게 기록으로 남긴 용석경님께 감사의 말씀을 전합니다. 매일의 경험을 일기로 썼다고 하지만, 자신의 몸과 마음의 변화를 그대로 드러내기는 쉽지 않기 때문입니다.

읽는 내내 스스로가 유방암을 진단받고 치료 과정을 겪는 것처럼 느끼게 쓴 필력도 대단합니다.

실제 경험을 기반으로 그때그때 필요한 다양한 정보를 곁들여서, 처음 유방암 진단을 받은 환자나 보호자가 혼자서 끙끙거리지 않고 도움을 받을 수 있는 방법과 내용을 알려주는 보물 같은 책이라 생각합니다.

특히 암 진단 후 육식 섭취에 대한 두려움으로 인해 경험해보지 않았던 채식을 선택하는 경우가 많습니다. 저자는 단백질 섭취의 중요성을 강조하며, 적절한 섭취를 위해 어떤 노력을 하는지, 어떤 음식에 얼마나 포함되어 있는지를 잘 설명해 주고 있습니다.

특히 어린 자녀들에게 엄마의 암 진단 사실을 전하는 과정은 젊은 환자들에게 도움되리라 생각합니다. 아이들에게 알려주는 것이 좋다고 들었지만, 막상 실제로 전달하기는 쉽지 않기 때문입니다.

이처럼 다양하고 세밀한 경험과 조언은 암을 극복하고 치유해 나가는 길에 들어선 많은 환우에게 단비 같은 반가움으로 다가올 것이라고 생각합니다.

다시 한 번 본인의 경험을 좋은 글로 나누는 용기에 찬사를 보냅니다.

차례

Part 3. 임상, 강제 소환된 마흔 살의 갱년기

Part 4. 수술이 제일 쉬웠어요

Part 5. 치료의 클라이맥스, 항암산을 넘다

Part 6. 방사선 치료, 하나도 남김없이 불태우리라!

Part 7. 다시 일상으로, 끝날 때까지 끝난 게 아니다

Part 1.

그러니까 내가
유방암이라고? 내가?

part 1 | 그러니까 내가 유방암이라고? 내가?

유방암이 의심되어 검사와 진단을 받은 며칠은 내 인생 중 가장 드라마틱했다. 하루하루 기록을 남겨둘 정도로.

진단 D-5 • 가슴에 멍울? 이건 뭐지? (2020.10.11.일)

일요일 저녁 샤워를 하려고 옷을 벗는데, 순간 가슴에 멍울이 만져진다. 한 번도 느껴본 적이 없는데 조금 딱딱하고 아프다. '어랏, 뭐지?' 살짝 당황하긴 했지만 평소 건강한 편이라 대수롭지 않게 여겼다.

진단 D-4 • '유방외과'를 알게 되다 (2020.10.12.월)

매번 반복되는 워킹맘의 정신없는 월요일. 이른 아침 회의 후 밀린 업무 메일을 확인했다. 폭풍 같은 오전을 보내고, 밤새 찜찜했던 멍울 때문에 점심시간에 집 근처 여성병원에 전화했다. 이럴 수가, 초음파 검사 예약이 한 달 대기란다. 검사하려는 사람이 이렇게 많다니. 유방 멍울은 증상이 있을 때 바로 진료를 보는 게 좋다고 얼른 다른 곳이라도 알아보란다. 그런데 도대체 어떤 병원에 가야 할지 모르겠다.

"혹시 어떤 병원으로 가야 되나요? 산부인과? 외과?"

정답은 '유방외과!' 난생 처음 들어봤다(집 근처에 대문짝만하게 붙어 있는 유방외과 광고가 진단 후에야 눈에 들어왔다). 다행히 다음날 오후 4시 반으로 예약이 됐다. 혹시나 친구들에게 이야기하니 아프면 암이 아니니까 오버하지 말라며 핀잔을 준다. 멍울 한두 개 없는 사람이 어딨냐며.

진단 D-3 • 왠지 불길한 예감과 조직검사 (2020.10.13.화)

검사 때문에 일찍 퇴근해야 하는데 가는 날이 장날이라고 갑자기 업무가 쏟아진다. 아직 마음은 푸릇한데 회사에서는 나이로도 연차로도 이미 평균 이상인 중간 관리자 타이틀을 달고 있다.

위에서는 '짜잔~' 하고 주문만 하면 멋진 요리를 뚝딱 만들어 내기를 바라는데, 현실은 똘똘하고 의욕 넘치지만 아직 경험이 부족한 후배와 매뉴얼을 건네며 잘 만들어보라는 상사 사이에 낀 나. 둘러보아도 업무를 대신할 사람이 없다.

평소라면 당연히 병원 예약을 미루고 어떻게든 일부터 마무리했을 텐데. 미련할 정도의 우직함과 성실함이 두 아이를 낳고도 17년째 회사에서 굳건히 자리를 지키는 힘이었으니까. 하지만 왠지 불길한 예감에 그날만큼은 컴퓨터를 끄고 냅다 병원으로 향했다.

유방 엑스레이 검사. 기계에 밀착시키기 힘들 정도로 빈약한 사이즈라 그런지 고통스럽다. 당기고 누르고 촬영하고. 멍울이 보인다고 유방초음파 검사를 권했다. 초음파 사진을 보며 설명을 하는 의사의 표정이 심상치 않다. 크기는 2.3㎝. 모양이 너무 좋지 않으니 바로 조직 검사를 하잔다.

내가 아는 그 조직검사? 드라마에서나 본 그거? 그렇게 삽시간에 생각지도 못한 조직검사를 했다. 그 와중에도 마취라는 말에 겁에 질린 눈빛으로 물었다. "이거 안 아파요?"

그때까지 내가 아는 고통의 최대치는 물리적인 아픔이었다. 지금 생각하면 참 어처구니 없지만 당시에는 내가 암환자가 될 거라는 생각은 전혀 하지 못했다. 그러니 심각한 조직검사의 순간에도 마취 주사가 더 무서웠다.

탕- 탕- (유방암 진단에 많이 쓰이는 총검사였다.)

결과는 빠르면 금요일. 수납을 기다리는데 간호사가 유방암 책자를 손에 쥐여 준다. 그제야 내가 처한 상황의 심각성이 희미하게나마 느껴졌다. 알 수 없는 두려움. 주차장으로 내려오는 길에 왈칵 눈물이 났다. 그래도 단순하고 낙천적이라 별일 아닐 거라며 다 괜찮을 거라며 다시 태연하게 일상으로 돌아왔다. 불과 한 시간 사이에 인생이 뒤바뀌는 엄청난 일이 벌어졌다는 걸 그때는 알지 못했다.

진단 D-1 • 받지 못한 전화, 커지는 불안 (2020.10.15.목)

병원 진료로 인한 잠깐의 업무 공백은 고스란히 돌아왔다. 융단폭격처럼 이어지는 긴급한 업무. 무에서 유를 창조해야 하는 압박감. 급기야 오후 4시에 받은 금일 퇴근 전 보고 지시 메일. 보고 방향을 잡기 위해 어떤 배경에서 시킨 건지, 필요한 자료가 무엇인지, 연락해야 할 핵심부서와 담당자가 누구인지, 어떤

식으로 자료를 편집하고 구성할지. 머릿속은 멀티플레이를 하느라 부산했다. 급기야 급한 업무 전화를 하느라 휴대폰 진동이 울리는 걸 보고도 받지 못했다.

오후 5시 50분에 찍힌 부재중 번호는 병원. 저녁 8시 어둑어둑한 퇴근길, 놓친 전화가 자꾸 떠올랐다. '빨라야 금요일이랬는데, 왜 굳이 그 시간에?' 괜찮다고 애써 눌러왔건만 마음 한켠에서 불안함이 스멀스멀 되살아났다.

진단 D-Day • 유방암 환자가 되다 (2020.10.16.금)

왠지 모를 불안함에 휴가를 냈다. 전날 급하게 마무리한 업무로 분명 아침부터 시끄럽겠지만 생전 느껴보지 못한 불안함이 나를 잡아끌었다. 8시 50분, 병원에 연락하니 예약 없이 바로 내원하라고 한다.

"조직검사 결과 암입니다. 당황스럽고 힘드시겠지만 치료 받을 병원을 고르면 첫 예약은 도와 드릴게요."

고통스러운 소식을 전달하는 게 힘들고 난처한 듯, 나보다 더 긴장한 표정의 의사는 눈을 마주치지 못하고 이야기한다.

순간 머리가 멍해졌다. 내가 암이라고? 가족력도 없고, 건강검진도 꼬박꼬박하고, 아이도 둘이나 낳고, 1년씩 모유 수유도 하고, 체중은 20년 전부터 똑같고, 건강식을 즐겼는데, 도대체 내가 왜? 병원을 선택하라고? 어디를? 누구를? 내가 어떻게 알고?

순식간에 쓰나미처럼 몰려오는 생각들. 정작 그 앞에서는 놀라지 않은 척, 태연하게 1년 전 시어머님이 유방암 진단을 받으셔서 절차는 알고 있고 병원을 정해서 연락을 하겠다고 했다. 병원을 나와서 인생 친구인 지니에게 전화했다. 담담히 전하려고 했는데, 울음이 터졌다. 말을 잇지 못하고 전화를 끊었다.

근무 중에는 생전 연락을 하지 않던 남편에게도 계속 전화가 왔지만 받을 수가 없었다. 잠잠하던 호수에 돌이 던져진 것처럼 마음은 요동치고 기계적으로 집으로 돌아오는 길, 머릿속은 온통 새하얗게 텅 비어갔다. 집에는 엄마가 아이들을 돌보러 와 계셨고, 오후에는 두 달이나 대기한 딸아이의 병원 예약이 잡혀 있었다. 암환자이기 이전에 엄마니까 정신을 차려야 했다.

눈물을 꾹 참고 집으로 돌아와, 내색하지 않고 평소처럼 엄마와 차를 마시고 이야기를 나누었다. 쿵닥쿵닥. 몸과 마음이 분리된 것 같다. 몸은 태연하게 일상인 척하는데, 마음은 온통 어느 병원에 가야 하나 고민으로 가득 찼다. 1년 전 시어머님의 유방암 진단으로 가족들과 같은 고민을 했었지만, 내가 당사자가 되어 결정하는 것과는 또 달랐다. 살면서 한 번도 생각해보지 못한 것들이 한꺼번에 몰려들면서 마음이 휘청거렸다.

통원 횟수가 많으니 교통이 편해야 하고, 혹시나 치료가 복잡해질 수 있으니 대형 병원이면 좋다. 최초 진단을 받은 곳에서는 서울아산병원이 협력 병원이라는데 교통이 좋지 않다. 서울대 병원은 더 멀고, 가까이 있는 분당서울대병원은 분원인데 괜찮을까. 기억을 곰곰이 떠올려본다.

1년 앞서 유방암 진단을 받았던 시어머님은 수술, 항암, 방사선 치료 외에도 검사와 진료를 위해 수시로 병원에 가셨다. 집에서 가까운 칠곡 경북대 병원을 택한 건 그 점에서 도움이 되었다. 연세도 있으시고, 항암 8차에 방사선 치료 30회까지. 매번 대구에서 서울을 오가며 치료받기에는 체력적으로 많이 힘드셨을 것 같다.

우선 통원이 용이한 분당서울대병원으로 예약했다. 진료는 일주일 뒤. 진단 당일 오후 1시, 국민건강보험공단에서 산정 특례 등록을 알리는 메시지가 왔다. 끊임없이 부인하고 싶었던 사실이 명확해졌다.

암환자가 되어도 그 순간을 기점으로 삶이 바뀌지는 않았다. 해야 할 일들은 여전히 있었고 일상은 무심히 흘러갔다. 딸아이 진료를 보는 동안 정신없이 다른 병원도 알아보았다. 혼란 그 자체. 이유 없이 시도 때도 없이 눈물이 터져 나온다. 억울함 두려움 서러움 당황스러움. 아픈 사람이 얼마나 많은지 병원 예약 전화는 항상 대기중이다. 10분을 기다려도 통화가 안 되고 조바심이 난다. 결국 친구의 도움으로 우여곡절 끝에 예약을 마쳤다.

곰처럼 둔한 남편도 무언가 이상했던지 계속 전화가 왔다. 집에 돌아와 마주한 남편. 담담하게 말을 꺼내려 했는데 속절없이 무너졌다. 암이라고 말하는 동시에 남편에게 안겨서 엉엉 울었다. 1년 전 어머니가 유방암 진단을 받고 이제 막 치료를 마쳤는데, 다시 아내가 진단을 받았다. 세상에서 가장 사랑하던 두 여자가 같은 병을 겪게 된 이 상황을 남편은 어떻게 느꼈을지. 아직도 그 마음을 헤아릴 수가 없다. 당황스러움 놀람 미안함 무기력함 죄책감. 아마도 이런 마음이었으리라. 아이들을 보면 눈물이 났다. 놀라게 하고 싶지 않아 참고 또 참았지만 불쑥불쑥 터져 나왔다. 이렇게 순식간에 '암환자'가 되었다.

진단 D+3 • 열혈 워킹맘의 삶을 잠시 멈추다

진단 직후 바로 죽을 것만 같은 공포감에 휩싸였다. 암이라는데 죽을 수도 있는데 일이 무슨 소용인가. 주말이 지나고 월요일 병가를 신청했다. 돌이켜보면 치료 방향이 결정될 때까지는 일을 더 할 수 있었다. 암환자가 되었다는 사실 외에 내 몸은 달라진 게 없으니까. 그래도 마음이 무너진 채 출근해서 책상 앞에 앉아 있을 자신이 없었다.

비장하게 병가 휴직 신청서를 작성했다. 짧지 않은 17년간의 직장생활, 일상이자 인생의 일부인 곳을 비자발적으로 떠나야 하는 상황. 여느 월급쟁이들처럼 불만도 있었지만 이렇게 되고 보니 아쉽다. 드라마 속 비운의 여주인공이라도 된 것처럼 쏟아지려는 눈물을 꾹 참았다.

다만 아픈 건 내 사정이고, 처음인 병가 신청은 어려웠다. 암이라는 진단서만 있으면 되는 줄 알았는데, 사내 의원의 소견서도 필요했다. 하지만 진단서에 기간이 명시되지 않았다는 이유로 소견서를 받지 못했다. 괜찮은 척하던 마음은 무너졌고, 눈물이 터졌다.

가뜩이나 업무 스트레스로 암에 걸린 게 아닐까 애꿎게 미움의 대상을 찾고 있던 3일 차 암환자에게 이성적인 판단은 불가능했다. 걷잡을 수 없는 분노와 무력감. 부끄럽게도 '당신이 암에 걸려도 그렇게 태연할지 두고 봅시다!'라고 생뚱맞은 앙심을 품기도 했다. 이제는 일반적으로 '기간이 명시된 진단서'가 필요하다는 걸 안다. 암도 종류별로 상태에 따라 치료 방법과 기간이 다르니 그럴 수 있다.

열혈 워킹맘의 삶은 '암'이라는 복병을 만나 멈춰졌다. 언제까지일지, 돌아갈 수는 있을지, 이대로 삶의 모든 것을 빼앗기는 건 아닌지, 혼란스러웠다.

타샤의 생각

치료 병원 선택
신뢰가 가는 통원이 편한 곳으로

어느 날 갑자기 암환자가 된다는 건 무척 당혹스러운 일이다. 마치 딛고 서있던 땅이 꺼져버리는 듯한 느낌. 게다가 유방암 진단을 미처 받아들이기도 전에 현실에서 숨 가쁘게 이어지는 선택들. 치료 병원은, 담당 교수님은, 수술 방법은, 재건 여부는 등등. 살면서 한 번도 고민하거나 겪어보지 못한 일에 대해 충분한 정보와 시간이 주어지지 않은 채 무언가를 결정해야만 한다.

처음 맞닥뜨리는 선택은 치료 병원 고르기. 보통은 유명한 대형병원을 알아본다. 서울아산병원, 삼성서울병원, 서울대학교병원, 서울성모병원, 신촌 세브란스병원 등등. 가족 친구 동문 등 병원과 관련된 인맥을 총동원해서 정보를 수집하기도 한다. 대형병원은 유명한 의료진과 최신 의료 장비, 환자 수가 많은 만큼 다양한 임상 경험이 축적되어 있다. 치료 중에 발생하는 부작용에 대해 다양한 진료과, 성형외과 심장혈관 신경정신과 수면센터 산부인과 재활의학과 등에서 협진을 받을 수 있는 것도 장점이다. 조건이 맞는 경우 기존 치료 방식 외에 임상 참여의 기회를 얻을 수도 있다.

문제는 많은 사람이 장점이 많은 대형 병원을 원하기에 예약이 쉽지 않다. 운이 좋아 빨리 예약이 잡힌다면 다행이지만 짧게는 한 달, 길게는 몇 달이 걸리기도 한다.

3년 차 암생존자인 지금도 심적으로 가장 힘들었던 때는 진단 후 치료 방향이 잡히기까지 약 한 달이었다. 내 몸에 암덩이가 있는 걸 알았고 하루하루 마구 커지는 것 같은 불안함으로 가득한데, 진료, 검사를 하릴없이 기다리다보면 피가 마르는 듯 했다. 일반적으로는 종양이 그렇게 빨리 커지지 않으니 마음을 편히 가지라고 조언한다. 하지만 이미 암에 대한 공포에 휩싸인 터라 그런 말은 들어오지 않았다. 나는 급하지만, 현실은 내 마음 같지 않다는 것을 뼈저리게 느낄 뿐이다.

병원을 선택할 때 무엇보다 중요하게 고려해야 하는 사항은 통원의 용이성이다. 실제 치료 과정에서는 단순히 수술, 항암, 방사 치료 날에만 병원에 가는 게 아니다. 중간 검사도 하고, 진료도 받아야 하고, 타 진료과의 협진, 부작용이 심하거나 특이사항이 있을 때도 가야 한다. 어느 순간, 병원이 제2의 집처럼 친숙하게 느껴질 정도다. 실제로 진단 후 1년간 병원에 간 횟수는 무려 50번, 일주일에 한 번인 셈이다.

유방암은 타입에 따라 치료 방법이 다르기도 하고, 수술 후 병기가 바뀌기도 한다. 그렇기에 초기 암이라고 규모가 작은 병원에서 치료를 받기도 애매하다. 실제로 상피내암(0기)으로 진단했으나 수술 후 2기로 바뀐 경우도 있다.

병원 선택 시 의료진의 실력과 경험이 중요하긴 한데 막상 환자가 되니 치료는 진료나 수술이라는 행위에만 국한되지 않았다. 친절한 말 한마디, 따뜻한 눈빛, 격려와 응원에 위로받고 더 열심히 치료받겠다는 의욕도 생기니까. 단순히 환자의 병만 보는 게 아니라 병을 이겨낼 수 있도록 손을 내밀어 이끌어주는 드라마 <슬기로운 의사생활> 같은 장면을 기대하는 건 너무 과한 욕심일까.

대부분 최고의 병원을 선택하기 위해 여러 병원에 예약을 한다. 나도 그랬다. 순진하게도 예약한 병원마다 진료를 다 보고 나서 치료받을 곳을 결정하면 되는 줄 알았다. 하지만 정확한 진단을 위해서는 진료 전에 조직 검사 슬라이드를 제출해야 한다. 최초 진단 병원에서 슬라이드를 복제해 주면 가능하지만 한 개뿐이라면 이미 제출한 걸 돌려받아야 다음 병원에 낼 수 있다. 이 시간이 대략 일주일. 첫 진료 후 다음 병원진료는 일주일 후에나 가능한 셈이다. 슬라이드 없이도 진료는 가능하지만, 말 그대로 서로 얼굴만 보는 격이다. 의사도 암의 상태를 알아야 하는데 얼굴만 본들 딱히 해줄 이야기가 없을 수밖에.

슬라이드 외에도 타병원의 검사 결과를 받아 주는 곳도 있지만, 대체로 진료 병원에서 다시 검사를 해야 한다. 검사쯤이야 하고 대수롭지 않게 생각했는데, 막상 채혈로 시작해서 뼈검사, 유방MRI, CT 등을 풀세트로 받고 보니, 검사 자체가 힘들기도 하고 몸에 안 좋은 약물을 넣으니 반복하기가 부담스럽다. 일부 검사는 단기간에 여러 번 할 경우 의료보험이 적용되지 않아 비용을 전액 부담해야 한다. 이 과정에서 아직 병원이란 공간에 익숙하지 않고 마음은 한없이 약해져 있다 보니 사무적이고 행정적인 대응에 상처를 받기도 한다.

모든 것을 최고로 고를 수 있다면 좋지만, 현실에 맞게 가능한 선택지에서 중요도를 정하고 우선순위를 매겨보기를 권한다. 치료받을 가능성이 가장 높은 병원을 첫 진료로 잡는 게 선택과 치료에 도움이 된다. 나는 1순위로 고려한 병원을 첫 번째로 예약했고, 첫 진료 후 마음을 정하고 다른 예약을 취소했다. 다만 병기나 상태에 따라 치료 방법이 달라질 수 있는 경우에는 다소 힘들더라도 복수의 병원에서 치료 방향을 들어보고 선택하는 게 좋다.

유방암은 대부분 표준치료로 진행되므로 치료과정이 병원마다 거의 비슷하다. 짧게는 5년, 길게는 10년까지도 관리가 필요하므로 담당 선생님과 긴 인연을 맺게 된다. 병원의 인지도나 의료진의 명성도 중요하지만 가장 중요한 건 환자 본인의 느낌일 듯하다. 병원의 전반적인 느낌, 의료진을 신뢰하며 함께 치료의 길을 걸어갈 수 있을지. 누군가가 정답이 있어서 알려주면 좋겠지만 모든 선택은 환자와 보호자의 몫이다. 각자 상황을 고려해서 신중하게 선택하고 일단 결정한 뒤에는 의료진을 믿고 열심히 치료받는 것이 최선이다.

타샤의 생각
매월 유방 자가 검진, 매년 검사 꼭 하세요

다른 암과 마찬가지로 유방암도 발병 원인이 밝혀지지 않아 특별한 예방법은 없다. 다만 조기에 발견할수록 치료가 수월하다. 수술 절제 부위가 작아지거나, 항암을 안 하거나, 하더라도 횟수가 적어질 수도 있는 만큼 빨리 발견하는 게 최선이다.

진단 이전에 암, 특히 유방암은 나와는 상관없는 일이라고 생각했다. 유방 자가 검진을 들어봤지만 해본 적은 없었다. 어려운 것도 아니고 한 달에 한 번 가슴을 정성스레 만지고 관찰하면 되는데 왜 안 했을까.

우리나라는 40대의 유방암 발병률이 가장 높지만, 20~30대의 젊은 환자들도 많다. 현재 유방암 국가검진은 만 40세 이상부터만 시행되기 때문에, 그 이전 연령대는 사각지대일 수밖에 없다. 20대부터 자가 검진을 습관화하는 것이 좋다. 이제 만나는 사람마다 자가 검진과 엑스레이, 초음파 검사를 권한다. 검사는 비용이 들지만 효과를 생각하면 아깝지 않다. 체력이 짱짱하고 건강하다가도 어느 날 갑자기 암환자가 될 수 있다는 걸 몸소 보여주지 않았는가.

소중한 나, 소중한 사람을 지키기 위해 매월 자가 검진, 매년 유방 검사의 전도사가 되자!

Part 2.

마음이 타들어 가는 시간,
검사와 치료 방향 정하기

part 2 마음이 타들어 가는 시간, 검사와 치료 방향 정하기

진단 6일차 · 예민해지는 마음과 긴장된 첫 진료

나름 마음을 추스른 줄 알았는데, 진료일이 되니 예민해졌다. 가뜩이나 검사 당일 금식으로 인해 서운함과 허전함은 커졌고, 화살은 애꿎은 남편을 향했다.

언제나 붐비는 종합병원 주차장. 코로나로 입구가 일부 폐쇄되어 더 아수라장이다. 몇 년간 교통사고 후유증 치료를 위해 친정엄마를 모시고 다녀서 익숙하다고 생각했는데, 멀리서 바라보기만 했던 낯선 암병동이 오늘의 목적지다. 내 이름이 새겨진 진료 카드를 받아 들고, 영상CD를 등록했다. 2동 2층 선명하게 '암센터'라는 글자가 새겨진 공간으로 들어섰다. 공식적으로 암이라는 새로운 세상에 들어선 듯하다. 입구 오른편 유방외과 진료실. 핑크색 가운을 입고 긴장한 표정으로 대기중인 환자들.

'아, 나만 아픈 건 아니었구나.'

진단 후 일주일 동안 왜 하필 나인가 괴로웠는데, 막상 혼자가 아님에 위로받았다. 동시에 1초 스캔으로 내가 가장 젊다는 생각에 울적하기도 한 모순된 마음. 긴장한 첫 진료. 굳게 마음먹었지만 담당 교수님을 보자마자 속수무책으로 눈물이 그렁그렁 맺혔다.

"많이 놀랐죠? 괜찮아요. 나을 수 있는 병이에요. 마음 단단히 먹으면 다 치료할 수 있어요."

예상치 못한 친절함과 다독임이 고마웠다. 북적거리는 병원에서 대기 환자도 많고, 진료가 지연되었는데도 10분 넘게 치료 방법을 설명해주셨다. 다만 첫 진료로 확실해지는 건 없었다. 진료를 받아도 당장 뭐가 확실해지는 건 아니었다. 각종 검사를 통해 정확한 상태를 알아야 치료 방법이 결정된다. 3일에 걸쳐 검사 일정을 예약하는 걸로 진료는 마무리되었지만 치료받을 병원을 결정한 것, 담당 교수님을 뵌 것만으로도 마음이 조금은 편해졌다.

검사를 기다리며 암이 더 커지는 건 아닌지 불쑥불쑥 걱정되었지만, 다음 진료까지 환자로서 내가 할 수 있는 건, 단단히 마음 먹고 잘 자고, 운동하면서 내 병에 대해 관심을 두는 것이었다.

타샤의 생각
내 잘못이라고 자책하지 않기

진단 후 머릿속을 떠나지 않던 생각, 심지어 치료 중에도 가끔 드는 의문이었다. '도대체 나는 왜 유방암에 걸린 걸까.' 확실한 원인은 밝혀지지 않았지만, 발병률을 높이는 걸로 알려진 위험인자는 있다.

유방암 백서(한국유방암 협회, 2018)에서는 유방암에 매우 위험한 인자로 이른 초경 혹은 늦은 폐경, 임신 경험이 없는 경우, 늦은 나이의 첫 만삭 임신, 폐경 후 비만, 음주, 호르몬 대체요법 시행, 경구용 피임약 복용, 6개월 이하의 모유 수유, 유방암 가족력 등으로 보고,

위험할 수도 있는 인자로 흡연을 든다. 위험도를 감소시키는 인자로는 18개월 이상의 모유 수유, 운동, 채소와 과일 섭취 등을 들고 있다.

나는 28살에 결혼해서 아이 둘을 낳고 1년씩 모유수유를 했다. 체중은 임신기간을 제외하고는 항상 표준 범위. 건강 검진 신체 나이는 무려 5살이나 어렸다. 새벽 수영과 헬스를 즐길 만큼 운동도 열심히 했다. 워킹맘이지만 친정엄마 덕분에 외식보다는 집밥을 주로 먹었다. 아무리 생각해도 유방암 인자를 찾을 수 없었다.

처음에는 암환자가 된 걸 자책하고 원망했다. 하지만 암은 마치 길을 걷다가 돌부리에 걸려 넘어지는 것처럼, 갑작스럽게 일어난 교통사고처럼, 잘못해서가 아니라 누구에게나 올 수 있다. 다소 체중이 많이 나가도, 결혼을 하지 않아도, 아이를 낳지 않아도, 모유수유를 하지 않아도, 인스턴트 음식을 즐겨 먹어도 암에 걸리지 않는 사람은 많다. 암환자가 된 것만으로도 충분히 놀라고 힘든 스스로를 가혹하게 몰아세우지 않으면 좋겠다. 어차피 고민하고 자책해도 바뀌는 건 없다. 나만 힘들어질 뿐. 그보다 중요한 건 스스로를 추스르고 보듬어서 앞으로 힘든 치료를 잘 받도록 마음을 단단히 하는 것이다. 물론 암이 다시 찾아오지 않도록 건강한 생활 태도와 식습관을 유지하려는 노력은 필요하다.

타샤의 생각
슬기롭게 진료받는 팁

진료실은 항상 붐비고 대기 환자도 많지만 궁금한 사항은 적극적으로 확인하는 게 좋다. 아무리 침착한 사람도 진료실에서는 긴장이 된다. 더욱이 안에서 오가는 이야기는 외계어처럼 어렵다. 의료진이야 매일 비슷한 이야기를 하지만 환자는 처음이니, 서로 눈높이가 다르다. 묻지 않으면 이미 아는 줄 알 거고, 시시콜콜 물어보자니 민망하고 불편하다. 진료 전에 궁금하거나 필요한 내용을 적어가면 도움이 된다. 긴장해서 기억이 나지 않기도 하고, 항암 치료처럼 진료 주기가 긴 경우 시간이 지나면 잊어버리기도 한다. 생각이 날 때마다, 부작용이 나타날 때마다 수시로 적어두고, 진료 전에 정리해보자.

기본적인 내용은 미리 숙지하고 가면 좀더 원활한 대화가 가능하다. 혹시나 '인터넷에 찾아보니 OO가 좋다던데요. 해도 돼요? 먹어도 돼요?'라는 질문은 삼가자. 검증되고 안전하다면 이미 표준치료에 적용됐을 거라는 대답을 듣게 될 것이다.

의료진에게 질문하고 원하는 정보를 요청하는 건 환자의 기본 권리다. 본인의 병에 대해 '카더라'가 아니라, 제대로 공부하고 의지를 갖는 환자에게 뭐라고 할 사람은 없지 않을까.

본격적인 검사의 시작

3일에 걸쳐 진행된 검사. 초진 당일 피검사, 소변 검사, 엑스레이, 사진의학실 촬영, 유방MRI. 7일 차 유방초음파, 조영술 CT, 뼈 검사. 8일 차 액와림프절 생검.

사진의학실 촬영

갑자기 웬 사진 촬영? 나름 스튜디오, 말 그대로 촬영실이었다. 하얀색 일색인 병원에 이런 공간이 있을 줄이야. 발병 부위를 체크하기 위해 여러 각도에서 다양한 자세로 사진을 찍었다. 유방암 관련 책에서 본 참고 사진들이 '바로 이거구나' 직감적으로 알 수 있었다.

찰칵, 찰칵. 상의를 탈의하고 카메라를 든 간호사 선생님 앞에서 차렷, 만세, 대각선으로 서기 등 주문하는 대로 포즈를 취했다. 아직 암환자임을 받아들이지 못했다보니 생각지 못한 촬영에 부끄러움과 황망함이 몰려왔다. 그 와중에 예전에 찍고 싶었던 바디프로필이 생각나는 건 뭔지.

유방MRI

가장 힘들다고 손꼽히는 검사. 소요시간은 30분. 귀마개에 헤드셋을 써도 들어보았거나 상상 가능한 모든 종류의 굉음을 들을 수 있다.

검사 부위가 유방이라 엎드려서 바닥의 동그란 틀 안에 가슴을 맞춰서 집어넣는다. 얼굴은 숨을 쉴 수 있도록 구멍이 있지만, 자세가 그리 쉽지 않다. 간혹 마스크가 얼굴에 찰싹 달라붙는 참사가 발생할 수 있다. 젊은 나도 이렇게 힘든데 시어머니는 어떻게 감당하셨을지. 시어머니는 지금도 유방MRI가 가장 힘들다고 하신다.

자세를 잡고 누울 때는 분명 불편하고 긴장됐다. 쉬쉬, 쿵덕쿵덕, 윙윙. 거친 기계소리에 신경을 곤두세우며 언제 끝나려나 하염없이 상념에 잠겼다. 그런데 서서히 희미해지는 나의 정신. 까무룩, 그렇다. 어이없게도 잠이 들었다. 얼마나 잤는지 헤아릴 길이 없지만 꿀 같은 단잠. 언뜻 정신이 들어 눈을 번쩍 떴다. 순간 움찔하며 자세가 틀어진 건 아닐까 두근두근. 큰 소음에, 암

검사인데 잠이 들다니 얘기하기도 부끄러웠는데, 나만 이런 게 아니었다. 긴장한 상태에서 규칙적인 기계 소음이 졸음을 유발한다니 민망해하지 말자. 다만 졸더라도 자세가 흐트러지지 않도록 강한 정신력을 발휘해야 한다!

조영제 때문에 속이 더부룩할 수 있으니 괜한 걱정은 하지 않아도 된다. 어디가 조금만 이상해도 자동적으로 만 가지 생각이 떠오르기는 하지만, 걱정 대신 물을 많이 마시자.

유방 정밀초음파

일반적인 초음파는 사람이 손으로 하지만, '3D 단층 유방초음파'는 기계가 균일한 압박을 가하며 자동으로 스캔한다. 넓적한 망이 달린 네모난 판이 가슴으로 내려와서 알아서 검사하는 게 어찌나 신기하던지. 환자로 검사를 받는 와중에도 처음 보는 의료기기에 호기심이 샘솟는다.

흉부 CT 검사

처음 받는 검사라 긴장했는데 역시 만만치 않았다. 6시간 금식, 조영제 부작용 여부를 확인한다. 팔에 조영제를 넣기 위한 주사 바늘을 달고 있으니 더 긴장된다. 대기실에서 검사실로 이동. 간호사 선생님이 조영제가 들어갈 때 열감이 날 수 있으니 놀라지 말고 방송에서 나오는 대로 호흡을 잘 조절하라고 했다. 무슨 말인지 궁금하던 찰나 '조영제 들어갑니다' 멘트가 흘러나오고 갑자기 온몸이 훅 뜨거워졌다. 아, 무슨 영화도 아니고, 움직이지도 못하고 어떤 상황인지 파악 안 되니 당황스러웠다. 그 순간 손을 잡아주며 괜찮다고 안심시켜 주었다.

검사 중 호흡을 잘 조절해야 하고, 간혹 항문이 찌릿한 경험도 한다. 검사 후에는 조영제 부작용 체크를 위해 5분 정도 대기했다가 주사 바늘을 제거한다. 금식 해제 후에는 조영제를 빨리 배출하기 위해 물을 최대한 많이 마셔야 한다. 첫 검사 때는 조영제 부작용을 몰랐고, 환자복 입은 모습을 보이고 싶지 않아서 혼자 갔었다. 하지만 심하면 졸도할 수도 있다는 걸 안 뒤로 가급적 함께 간다. 이전에 괜찮았더라도 컨디션에 따라 부작용이 나타날 수 있으니 과신하지는 말자.

뼈 검사(본스캔)

뼈 검사는 '핵의학과'에서 진행한다. 검사 2~5시간 전에 주사를 맞고 대기해야 하고, 방사성 물질이라니 겁이 난다. 핵, 방사성 의약품, 피폭 같은 단어들이 다소 부담스럽지만, 유방암은 주변 장기뿐 아니라 뼈로도 전이가 많이 되기 때문에 꼭 필요한 검사다.

검사 영상의 선명도와 방사선 피폭량을 줄이기 위해서는, 주사 후 물을 많이 마시고, 검사 직전에 소변을 보되 옷에 묻지 않도록 조심해야 한다. 검사 전의 오랜 기다림과 두려움에 비해 실제 검사는 똑바로 누워서 정면을 바라보고 있으면 된다.

1년 전 쯤, 친정 엄마의 발 통증 때문에 바로 이곳, 핵의학과에서 뼈검사를 했었다. 그때 옆에서 대기하던 40대의 여자분. 넋이 나간 표정으로 일주일 전 자궁암 진단을 받았다며, 그 와중에도 전화로 아이의 학교와 식사를 챙기던 게 기억났다. 당시 안쓰러운 마음이 들면서도 어리석게도 우리는 암이 아니니 괜찮다고 선을 그었다. 암에 대한 막연한 두려움, 나는 아니라는 오만함. 암은 언제든 누구에게나 찾아올 수 있다는 걸 그때는 미처 몰랐다. 1년이 지나 같은 공간에 있는 나, 인생은 알 수 없다.

액와 림프절 생검(유방 미세침흡인세포 검사)

다소 길고 어려운 검사명. 낯선 단어 '액와'는 바로 겨드랑이다. 유방과 연결된 20~40개의 액와 림프절. 만약 전이가 된다면 첫 통로가 되기 때문에 림프절의 세포를 채취해서 전이 여부를 검사한다. 림프절 전이 여부는 병기를 판정하는 기준이 되는 중요한 요소이다. 다만 샘플 검사라 수술 후 결과가 달라질 수도 있다.

가슴의 조직 검사를 위한 총검사보다는 통증이 덜 했지만, 두 번의 마취와 이로 인한 뻐근함이 꽤 오래 갔다. 검사를 마친 후에는 10분 정도 강하게 압박하며 지혈해야 한다. 바늘이 꽤 깊숙이 들어가기 때문에 통증이 며칠간 지속되고, 일주일간 물이 닿지 않도록 주의해야 한다.

타샤의 생각
유방 MRI 검사 팁

1. 검사 전 편한 자세 잡기

검사하는 동안 통 속에서의 30분은 꽤 길다. 일단 검사가 시작되면 불편해도 얼음 땡. 혹여나 검사를 중단하면 다시 해야 하니 처음부터 편한 자세를 찾아야 한다. 첫 검사, 좀 불편했지만 소심해서 말을 못 했고 검사 내내 힘들었다. 그 뒤로는 눈치 보지 않고 최대한 내가 편한 것에 집중한다. 검사는 누가 대신 받아주는 게 아니니까. 한 번은 엎드려 있는데 숨을 쉴 때마다 마스크가 착 달라붙었다. 검사 전에 잽싸게 살짝 코 밑으로 내렸으니 망정이지 생각만 해도 아찔하다.

2. 예약 시간보다 일찍 가기

6시간 금식. 배도 고프고 지치는데 저녁이면 컴컴해서 그런지 더 힘들다. 두 번의 검사 모두 밤 8시. 가서 기다리자는 마음으로 일찍 갔더니 처음에는 40분, 그 다음에는 한 시간이 당겨졌다. 올레! 검사를 마치고 간식으로 싸간 바나나, 두유가 어찌나 꿀맛이던지.

3. 귀중품 잘 챙기기

MRI는 금속성 물질은 모두 제거해야 한다. 옷도 탈의, 액세서리도 제거. 탈의실이 어수선하기도 하고 긴장감으로 귀중품 관리는 쉽지 않다. 실제로 결혼 예물 세트를 몽땅 분실한 안타까운 사연도 있다. 가급적 검사 때는 귀중품은 아예 갖고 가지 않는 걸 추천한다.

4. 팔에 주사 바늘 꽂기 전에 머리 묶기

시시하게 들릴 수 있지만 겪어보면 안다. 생전 첫 검사인데 알 리가 있나. 검사 전 잔뜩 긴장해서 오른팔에 주사 바늘을 달았다. 긴 머리는 철심이 없는 고무줄로 묶어야 하는데, 그제야 눈에 띈 오른팔의 바늘. 어쩔. 남편이 애는 쓰는데, 머리카락은 밧줄이 아닌데. 그 뒤로는 접수 후에 바로 머리부터 묶었다. 물론 지금은 묶고 싶어도 묶을 머리가 없지만.

가장 힘든 시간, 검사 결과를 기다리며

진단 후 검사 결과까지 3주. 가장 마음이 힘들었던 시간이다. 처음에는 유방암을 받아들이기가 어려웠고, 그 뒤에는 전이만 없었으면 하고 마음을 졸였다. 원래는 무디기가 그지없는데 기다리는 동안 온몸이 예민해졌다. 어디가 조금만 불편해도 본능적으로 전이가 아닌가 걱정됐다. 긍정적으로 생각하려고 마음을 수없이 다잡았지만, 몸의 작은 느낌에도 이내 흐트러졌다. 뼈가 아프거나 소리가 나면 뼈전이가 아닌지, 속이 좀 이상하면 장기 전이가 아닌지, 초음파 검사에서 놓친 더 큰 암덩이가 있는 건 아닌지 마음이 앞서갔다.

돌이켜보면 진단 후 겉으로는 씩씩한 척했지만, 한 달 가까이 억울함 분노 서러움 불안함 걱정 두려움이 오락가락했다. 정신 차리고 힘을 내려고 마음을 굳게 먹다가도, 눈물이 불쑥불쑥 터져 나왔다. 아직 어린 두 아이가 해맑게 웃으며 노는 걸 볼 때, 내 팔을 붙잡고 쌔근쌔근 잠든 모습을 볼 때, 때로 홀로 멍하니 앉아 있을 때도 마치 나와 연결된 모든 것들이 일시에 멈춰버린 느낌이었다. 더 오래 건강하고 행복하기 위해 내 몸을 아끼고 챙겨야 하는 걸 머리로는 아는데, 모든 게 다 멈출 이유는 없는데, 쉽게 마음을 추스를 수 없었다.

그때 흔들리는 마음을 잡아준 것 중 하나는 걱정을 미리 당겨서 하지 않는 것이다. 지금도 불쑥불쑥 떠오르는 재발 전이에 대한 두려움이 그때는 오죽했을까. 휴직으로 인한 경력 단절, 경제적인 문제, 치료에 대한 두려움 등 세상 걱정거리는 모두 내 것만 같았다. 하지만 지나고 보니 걱정했던 것들의 대부분은 실제로 일어나지 않았다. 걱정을 곱배기로 한다고 결과가 달라지지 않았다. 본능적으로 떠오르는 걱정과 두려움을 막을 수는 없지만, '그럴 수도 있지만' 하고 잠시 멈추고 차분히 생각하도록 스스로를 다독이는 건 할 수 있었다. 명상에서도 부정적인 감정도 있는 그대로 바라보고 인정해주는 것이 마음의 안정에 도움이 된다고 한다.

다른 하나는 내가 할 수 있는 것과 없는 것을 구분하는 것이다. 예전부터 좋아했던 말 '자극과 반응 사이의 공간', 외부의 문제나 환경을 바꿀 수는 없지만, 어떻게 반응하고 행동할지는 내가 결정할 수 있다. 유방암 환자가 된 건 아무리 싫고 억울해도 받아들여야 하는 사실이고, 나의 힘으로 통제할 수 없다. 하지만 유방암 환자로서 어떻게 할지는 스스로 결정할 수 있다. 가령 도움이 되는 책을 읽거나, 좋은 음식을 먹고, 운동을 하고, 열심히 병원 진료를 받고, 마음을 다독이는 것.

어쩌면 17년간의 사회생활, 특히 12년차 워킹맘으로서의 시간이 마음 근육을 키워주었는지도 모르겠다. 암이라는 예상치 못한 상황에도 의연하게 견딜 수 있도록. 한창 성장하고 일할

시기에 두 번의 임신과 출산. 물리적인 시간의 공백과 워킹맘으로서의 현실적인 문제들은 그대로 받아들여야 하는 부분이었다. 나의 기대나 의지와는 무관하게. 다만 힘들다고 투정만 하면 감정에 매몰될 뿐, 앞으로 나아갈 수 없었다. 내가 어쩔 수 없는 것들에 실망하고 주저앉기보다는, 할 수 있는 것들로 채워가려고 노력했다.

항상 빠듯하고 정신없는 워킹맘의 삶. 그래도 자투리 시간을 활용한 덕에 영어 중국어 상위 등급을 받았다. 독학으로 가능할까 싶었던 직무 자격증도 꾸준히 준비해서 취득할 수 있었다. 업무가 터프하고 고된 해외 신설법인 파견. 허허벌판의 녹록지 않은 환경이었지만, 할 수 있는 만큼 최선을 다했고, 프로젝트는 성공적으로 마무리되었다. 할 수 있는 것들로 채워나간 시간들은 이후에 발탁 승진이라는 결과로 돌아왔다.

'Why'가 아닌 'How.' '왜' 이런 일이 생겼냐고 한탄하기보다는, 주어진 상황에서 '무엇을, 어떻게' 해결할지에 집중하려고 했다. 워킹맘이라서 시간이 없다고, 교육 기회가 없다고, 험지에서 일한다고 통제할 수 없는 것에 마음과 에너지를 쓰고 스트레스를 쌓았다면 어땠을까. 왜 하필 나한테 암이 온 거냐고 부정하고, 화내고, 불평하고, 원망하는 것도 마찬가지이지 않을까. 물론 갑작스러운 암 진단은 누구에게나 힘들다. 하지만 너무 깊이 바닥까지 내려가지는 말자. 암에는 걸렸지만 우리가 할 수 있는 것들을 해나가면서, 삶을 이어나가면 되니까.

이즈음 읽은 책 <숨결이 바람 될 때>에서 젊은 나이에 암으로 세상을 뜬 의사였던 저자에게서 삶에 대한 마음과 태도를 배웠다.

"앞으로 몇 달 혹은 몇 년이 남았는지 명확하다면 앞으로 나아가야 할 길은 분명할 것이다. 석 달이라면 나는 가족과 함께 그 시간을 보내리라. 1년이 남았다면 늘 쓰고 싶었던 책을 쓰리라. 10년이라면 병원으로 복귀하여 환자들을 치료할 것이다."

"나는 계속 나아갈 수 없어. 그래도 나는 계속 나아갈 거야. I can't go on. I'll go on. 설사 내가 죽어가고 있더라도 실제로 죽기 전까지는 나는 여전히 살아있다. 나는 죽어가는 대신 계속 살아가기로 다짐했다."

비록 생각지 못한 시련과 맞닥뜨렸지만 이후의 시간을 어떻게 채워 나갈지는 내가 선택할 수 있다. 누구든 죽음을 맞는다. 단지 언제인지 알 수 없을 뿐. 그 시점이 남들보다 조금 이르다고 할지라도, 그럼에도 불구하고 살아나가야 한다.

[유방암 이해하기] 우리나라 유방암 현황*

* 2020유방암 백서_한국유방암학회(www.kbcs.or.kr)

우리나라에서 기대수명(남자 80세, 여자 87세)까지 생존 시 암 발생 확률은 남자는 39.9%로 5명 중 2명, 여자는 35.8%로 3명 중 1명이다. 암환자의 5년 생존율 또한 90년대 초반 42.9%에서 현재 70.7%로 상승했다. 최근 암에 대한 인식이 치명적인 질병에서, 당뇨나 비만처럼 평생 관리하는 만성질환으로 바뀌고 있는 건 이런 이유이다.

2019년 우리나라 암 발생자 수는 254,718명(여자 120,538/남자 134,180). 전체로 보면 갑상선암이 12%(30,676명)로 가장 많고, 유방암은 9.8%(24,933명)로 5위이다. 하지만 여성 기준으로는 유방암이 20.6%로 1위, 갑상선암 19.2%로 2위이다.

다른 암종은 10만 명당 발생률이 감소하는 추세이지만, 유방암은 20년간 계속 증가하고 있다. 2019년 기준 암 유병자는 총 215만 명이고, 그 중 유방암은 12.1%인 26만 명이다. 유방암은 연령별로는 40대가 가장 많고, 50대 60대 30대가 뒤를 잇는다. 미국은 연령이 높을수록 발생률이 높아지는 데 비해 한국은 40~50대의 발생률이 높은 특징이 있다.

전체 유방암 중 초기에 해당하는 0~1기 비중은 2010년 52%에서 2018년 62%로 상승했다. 국가검진의 도입과 건강에 대한 관심 증가로 조기 발견 비율이 높아지는 건 참 다행스러운 일이다. 수술 방법은 예전에는 전절제가 많았지만, 부분절제와 효과면에서 차이가 크지 않은 것이 확인되면서 부분절제 비중이 2000년 28%에서 2018년 66%로 증가했다. 병기별 5년 생존율은 0~1기 96.6%, 2기 91.8%, 3기 75.8%, 4기 34%이다.

*'생존율'이라는 말이 주는 무게를 암환자가 되고서야 알게 되었다. 진단 직후에는 기수와 생존율이라는 숫자에 집착하기도 했다. 병에 있어 확률은 100%가 아니면 0%이다. 나에게 해당이 되거나 안 되거나. 30% 혹은 70%의 확률로 삶을 살지 않으니까. 생존율이라는 숫자에 얽매이지 않고, 지금 이 순간을 소중히 여기며 앞으로 나아갈 수 있으면 좋겠다.

타샤의 생각
암밍아웃, 해야 할까?

암진단 후 새로 알게 된 단어 '암밍아웃.' 암과 커밍아웃의 합성어로 암 경험자임을 주위에 알리는 것이다. 네이버 오픈 사전에도 등재되어 있다. 암환자가 더 많아지면 국어사전에도 등록이 될 수도 있겠지만, 절대 그런 일은 없으면 좋겠다.

'암 진단, 주변에 알렸나요?'

암환자라면 누구나 고민하는 부분이다. 한 달 두 달 치료를 받고 시간이 흐르면서 나도 같은 고민을 하게 되었다. 암환자가 되기 전, 누군가가 암이라는 말을 들었을 때 내가 느꼈던 감정과 반응을 다른 이들이 내게서 느끼게 되는 거니까. 암환자를 바라볼 때의 묘한 불편함과 이질감. 우리나라 사람 25명 중 한 명은 암 경험자(국가암등록통계 보건복지부 2019)이고, 암은 이제 당뇨나 고혈압처럼 만성질환이라고도 하지만 여전히 암은 부담스럽다. '헉! 암이라고?'라고 외치며 경악스러운 표정을 짓는 암보험 광고가 이미 말해주지 않는가.

암은 아직 의학적으로 완벽한 치료법이 없다 보니, 단어를 듣는 순간 죽음이나 고통을 떠올리게 된다. 특히 유방암은 여성성을 상징하는 가슴과 연관되어 있고, 민머리도 연상이 되면서 서러움과 부끄러움도 동반한다. 이런 이유로 함께 사는 가족 외에는 알리지 않는 경우도 꽤 많다.

무식하면 용감하다고, 나는 진단 후 곧바로 친한 지인들에게 소식을 전했다. 지금 생각하면 굳이 암이라고 밝히지 않았어도 됐었는데. 큰 고민 없이, 어쩌다보니 암밍아웃된 상황. 여하튼 그 뒤로 한동안 암진단이라는 수렁에서 헤맸다. 차츰 시간이 흐르면서 스스로 암환자인 걸 받아들였고, 조금 뻔뻔해지기도 했다. 사노 요코님이 <죽는 게 뭐라고>에서 "암환자가 되니 주변 사람들이 모두 친절을 베푼다"고 한 말에 공감하며 힌트를 얻었다. 비록 병은 얻었지만, 그로 인해 작은 혜택(?)을 얻는 거라고 마음을 바꾸었다.

실제로 암밍아웃으로 많은 격려와 응원을 받았다. 넘치는 에너지로 여기저기 벌여 놓은 일들도 도움을 받아 순조롭게 마무리할 수 있었다. 미처 유방암 경험자인 줄 몰랐던 유방암 선배들이 나의 암밍아웃에 조용히 화답하며 토닥여주고, 두 팔 걷고 도와주었다. 해병대도 울고 갈 전우애! 물론 동네방네 떠들고 다니지는 않지만, 필요한 상황에서는 주눅들지 않고 말할 수 있는 용기를 갖게 되었다.

각자의 성격과 환경이 다른 만큼, 암밍아웃은 옳고 그름이 아닌 선택의 문제다. 다만 암환자라서 위축되거나 무엇을 잘못했다고 생각하지는 말자. 아프고 싶어서 아픈 것도 아니고 누구에게나 찾아오는 거니까. 만일 가족이나 친구, 지인이 암밍아웃을 한다면 나 또한 진심으로 위로하고 손 내밀어 도우려고 할 테니까.

특별한 경험, 임상 참여

피가 마르는 3주간의 기다림. 다시 예민 모드. 진료실 앞에서 순서가 다가오자 긴장은 극에 달했다. "아, 얘기할 게 많아요." 쿵! 많이 안 좋은 걸까. 순간 불안함이 몰려왔지만 애써 침착하게 심호흡을 하며 마음을 진정시켰다.

"일단 장기 전이는 없고, 림프절도 세침 검사상으로는 없어요. 수술 후에는 달라질 수 있으니 100%는 아니지만."

긴장이 풀렸다. 나의 암타입은 호르몬 강양성(에스트로겐 90%,

프로게스테론 40%), 허투 음성, Ki67 지수 40%, MRI상 크기는 3㎝. 현재 가능한 치료 방법은, 첫째는 수술(전절제) 후 항암 필요 여부 검사, 둘째는 항암 필요 여부 검사 후 선항암 + 수술 혹은 바로 수술, 셋째는 임상 조건에 적합(임상 조건 : 호르몬 양성, 림프 전이 없는 2기, Ki67 지수 14% 이상)할 시, 임상에 참여하여 선행 호르몬 치료(4개월) 후 수술이다.

결과를 기다리는 내내 항암과 수술, 무엇이 먼저일까 생각했는데 임상이라는 새로운 선택지가 주어졌다. 임상으로 항암 대체 효과를 기대할 수 있고, 효과가 좋으면 전절제가 아니라 부분절제가 가능하다. 상태를 계속 체크하고, 혹시 커지면 임상을 중단하고 바로 표준치료로 전환한다고 했다. 새로운 선택, 고민하기에는 경황도 없고 아는 것도 없다. 일단 담당 교수님을 믿고 임상을 선택했다.

호르몬 양성 환자에게 수술 전 항호르몬제와 신약의 항암 대체 효과를 연구하는 임상이었다. 혹시나 효과가 검증된다면, 미래의 후배 환우는 조금은 수월하게 치료를 받을 수 있다. 더 나은 치료법의 개발에 도움이 된다니 왠지 뿌듯하다. 혹시나 임상으로 크기가 줄어들면 부분절제로 가슴을 보존할 수도 있다. 물론 임상은 위약과 진약이 반반, 실험군인지 대조군인지 알 수 없기에 효과를 보장할 수 없다. 설사 진약이어도 효과가 없을 수도 있어서 치료 기간만 길어지는 건 아닐까 망설여지기도 했다. 많은 고민 끝에 결정을 했고, 나의 선택을 믿기로 했다.

최초 검사시 암세포는 3㎝. 아주 큰 편은 아니지만 가슴이 컸다면 처음부터 부분절제가 가능했을 수도 있다. 수술 방법은 암 세포의 절대적인 크기가 아니라 가슴 크기 대비 비율로 결정된다. 비유하면 커다란 수박의 작은 흠은 살짝 도려낼 수 있지만, 방울토마토에 같은 크기의 흠이 있다면 전체를 먹지 못하는 것과 같은 이치. (내 가슴이 방울토마토라니.)

임상은 규모나 기간, 방법이 다양하다. 작게는 병원 연구실의 단독 임상부터, 세계 여러 의료기관이 협업하여 진행하는 큰 규모도 있다. 내가 참여한 임상은 다국적 제약회사와 해외 유방암 연구 단체가 주관한 규모가 꽤 큰 임상이었다.

임상은 신약 개발 시 치료 효과와 안전성을 검증하기 위해서 시행하기도 하지만 상용화된 약의 적용 범위를 넓히는 목적도 있다. 내 경우도 이미 전이성 유방암의 치료제로 쓰이는 팔보시클립(입랜스)이 실험약이었다. 기존 약에 내성이 생겨 상용화된 약제로는 추가 치료가 어려운 경우 대안으로 임상을 선택하기도 한다.

효과 검증을 위해 진짜 약을 먹는 실험군과 똑같이 생긴 위약을 먹는 대조군이 있다. 비율은 각각 절반. 환자는 어느 쪽에 속하는지 궁금하지만 공식적으로는 알 수 없다. 다만 해당 약이 특정한 부작용이 있다면, 몸의 반응으로 미루어 짐작할 뿐이다.

누구나 더 좋은 결과를 기대하며 참여하지만 결과를 보장할 수 없다. 나는 부분절제와 항암 치료 대체를 기대하며 선택했다. 감사하게도 크기가 줄고, 전절제에서 부분절제로 변경되었다. 하지만 함께 참여한 다른 환우는 크기가 충분히 줄지 않아 전절제로 수술했다.

임상으로 가슴을 남겼지만, 치료 기간이 5개월 늘어났다. 그만큼 휴직도, 일상으로 돌아가기 위한 시간도 늘어났다. 불과 5개월이지만 환자로서는 꽤 긴 시간이다.

임상의 장점 중 하나는 담당 연구 간호사에게 전반적인 케어를 받는다는 것이다. 검사나 협진 시간 조율, 진료실에서 미처 물어보지 못한 부분도 설명 들을 수 있었다. 전체 일정이 계획대로 진행되어야 하므로 검사나 수술 일정의 변동성이 크지 않다. 간혹 병실 부족으로 수술이 지연되는 경우가 있으니 꽤 큰 장점일 수 있다. 그 외로 소정의 교통비를 지급받기도 한다. 휴직으로 수입이 줄고 치료로 정신이 없는 와중에도 병원명으로 입금된 내역을 보며 위안 삼았다. 나는 아파도 돈 버는 여자!

[유방암 이해하기] 암 타입과 알아두면 좋은 용어

유방암에 웬 암 타입인가 싶을 수도 있다. 나도 지금이야 익숙하지만 처음에는 그랬으니까. 부끄럽게도 진단 후에야 시어머니의 암타입을 이해했고, 나와 같다는 걸 알았다. 당시에도 보호자로서 책도 보고 검색도 했지만 익숙지 않은 용어와 어려운 설명에 당황했었다.

진료실에서도 낯선 용어와 표현을 듣게 된다. 정확히는 아니어도 대략 어떤 뜻인지 알면 덜 당황하고 더 많이 이해할 수 있다. 평범한 내가 이해한 수준으로 간단하게 정리했다. 더 자세한 내용이 궁금하다면 유방암 의학서적을 참조하기를 추천한다.

유방암 암 타입

유방암도 암세포의 성질에 따라 타입이 나뉜다. 각 타입에 따라 발병 양상과 치료 방법, 예후가 달라진다. 어떤 타입인지를 인지하면 치료 과정과 이후 관리에 도움이 된다. 암 타입은 유방암 세포의 수용체가 어떤 것과 반응하는지에 따라 정해진다. 에스트로겐, 프로게스테론과 같이 여성호르몬과 반응하면 호르몬 양성, 허투(HER2) 단백질과 반응하면 허투 양성, 둘 다 반응하면 삼중 양성, 모두 해당하지 않으면 삼중 음성. 타입에 따라 암세포가 반응하지 못하도록 호르몬 생성을 억제하거나, 호르몬이나 허투와 먼저 결합하여 암세포를 방해하는 형태로 치료가 진행된다.

호르몬 양성은 전체 유방암의 70%로 가장 많다. 상대적으로 진행이 더뎌 순하다고 하며, 표준치료 후 경구약, 주사 등 항호르몬 치료를 하기도 한다. 다른 타입에 비해 오래 치료를 받을 수 있지만(최장 10년), 꼬리가 길어서 5년 완치 이후에 재발하기도 한다. 허투 양성은 예전에는 공격성이 높아 위험했으나, 허투 수용체의 활성화를 억제하는 표적치료제인 허셉틴이 개발되면서 치료 예후가 좋아졌다. 표적치료는 3주 간격으로 18회를 진행한다. 표적치료제는 효과는 좋지만, 의료보험 적용 기준에 해당하지 않을 경우 치료비 부담이 큰 편이다.

유방암 표준치료

유방암은 치료 방법이 표준화되어 있다. 수술, 항암, 방사선 치료는 암 타입과 상태에 따라 순서나 내용은 다를 수 있지만 큰 구조는 비슷하다. 우리나라뿐 아니라 해외에서도 비슷하게 치료가 진행된다.

진단 초반에는 암세포를 떼어내는 수술만 하면 되는 줄 알았다. 하지만 암세포는 단순한 큰 덩어리가 아니라 아주 작은 돌연변이 세포들이 모여서 이루어진 것이다. 눈에 보이는 덩어리는 수술로 떼어내더라도 주변에 작은 씨앗들이 남아 있을 수 있다. 흙 속에 눈에 보이는 큰 벌레는 손으로 잡을 수 있지만, 구석구석 보이지 않는 미세한 건 화학 약품으로 한 번 더 제거하고, 혹시 모르니 불로 태우는 것과 비슷한 이치다.

과거에는 대체로 수술 후 예방적으로 항암과 방사 치료를 진행했다(선수술). 최근에는 항암 치료로 암세포의 크기를 줄인 후 수술과 방사선 치료를 하는 경우가 많다(선항암). 같은 상황에서도 의료진에 따라 서로 다른 치료법을 제안하기도 한다.

환자 입장에서는 일단 얼른 떼어내고 싶지만, 항암으로 크기가 줄면 절제 부위를 줄일 수 있다. 가령 암세포가 커서 먼저 수술을 하면 전절제인데, 항암 치료로 작아지거나 없어지면(완전관해) 부분절제로 변경될 수 있다.

표준치료 종료 후에도 타입이나 상태에 따라 추가 치료를 진행한다. 호르몬 양성은 경구약이나 주사로 항호르몬 치료를 짧게는 2년에서 길게는 10년까지 진행한다. 허투 양성은 1년 정도 허셉틴으로 표적 항암을 하고, 삼중 음성은 완전 관해가 되지 않으면 경구 항암제(젤로다 등)를 복용하기도 한다.

Ki67 지수

Ki67은 DNA 복제 중 만들어지는 단백질 지수로 암세포의 활성도, 즉 증식 속도와 관련이 있다. 지수가 낮을수록 공격성이 낮을 가능성이 높지만, 반대로 지수가 높다고 해서 그만큼 위험한 것은 아니다. 보통 10% 이하면 낮은 편, 20% 이상이면 높은 편으로 묶어서 경향성을 보는 데 사용된다. 지수는 병리 의사가 현미경으로 세포핵을 세어서 진단하므로 같은 조직이더라도 수치는 달라질 수 있다. 또한 치료 과정에서 지수가 변하기도 한다. 나는 최초 진단 시 40%, 임상 중간 검사 23%, 수술 후 조직검사 결과 13%였다.

Ki67 지수는 등급이나 타입 구분에 사용되기도 하지만, 아직은 유방암 예후와의 상관관계가 명확히 밝혀지지 않아 참고치로만 보면 된다. 혹여나 지수가 높다고 걱정하지 않아도 된다.

유방외과와 혈액종양내과

유방암 환자가 되고 알게 된 진료과. 진단 및 최초 상태에 대한 검사, 전체적인 치료 방향, 외과적인 수술은 유방외과에서 진행되었다. 이후 항암과 호르몬 치료는 혈액종양내과에서 진행했다.

유방외과는 그나마 이름에서 유추라도 되는데 왠지 낯선 혈액종양내과. 하지만 항암을 하면 가장 친숙한 과가 된다(병원에 따라 유방외과에서 항암치료까지 담당하기도 한다). 나는 항암 당첨으로 혈종과 교수님께 인계(?)되었다. 비유하자면 혈종과는 담임샘, 유방외과는 부담임샘 느낌이랄까. 정기 검진 때도 유방 엑스레이와 초음파를 제외한 CT, 뼈검사 등 검사 오더는 혈종과에서 진행했다. 진단 직후에는 유방외과만 보였는데, 치료 중에는 혈종과에 더 자주 갔고, 치료의 많은 부분을 차지하고 있다. 이런 점에서 저명한 유방외과 교수님께 진료받기 위해 무작정 오래 기다리는 것만이 꼭 최선은 아닐 수도 있다.

타샤의 생각
조직 검사 결과 해석 서비스
나비(NABI)

암 진단 후 중요한 서류 중 하나인 조직검사 결과지. 이름은 '결과지' 인데 내 눈에는 외계어처럼 도무지 알 수 없는 말들로 가득했다. 의학용어라 사전을 찾아봐도 아리송하다. 진료실에서 설명을 부탁할 수도 없고, 내 몸이 어떤 상태인지 알고 싶은데 갑갑했다.

이럴 때 활용할 수 있는 '나비' (NABI : 나의 유방암 비서 서비스). 유방암 관련 정보 및 서비스를 제공하는데 그 중 조직검사지 번역 서비스가 있다. 간단하게 카카오톡 채널에 추가하고 조직검사지를 찍어 보내면 무료로 쉽게 설명된 해석지를 받을 수 있다. 단, 서비스는 진단·치료 행위는 아니니 참고로만 활용하자.

카카오톡 채널명 : 나의 유방암 비서 (http://pf.kakao.com/_uxhThxb)

Part 3.

임상,
강제 소환된 마흔 살의 갱년기

진약 vs 위약, 진실의 순간(?)

임상 동의서를 작성하고 대상 조건에 적합한지 최종 확인을 위해 조직 슬라이드를 해외에 보냈다. 다시 2주간의 기다림. 만일 대상이 아니라면 이 시간이 얼마나 허무할지, 하루에도 몇 번씩 마음이 오락가락했다. 확정되었다는 연락이 어찌나 감격스러운지. 진단받고 한 달 만에 드디어 치료가 시작되었다.

복용 약은 타목시펜(항호르몬 경구약)과 졸라덱스(항호르몬 피하주사), 그리고 실험약(팔보시클립 또는 위약)이었다. 선택은 했지만 내심 불안했다. 동의서 작성 후에도 언제든 철회가 가능하다고 했다. 내성이 생겨 혹시 재발이나 전이가 될 때 해당 약을 사용하지 못할까 걱정했지만, 내성이 생길 정도의 기간은 아니라고 했다.

진약 vs 위약, 50%의 확률. 이제 주사위는 던져졌고 진짜, 가짜는 중요하지 않았다. 엄밀히는 치료가 아닌 임상이지만 나에게는 치료약이다. 매일 아침 약을 먹고, 투약 일지를 작성하면서 주문을 외웠다.

'나는 오늘도 건강해지고 있다. 나를 치료해 주는 약, 고마워! 내 몸의 암세포를 아주 작게, 사라지게 해주렴!'

임상은 3주 사이클로 4회. 매번 혈액검사와 상태 체크를 위한 검사가 추가되었다. 실험약인 팔보시클립의 대표적인 부작용은 백혈구(호중구) 수치 감소이고, 약 30%의 환자가 부작용을 겪는다. 두 번째 사이클, 만일 호중구 수치가 떨어졌다면 진약일 확률이 높다. 물어볼까 말까 한참을 고민하다가 용기를 냈다. 그러나 대답은 호중구 수치가 지난번과 완전 똑같단다. 30%에 해당하지 않는다고 생각하려 했지만 당황스럽다. 또다시 팔랑거리는 마음.

위약이면 무슨 의미가 있는지, 4개월간 시간만 낭비하는 건 아닌지. 좌우명인 '후회하지 말자'는 암덩이 앞에서 이렇게 속절없이 무너졌다.

작지만 초강력, 호르몬 약

임상약인 타목시펜과 졸라덱스는 대표적인 항호르몬 치료약이다. 호르몬 양성은 암세포가 여성호르몬과 반응하여 증식하므로 재발을 방지하기 위해서 여성호르몬의 생성을 막거나 암세포와 반응하지 않도록 미리 차단하는 형태로 치료가 진행된다. 그 결과 임상과 동시에 폐경을 맞았다. (호르몬 치료 방법에 따라 폐경이 되지 않는 경우도 있다.) 보통 50대 이후 서서히 갱년기가 진행되는데, 항호르몬 치료는 몸에 인위적으로 일시에 변화를 주는 거라 부작용이 만만치 않았다.

뜻하지 않게 마흔에 폐경을 맞은 나. 마음도 마음이지만 몸은 그 여파를 오롯이 감당해야 했다. 10년 후쯤 몇 년에 걸쳐 나타날 갱년기를 꽉꽉 압축해서. 이론적으로는 차츰 몸이 적응하면서 나아진다는데, 짧게는 6개월 길게는 몇 년까지도 걸린다니 '어느 세월에' 싶다.

작별할 마음의 준비도 없이 생리가 끊겼다. 그렇게 귀찮더니만 막상 사라지니 마음은 허전하고 몸은 힘들었다. 새로운 경험, 불면증. 베개에 머리가 닿은 뒤, 눈 뜨면 아침이었는데, 이제는 새벽 3시까지도 눈이 말똥말똥. 많이 걷고 몸을 피곤하게 해도 소용이 없었다. 기분 탓인지 눈도 침침해졌다.

부작용의 최고봉은 열감이었다. 갱년기 약 광고 모델이 왜 그렇게 손부채질을 하며 짜증을 내는지 알게 되었다. 한겨울에도 선풍기가 필요했고 얼음팩은 필수 아이템이 되었다. 처음에는 시도 때도 없이 찾아오는 열감이 당황스러웠다. 멀쩡하다가 갑자기 혼자 용광로에 들어간 것처럼 몸 깊숙한 곳에서부터 열이 느껴지면서 배와 가슴에 송골송골 땀이 맺혔다. 볼도 열감으로 발그레했다. 심지어 이불을 덮지 않아도 온몸이 땀으로 흠뻑 젖어 종종 깨기도 했다. 가끔 침대에서 땀으로 만들어진 또 다른 나를 발견하기도 했다. 원래는 추위를 많이 탔지만 열감 덕분에 그해 겨울은 하나도 춥지 않았다.

한 번씩 진한 열감이 찾아오면 서럽고 억울했다. 호르몬약 부작용인 우울증의 영향도 있었겠지만. 그래도 항암에 비하면 괜찮은 거라고 위안 삼았다. 결국 항암도 하게 될 줄은 몰랐지만.

혹시 호르몬 치료중인 아내, 언니, 동생이 갑자기 버럭버럭하거나 열불이 난다고 마구 부채질을 하더라도 당황하지 말고 따뜻하게 토닥토닥해 주시기를!

눈물과 상념의 두 번째 조직검사

암환자 입문 전 첫 조직 검사는 동네병원에서 의식도 못하고 휙 지나갔다. 두 번째는 해봤으니 덜 무서우면 좋으련만, 웬걸, 아니까 더 무서웠다. 마취를 위해 뾰족한 실 같은 철사가 가슴, 유두를 파고드는 느낌. 순간 눈물이 찔끔, 바로 검체 채취를 위한 총검사가 진행됐다.

'탕.' (이게 총검사구나. 왜 소리가 기억이 안 났지?)

'탕.' (가슴을 헤집는 고통, 왜 안 끝나지?)

'탕.' (눈물이 주르륵.)

잘 참았다고 토닥여줘서 고마웠지만 아프고 정신이 없었다. 지혈을 위해 오른팔로 주사 부위를 10분간 꽉 눌렀다. 짧은 시간에 또 생각이 널뛰었다. 검사실 옆 커튼 안에서 핑크 가운을 입고, 아픈 가슴을 누르고 있는 내 모습이 낯설었다.

'왜 내가 이렇게 아파야 하지?' '왜 하필 나지?' 서럽고 억울하고 아프고, 혼자 아무것도 없는 황량한 곳에 내동댕이쳐진 듯했다. 선배 환우들은 유방암으로 더 행복하고 건강한 삶을 살게 되었다고 하지만 치료는 똑같이 아프고 힘들었겠지? 지나고 나면 나도 웃으면서 이야기할 수 있겠지? 워킹맘 후배들에게, 회사에서 치이고, 애들은 손길이 필요하고, 살림도 챙겨야 하고, 모든 게 힘들고 울고 싶겠지만, 그 시간을 견뎌내면 더 강한 엄마, 직장인이 되어 있을 거라고 도닥였던 것처럼.

'이 또한 지나가리니.' 워킹맘으로 힘들 때마다 되뇌었던 말인데, 이제 치료를 견디게 해주는 말이 되었다. 치료는 하루 이틀로 끝날 게 아니니까. 때로는 아프고 때로는 힘들고 때로는 외롭고 때로는 고통스럽고 서러울 것이다. 오롯이 내가 감당해야 하는 몫이니 담담하게 받아들이자고 마음을 가다듬었다. 이 또한 다 지나갈 거니까.

암에 꼬리표 달기, 드디어 수술 날짜가 잡혔다

암세포는 선항암 치료의 효과가 좋으면 작아지거나 심지어 사라지기도 한다. 수술, 검사시 정확한 위치를 파악하기 위해 작은 금속(2㎜ 정도의 클립)을 심는다. 암의 위치를 알려주는 표지자, 즉 마커 역할이다. 치료 초반 혹은 경과에 따라 중간에 하기도 한다. 조직 검사 때 눈물을 쏙 뺐던 터라 긴장했는데 친절한 의료진 덕분에 마음이 편해졌다. 환자는 언제나 친절한 말 한마디, 손짓 하나에도 감동한다! 비장한 마음과는 다르게 마취도, 초음파 영상을 보면서 표지자를 삽입하는 것도 그리 아프지 않았고, 금방 끝났다.

2차 조직 검사 결과, Ki67 지수가 23%로 낮아졌다. 여전히 낮은 수치는 아니지만 최초 40%에서 변했다는 건 내 몸에서 약을 받아들이고 있다는 뜻이다. 유방MRI 검사 결과도 기존보다 확연히 작아졌다. 선명했던 암세포는 클립 주변에 살짝 남아 있었다. 임상 스케줄에 맞추기 위해 수술 날짜를 미리 잡았다.

3월 16일, 부분절제. 임상을 결정한 가장 큰 이유가 부분절제

였기에 감사할 따름이다. 다만 기쁨을 누릴 여유도 없이 이어진 '입원 대기 접수.' 입원이면 입원이지 대기 접수는 뭔지. 수납창구에 문의하니 정체 모를 멘트가 속사포처럼 쏟아졌다. 마스크 때문인지 잘 들리지 않았다. 입원 전 코로나 검사를 병원에서 해야 하고, 입원 병실 순위를 정해야 하고, 보호자는 누가 오는지 등등.

수술 날짜가 잡힐 줄도 몰랐고, 이런 절차가 있는 것도 몰랐다. 처음이니까. 누누이 말하지만 누구나 태어날 때부터 암환자는 아니다. 당황해서 몇 가지를 물어보니 선택을 재촉하는 눈빛과 짜증 섞인 대답이 돌아왔다. 바쁘고 반복되는 업무로 힘들 거라 이해는 하면서도 서운하다. 경험적으로 지금 선택하면 바꾸기가 쉽지 않다는 걸 알기에 더 어려웠다. 어리바리 홀린 듯 입원 대기 접수를 마치고, 수술 날짜가 잡혔다.

Part 4.

수술이 제일 쉬웠어요

part 4 | 수술이 제일 쉬웠어요

D-30 • 갑자기 급해지는 마음

설 연휴를 늘어지게 쉬고 마지막 4차 임상 진료를 보고 나니, 한 달 후 수술이 현실로 다가왔다. 갑자기 마음이 조급해진다.

암 진단 직후, 벌여놓은 수많은 일들, 돌봐야 할 가족들 생각에 조급했던 마음이 데자뷔처럼 떠오른다. 몸이 안 좋아지기 전에 조금이라도, 뭐라도 더 해야 할 것 같아서, 이사 후 방치해 둔 짐꾸러미, 수술 후 집안일 부담을 덜기 위해 바꾸려고 마음먹은 오래된 가전, 아이들과의 물놀이, 친정엄마가 오래 전부터 찍고 싶어한 가족사진, 겨울바다 여행, 요양병원 알아보기 등. 수술 날짜를 인지하기 전까지만 해도 아무렇지도 않았던 것들이 한꺼번에 밀려왔다.

위험한 수술은 아니지만, 첫 수술이고 회복 기간이 필요하다. 나의 바람과 상관없이 항암의 가능성이 높기에, 컨디션이 좋을 때 최대한 마무리 짓고 싶다. 이후 내 몸 상태가 어떨지 알 수 없으니 더 불안하고 조급하다.

심호흡 한 번 크게 하고, 좀더 재미있고 좀더 신나고 좀더 알차게 좀더 의미 있게 보내야지!

D-8 • 수술 전 검사

수술이 제일 쉽다는데, 마음이 어찌 이리 싱숭생숭한지. 수술 전 검사는 오후 2시부터 밤늦게까지 이어졌다. 검사 항목은 6개. 소변·혈액검사, 심전도 검사, X선 가슴 검사, X선 유방 촬영 검사, 초음파 검사(림프절), 유방MRI. 간단한 것부터 난이도가 꽤 있는 것까지 다양하다.

검사 항목이 적힌 종이를 손에 쥐고 있노라니 순간 벽돌깨기 게임이 떠올랐다. 검사 한 개를 마치면 스테이지 한 개 클리어. 갑자기 승부욕에 불타서 여기저기 검사실에 오갔다. 미션 올 클리어! 아마도 이미 한 번씩 해본 검사라 이런 여유를 부릴 수 있지 싶다. 심지어 유방MRI 검사 때는 또 살짝 졸다가 조영제가 들어간다는 멘트에 깜짝 놀라서 몸을 움직일 뻔했다.

D-7 • 떨리는 마음, 아이들에게 암밍아웃

'아이들에게 암에 걸렸다고 어떻게 이야기하지?'

진단 그 순간부터 마음 한편에서 묵직하게 자리잡은 생각. 아이들에게 충격을 주고 싶지 않았다. 아직 한창 엄마의 손이 필요한 아홉 살, 열두 살. 워킹맘인 엄마 때문에 또래보다 더 의젓한 모습을 보이던 대견한 아이들이다. 예측할 수 없는 몸과 마음의 상태를 혼자 삭여낼 자신이 없었다. 수술 후 체력 저하, 피로감, 팔 사용의 불편함, 무엇보다 예민해진 감정이 아이들에게 고스란히 전가될까봐. 수술 일주일 전을 디데이로 잡았다.

붙어 있으면 잠시도 가만히 있지 못하는 장난꾸러기 남매. 사뭇 진지한 표정으로 할 이야기가 있다는 나의 말에 반신반의하는 눈빛으로 쳐다본다. 순간 말문이 막혔다. 남편에게 배턴을 넘겼다.

"얘들아, 엄마가 가슴이 많이 아파. 지금도 치료받고 있는데 곧 수술할 거고, 열흘 정도 입원을 해야 해. 당분간 엄마가 치료를 위해서 회사를 쉴 거야. 수술 후에는 엄마가 힘드니까 우리가 다 같이 도와야 해. 그럴 수 있지?"

갑작스러운 역할 변경에 당황했지만 남편은 최대한 감정을 걷어내고 사실만을 전달하고 아이들에게 역할까지 주문했다.

다행히도 생각보다 아이들은 담담했다. 이런 상황이 없었더라면 얼마나 좋을까. 건강한 엄마, 아프지 않은 엄마였다면 좋았을 텐데. 누구에게나 일어나는 일이라고, 그냥 넘어진 거라고 생각해 왔지만, 아이들을 보면 한없이 약해졌다. 한동안 잊고 있던 원망, 아쉬움이 떠오른다. 그래도 정신을 차리고 미리 준비한 걸 이야기했다.

"먼저 수술을 할 거고, 이후에 어떻게 치료할지 결정되면 알려줄게. 엄마가 수술 후에는 잘 쉬어야 빨리 회복할 수 있어. 스스로 할 수 있는 것들을 잘 해주면 그게 엄마를 돕는 거란다. 아빠도 할머니도 너희들을 돌봐주시니까 걱정하지 말고, 평소대로 지내면 돼."

숙지한 내용을 최대한 담으려고 노력했는데, 한 가지는 말하지 못했다. '암'이라고. 어른들에게도 두려운 단어인데, 굳이 아이들까지 겁먹게 하고 싶지 않았다. 하지만 눈치가 빨랐다면 집안 곳곳의 흔적들, 유방암 책, 브로슈어, 전화 통화 등을 보고 알 수도 있을 텐데, 마냥 해맑은 아이들이 고맙다. 가슴 졸였던 고백을 마치고 손을 모아서 다 함께 파이팅을 외쳤다.

생각보다 수월하게 암밍아웃을 했다고 생각했는데, 정작 눈치가 없는 건 나였다. 그날 밤 아이를 재우는데 배시시 웃으며 묻는다.

"근데 엄마 어디가 아픈 거야?"

"응, 엄마 가슴에 나쁜 세균이 생겼대."

"아~ 나쁜 세균. 왜 우리 엄마 몸에 생긴 거야!"

"의사 선생님이 도와주실 거고, 엄마도 열심히 노력하면 치료할 수 있어."

"그래서 엄마가 1일 1운동하고, 토마토도 먹는 거구나?"

아마 아이도 당황스러워서 그 순간에 표현하지 못했을 뿐, 여러 생각이 들었나보다. 맨날 슈퍼우먼처럼 엄마는 아빠보다도 힘이 세다고 했는데, 그런 엄마가 아프다니, 놀라고 걱정되었나보다. 두려웠을 텐데도 잘 참고, 물어주는 게 기특하고, 한편으로 안쓰럽다. 항상 내가 아이들을 돌본다고 생각했는데, 때로는 속 깊은 말로 마음을 따뜻하게 해준다. 언제부터인가 아이들이 위로와 힘이 된다.

초등 3학년, 6학년인 아이들. 특히 둘째는 내 병을 알고 나서 유독 궁금한 게 많았다. 가장 어려웠던 건 "엄마, 그러면 치료받으면 죽는 거 아니지?"라는 질문이었다. 무턱대고 백 살까지 오래오래 살 거라고 할 수도 없고, 모른다고 할 수도 없고 순간

난감했다.

"의사 선생님이 열심히 치료해 주실 거야. 엄마도 열심히 치료받을 거고. 그러면 다시 건강해지는 거야!"

한참 후 표준치료를 마친 뒤, 딸아이가 고백했다. 그날 이야기를 듣고 엄마가 죽는 건 아닐까 무서워서 혼자 책상에 엎드려 울었다고. 이제 엄마가 나아서 너무 기쁘다고. 아픈 마음을 잘 추스르고 견뎌준 아이가 고맙다.

엄마 환우라면 다 비슷한 마음이지 않을까. 나 또한 머리로는 그러지 않으려고 했지만, 본능적으로 아이들에게 미안했다. 그때마다 힘이 됐던 말.

"엄마는 그냥 존재만으로도 큰 힘이 되는 거야. 아파도, 아프지 않아도 곁에 있는 것만으로도. 아이들은 널 사랑하니까. 미안해 하지 않아도 돼. 오래오래 아이들 곁에 있어주면 돼! 넌 최고의 엄마야. 엄마는 언제나 최고니까!"

다시 건강한 엄마가 되어 아이들과 오래오래 함께하기 위해 힘을 낸다.

타샤의 생각
아이들에게 어떻게 이야기하지?

암환자가 되고 가장 마음에 걸리는 건 아이들이었다. 암을 받아들이고 치료하는 건 내가 감당하면 되지만, 아픈 엄마를 바라보는 건 아이들의 몫이니까. 아이들은 치료가 힘들고 외로울 때 버티게 해준 삶의 이유이자, 마음 한쪽을 아리게 하는 아픔이었다. 항상 바빠서 얼굴 보기 힘들던 엄마가, 병가 휴직이지만 집에 있으니 아이들은 마냥 좋아했다.

아이들에게 이야기할 때, <암환자와 가족을 위한 올바른 의사소통 방법>(분당서울대병원 교육 자료)과 <엄마는 도움이 필요해 : 초등학생 자녀를 둔 여성 암환우를 위한 자녀 돌봄 가이드>(부모자녀건강학회)가 도움이 되었다. 아이들마다 성향이 다르니 정답은 없겠지만, 각자 상황에 따라 활용하면 좋겠다.

<암환자와 가족을 위한 올바른 의사소통 방법>

어린 자녀에게 암을 숨기지 않고 솔직하게 상황을 이해시키는 게 중요하다. 주변 분위기나 어른들의 대화를 통해 상황을 알게 되면, 사실과 다르게 심각하게 받아들이거나 오해할 가능성이 있다. 아이의 입장을 존중하고, 아이가 느끼는 감정과 걱정에 대해서도 아이의 관점에서 이해하려고 노력해야 한다.

취학 전의 아이들은 자기중심적이고 현실과 환상을 잘 구분하지 못해서 엄마가 아픈 게 자기 잘못 때문이라고 생각하는 경우가 많다. 아이의 잘못이 아니라고 알려주고, 치료 중에도 아이와 자주 연락하고 애정 표현을 듬뿍 해서 안정감을 느끼도록 도와주어야 한다.

초등학생 아이들은 엄마가 아픈 것에 대해 죄책감을 느끼거나, 암이 감기처럼 옮는 병일까 두려워하기도 한다. 호기심이 많아 이것저것 질문을 하기도 한다. 무엇보다 '죽음'이라는 걸 아는 나이라서 엄마가 병에 걸렸다고 하면 이 부분을 걱정할 수도 있다. 아이의 질문에 대해 두리뭉실 넘어가기보다는 아는 부분은 솔직하게 이야기하고, 모르는 부분은 좀더 알아보고 알려준다고 하는 게 좋다.

청소년기 아이들은 이미 충분히 예민한 질풍노도의 시기이고, 암에 대해서도 아는 시기이다 보니 엄마의 병에 대해 충격과 스트레스를 받을 수 있다. 엄마가 아픈 게 마음이 아프면서도, 한편으로는 자신의 일상이 영향을 받는 게 싫기도 하다. 엄마의 빈자리와 책임감으로 집안일이나 동생을 돌보느라 힘이 들거나 마음의 상처를 받을 수도 있다. 치료를 받는 엄마도 힘들지만, 아이가 환경적으로 큰 변화를 느끼지 않도록 배려해주어야 한다.

<엄마는 도움이 필요해 : 초등학생 자녀를 둔 여성 암환우를 위한 자녀 돌봄 가이드>

1. 엄마에게는 변화가 필요해

암 이후 달라진 삶에서도 엄마는 자녀를 돌봐야 한다. 어려운 일이지만 현실을 인정하고, 모든 일을 이전만큼 할 수 없는 상황을 받아들여야 한다. 일상생활을 유지하면서도 에너지가 소진되지 않도록 관리를 하고, 지금까지와는 다른 방향으로 삶의 기쁨을 찾으려는 노력이 필요하다. 동시에 부정적인 감정에 대해서도 억누르며 스트레스를 받지 말고, 그대로 인정해주어야 한다. 힘들 때는 의료진이나 배우자 가족 친척 친구 종교 단체나 전문기관의 도움을 받는 것도 좋다.

2. 엄마는 너를 이해하고 있어

초등생은 어느 정도 상황에 대한 이해가 가능하고, 죽음에 대해서도 알고 있다. 아이의 성향에 따라 엄마의 암진단에 반응하는 방식은 다르지만 일반적으로 여자아이들이 부정적인 영향을 받는 경우가 많다.

엄마의 병을 알게 되면 아이들도 걱정이 많아진다. 본인의 잘못으로 엄마가 아픈 건 아닌지, 엄마가 금방 죽는 건 아닌지, 전염이 되는 건 아닌지, 앞으로 누가 자신을 돌봐주는지 등. 아이들에게 솔직하게 이야기해야 하는 이유이다. 막상 아이들은 머리로는 이해하면서도 어떻게 반응해야 할지 몰라서 여러 가지 감정을 보이기도 한다. 두려움 죄책감 분노 소외감 외로움 창피함 등.

3. 엄마의 병에 대해 무엇이 궁금하니?

아이들의 암에 대한 이해는 단편적일 가능성이 높으므로 대략적으로 설명해주어야 한다. 암이 무엇인지(악성종양), 왜 생기는지(원인은 불분명), 치료 방법은 무엇이 있는지(수술, 항암화학요법 등), 치료는 도움을 주지만 부작용도 있다는 점 등을 알려주는 것이다.

치료 과정에서 엄마의 몸과 마음이 힘들 수도 있다는 것을 알려주어야 한다. 머리카락이 빠질 수도 있고, 쉽게 피곤하거나 지칠 수도 있고, 음식을 잘 먹지 못하거나, 면역능력이 약해질 수 있으니 가족이 다 같이 조심해야 한다는 것. 엄마도 치료 때문에 슬프거나 우울하거나 두려울 수도 있고, 아이들을 잘 돌보지 못할까봐 걱정도 되고, 화난 것처럼 보일 때도 있다고. 치료 중에는 우리 일상생활이 조금 불편해질 수 있는데, 함께 도와줄 수 있는지도. 잠시 힘든 시간이 되겠지만 너를 사랑하는 엄마의 마음은 변함이 없다는 걸.

4. 우리 일상생활은 그대로 유지될 거란다

아이들이 평소와 다름없이 학교생활이나 친구들과 잘 지낼 수 있도록 살펴야 한다. 가족이 함께하는 시간을 갖고 힘든 점을 이야기하거나 도움이 필요한 것들을 나누며 정서적인 안정감을 주는 것도 중요하다. 무엇보다 죽음에 대한 공포에서 벗어나는 노력이 필요하다. 혹시나 엄마가 죽을 수도 있는지, 재발할 수 있는지 걱정하는 아이들에게는 이렇게 이야기하자.

"검사 결과를 볼 때 치료가 잘 되어서 현재로서는 암이 재발할 것 같지 않아. 만약 그런 일이 생긴다면 아마 한참 나중의 일일 거야. 혹시라도 네가 어른이 되기 전에 재발한다면 다시 치료받을 거야. 지난번 엄마가 암 치료를 받는 동안 우리 가족이 잘 견뎌냈으니까, 두 번째도 잘 해낼 거야."

D-4 • 수술 후 암요양병원, 그래 일단 가보자!

수술 후 암요양병원에 갈지 고민했다. 수술도 낯선데 요양병원이라니. 하루에도 몇 번씩 마음이 오락가락. 부분절제라 괜찮겠지 싶다가도 그래도 수술인데 괜찮을까? 퇴원하고 집에서 쉴 수 있을까? 고민하며 며칠간 관찰한 결과, 예상대로 휴식 불가. 눈에 안 보여야 마음이 편하지, 집에 있으면서 내 몸을 먼저 챙기는 건 현실적으로 쉽지 않다. 몸도 힘들겠지만, 아픈데도 돌봄을 받지 못한다는 서러움으로 짜증을 내뿜거나 서러워할 내 모습이 머릿속에서 파노라마처럼 펼쳐졌다.

처음에 가족들은 요양병원이라니까 노인요양병원이 연상되었는지 부정적이었다. 암요양병원은 암환자를 전문적으로 케어하는 곳이라는 설명을 듣고 그제서야 마음을 놓았다. 그래도 집이 더 편하지 않냐고 친정으로 오라고도 했다. 가뜩이나 미안한데, 아픈 모습으로 연로한 엄마에게 케어를 받으면 마음이 편치 않을 것 같았다.

한편으로는 친정엄마가 아이들을 돌봐주어서 요양병원에 대한 고민을 할 수 있는 것만도 감사했다. 엄마 환우들은 내 몸부터 챙겨야 하는 걸 머리로는 알지만, 껌딱지인 아이들과 집안일로 실천은 어렵다. 소심한 성격에 며칠을 끙끙 고민하다가 결국 가기로 했다. 무엇보다 빨리 잘 회복해서 가족들에게 돌아오는 게 내가 할 수 있는 최선이니까. 그래, 결심했어!

D-3 • 당분간 낯설어질 일상, 마음 준비하기

일상을 잘 이어가자고 굳게 다짐했는데, 한 번씩 마음이 흔들렸다. 이런저런 생각으로 밤새 뒤척이기도 하고, 새벽녘에 깨서 새근새근 자고 있는 딸아이를 바라보면 마음이 무거웠다. 문득, 너무나 자연스러워서 당연하다고 생각했던 일상이 조금은 낯설어질 수 있다는 걸 깨달았다.

두려움은 불확실성, 미래를 알 수 없음에서 비롯된다. 수술은 정해졌지만 이후 어떤 치료를 받는지, 그뒤 몸 상태는 어떨지 알 수 없다. 진단 5개월차, 임상 치료의 부작용이 있지만 보기에는 나이롱 환자처럼 씩씩하고 멀쩡했다. 하지만 이제는 아니겠지.

딸이 좋아하는 뒹굴거리기, 아들과의 격한 레슬링, 자주는 아니어도 가족들을 위한 요리, 좋아하는 수영, 놀이 같은 딸과의 샤워, 이 모든 일상이 어떻게 바뀔지. 딸아이를 씻기며 이야기했다.

"당분간은 엄마랑 같이 샤워를 못 할 거야. 그래도 이제 머리도 잘 감고 혼자서도 척척 잘해 주어서 너무 예쁘고 고마워."

이제 스스로 해야 하는 때가 온 거라 생각했는지, 아쉬움을 참는 딸의 애처로운 눈빛이 느껴졌다. 영원이 아니라 당분간이라고, 그것만도 감사해야 하는데 아직도 마음을 다스리지 못했나 보다.

D-2 • 입원 짐 싸기

수술을 앞두고 나와 애들의 짐을 챙겼다. 당분간 친정엄마와 지낼 아이들을 생각하니 마음이 짠한데, 정작 애들은 캠핑처럼 신이 나는지 알아서 척척 짐을 싼다. 교과서, 준비물, 옷, 실내화, 읽을 책, 장난감까지 한 보따리.

마음을 추슬렀다 싶다가도 가족들을 보면 약해졌다. 워낙에 무뚝뚝해 표현을 못하고 속만 끓이는 남편, 아픈 딸 걱정에 잠도 못 자고 수척해진 엄마, 마냥 밝기만한 아이들. '내가 아프지 않았으면 가족들이 이렇게 힘들지 않을 텐데' 싶다. 하지만 내 잘못도 아니고 이미 벌어진 일, 힘을 내야 한다.

그랬는데 입원 짐을 챙기다 보니, 잠시나마 출장이나 여행 짐을 쌀 때의 설렘이 떠올랐다. 여행도 좋아하고 출장도 잦아 짐 싸기의 달인이었는데, 그 실력을 유감없이 발휘했다. 차곡차곡, 작은 여행용 캐리어와 이불 가방 하나. 문득 입원이지만 삼시세끼 밥이 나온다는 중요한 사실도 깨달았다. 주부들은 아는 '남이 차려주는 밥'의 위용. 남편의 재택근무와 애들 겨울방학, 온라인 수업으로 진단과 동시에 돌밥(돌아서면 밥)의 수렁에서 허우적거렸는데. 아픈 건 받아들여야 하는 현실이지만, 감사할 일들은 많다. 내 손을 거치지 않

는 삼시세끼, 친정엄마가 애들을 돌봐주어서 요양병원에서 쉴 수도 있다. 무엇보다 항상 나를 무적 슈퍼우먼으로 의지하던 남편이 이제 나의 소중함을 깨닫고 남은 긴 인생 보살펴 줄 거니까!

본격적인 수술산 등반, 출동 준비 완료!

타샤의 생각
수술 입원 준비물 챙기기

수술 전 긴장도 되고 마음이 분주하지만, 꼭 해야 하는 '입원 짐' 싸기. 입원 기간은 수술 종류(전절제, 부분절제, 재건 여부 등)와 수술 후 환자의 상태에 따라 짧게는 2일, 길게는 2주까지 다양하다. 기간이 길수록 필요한 물건들이 많아지지만 기본적인 용품을 정리했다. 하나씩 체크하면서 짐을 챙겨보자.

• 입원 준비물

☐ 속옷, 수건, 세면도구(샴푸, 비누, 칫솔, 치약)
☐ 앞 단추로 입는 셔츠 : 수술 직후 팔이 잘 올라가지 않음
☐ 슬리퍼, 각티슈, 물티슈, 키친타월
☐ 베개, 이불 : 잠자리도 낯설고, 원래 쓰던 게 편함
☐ 빨대 달린 뚜껑 있는 컵 : 수술 후 고개를 숙이기 어려움
☐ 종이컵, 화장품, 수면 양말, 보온병, 휴대폰 충전기
☐ 태블릿 : 영화나 드라마를 보며 시간을 보내기에 제격!
☐ 이어폰(+귀마개) : 다인실에서는 귀마개가 필수
☐ 찜질팩 : 손발이 찬 경우 유용함
☐ 거즈 손수건 또는 립밤 : 입술이 건조해짐
☐ 비닐팩, 생수, 손거울, 투명 L자 홀더 : 각종 영수증 서류 보관용

☐ 드라이기 또는 건식 샴푸 : 입원 기간이 긴 경우 필요
☐ 손톱깎이 : 혹시 모를 거스러미, 장기간 입원 시 필요
☐ 효자손 : 보호자로 상주하는 남편이 코를 골 때 깨우는 **용도**(?)

D-1 • 수술 전 진료 및 입원

유방 MRI 결과 암세포가 최초 3.2㎝에서 1.4㎝로 작아졌다. 수술 전 진료, 임상약이 진약인지 위약인지 나만큼이나 궁금해하던 교수님은 예정대로 부분절제니 마음을 편히 가지라고 했다. 수술 날짜가 정해져도 당일날 입원 병실이 없으면 지연되기도 한다. 다행히 오전 11시 반 입원 확정 및 병실 배정 문자와 간호병동 5인실, 16시까지 입원실로 오라고 연락이 왔다.

입원 후 환자복으로 갈아입으니 순식간에 환자로 변신. 곧바로 수술 위치 표시를 위해 초음파실로 이동했다. 가는 철사 같은 줄을 가슴에 심는데 꽤 아프다. 끝나고 보니 깃털처럼 가슴 밖으로 철사가 솟아나 있다. 가슴에 철실 달린 인조인간이 된 듯한 느낌.

보호자가 상주할 수 없는 간호병동이라 남편을 보내고 혼자 있으니 왠지 싱숭생숭. 하지만 예상치 못한 반전. 저녁에 수술동의서를 갖고 나타난 초훈남 친절 주치의 선생님. '오늘의 모든 고

생은 이러려고 그런 거구나.' 마흔 넘은 아줌마가 뭘 어쩌겠는가. 조금 과장하면 아들뻘인데. 그냥 보고 있으니 마음이 흐뭇해져서 긴장은 스르르 풀리고, 링거를 꽂기 위한 정맥주사도 즐겁게 거뜬히 맞았다. 이쁘고 잘생긴 거 좋아하는 건 그냥 본능이니까.

유방암 수술은 동시 복원이 아니면 약 2시간이 소요된다. 수술 순서는 전날 금식으로 인한 체력을 고려해서 보통 고령자 우선으로 한다. 젊디젊은 나는 오후 늦게 할 줄 알았는데 예상치 못하게 첫 번째, 아침 8시 반 수술로 잡혔다. 이래저래 감사한 일이 많은 하루.

D-Day • 생애 첫 수술, 몸에 칼을 대다

전날 밤, 수술에 대한 긴장과 다인실의 소음으로 밤새 뒤척였다. 자정에는 혈압 체크, 새벽 5시에는 링거 때문에 일어나야 했다. 긴장감과 피로감이 몰려왔지만, 이를 느낄 새도 없이 아침 7시 이송 요원이 이름을 부른다. 내 발로 저벅저벅 걸어가서 이송 베드에 누우려니 기분이 묘했다. 누워서 보는 세상은 서서 보던 것과는 사뭇 달랐다. 천천히 가는데도 천장만 바라보니 엄청나게 빠른 것 같았다. 몸을 온전히 맡긴 채 빙글빙글.

숨길 수 없는 유쾌 본능은 이번에도 가만히 있지 못했다. 긴장의 순간에 상상의 나래를 편다. 처음에는 조금 무서웠지만, 순간 추억 하나가 떠올랐다. 중국 만리장성 내리막길에 설치된 불법 썰매. 자칫 위험할 수도 있지만 스무 살의 나에게는 그저 재밌고 스릴 넘쳤다. 봅슬레이 선수가 이런 기분이려나. 즐거운 기억이 오버랩되면서 긴장이 풀렸다. 반면에 마음이 여리고 겁이 많은 남편은 수술장으로 이동하는 내내 꼭 잡은 손을 놓지 못했다. 말도 한마디 못하고 내 손을 꼭 잡은 길고 긴 손가락에서 긴장감이 전해졌다. 1년 전 시어머님이 수술장에 들어갈 때 내가 어머님 손을 꼭 잡아드렸는데. 그때의 기억과 지금의 내 모습이 겹쳐진다. 1년 만에 같은 경험을 반복하는 남편의 속은 오죽할까.

7시 30분, 핵의학실에서 림프절에 위치 표시 주사를 맞고 대망의 수술장으로 이동했다. 수술장으로 들어가기 전 마취 휴식실에서 약 복용과 관련된 사항을 체크하고, 비닐모자까지 쓰니 진짜 수술하는 느낌! 드디어 드라마에서나 보던 수술실로 이동.

헛, 웬걸. 기대했던 중후함이나 비장함과 거리가 멀다. 수술실은 공장 느낌이 물씬 풍기면서 방마다 번호가 붙어 있다. 정신없는 와중에 눈을 돌려 확인한 가장 높은 숫자는 35번. 헉, 35명이 동시에 수술을 할 수 있다는 의미? 수술장 입구에서 한참을 이동해 도착한 나의 수술방은 28번. 이미 준비 중인 의료진이 6명이나 된다. 과하게 밝은 조명으로 눈이 부셨다.

보통 마취의의 '하나, 둘~' 멘트를 끝으로 눈을 뜨면 수술이 끝났다던데, 그 단계까지 버티지 못했다. 전날 잠을 설친 탓인지, 마취 전 안정제에 기절하듯 잠이 들었다. 설마 수술 중 코를 골지는 않았을지.

정신이 들어 눈을 뜨니 회복실. 수면내시경을 마쳤을 때와 비슷했지만 왼쪽 가슴부터 겨드랑이까지 뻐근하고 묵직한 느낌이 몰려왔다. 정신이 없는 와중에도 본능적으로 심호흡을 했다. 후하후하. 전신 마취에서 빨리 깨고, 폐 기능 손상을 막기 위해 반드시 해야 하는 심호흡. 수술 직후라 욱신거리고 졸리고 정신도 없지만 그래도 해야 한다.

수술장에 들어갈 때는 봅슬레이 타령을 했건만 돌아오는 길은 하나도 기억나지 않는다. 병실에 들어서니 마음 졸이며 기다렸을 남편이 후다닥 달려왔다. 남편의 뜀박질은 좀처럼 볼 수 없는 이벤트인데, 아직 정신이 없어 놀릴 수가 없으니 아쉽다.

비스듬히 앉아서 정신없이 계속 심호흡했다. 졸음은 참을 만했는데 수술실이 추웠는지 발이 시려서 찜질팩으로 발을 감쌌다. 통증은 출산 때보다 덜한 듯 했지만, 느낌이 달랐다. 수술 직후에는 마취 기운이 남아서 덜 아픈데, 갈수록 심해진다. 안타까움이 가득한 눈길로 남편은 연실 내 손만 주무른다.

"고생했어. 이만해서 다행이야."

수술 후 6시간 금식. 보통 링거를 맞으면 배가 고프지 않다던데 왜 이렇게 허기가 지는지. 저녁으로 나온 죽을 깨끗이 싹 비웠다. 배가 부르니 살 만해지나 싶었는데 서서히 통증이 올라왔다. 먹는 진통제 외에도 무통 주사도 있다. 조짐이 보이면 바로 이야기하자! 약에 대해 거부감을 갖기도 하는데, 아프면 이야기해서 몸을 덜 힘들게 하기를 추천한다. 수술만으로도 이미 충분히 지치고 힘드니까.

저녁 8시경 회진을 온 교수님, 아침 8시부터 12시간 내내 수술로 힘드셨을 텐데도 에너지 가득한 목소리로 선물을 주셨다. "림프절 전이 없고 깨끗해요! 최대한 이쁘게 해주려고 노력했는데 가슴에 지방이 너무 없어서 좀." 부분절제에 림프 전이가 없는 것만도 감사했다. 림프절 전이는 수술실에서 열어보아야 확실히 알 수 있는 터라 내심 걱정했는데, 마음이 놓였다. 수술로 떼어낸 부분을 주변 지방으로 메워야 하는데, 그마저도 모자랐단다. 가슴이야 원래 작았고, 이미 잘 알고 있던 터라 괜찮다. 기쁜 소식과 별개로 통증과 소음에 연이틀 잠을 설치니 비몽사몽.

생살을 짼 건데 어찌 안 아플까. 그래도 5개월간 마음 졸이며 가슴에 품고 있던 암순이와 영영 작별을 했다. 이별의 아픔이라 생각하니 견딜 수 있다. 긴 치료의 첫 단계를 잘 마친 것에 감사하며 아픔을 삭인다.

D+1 • 드디어 퇴원, 전리품은 수류탄 2개

부분절제로 입원 기간은 2박 3일. 해외 패키지 여행도 아니고 수술 바로 다음 날 퇴원이라니. 하긴 병상이 늘 부족하니. 수술한 왼팔을 베개에 올리고 잤는데도, 마취를 한듯 얼얼하고 욱신거렸다. 얼굴과 몸은 출산 직후처럼 통통 부어올랐다. 다행히 혼자 걷고 움직일 수 있었다. 가슴보다도 겨드랑

이 통증이 심했다. 림프절을 떼면서 상처가 났고, 겨드랑이는 연해서 더 아프다고 한다.

나의 건강한 위는 배고픔을 호소했고, 강한 생존 본능으로 아침 식판도 깨끗이 비웠다. 병원 밥이지만 맛이 대수랴, 먹어야 다시 일상으로 힘을 내서 돌아갈 수 있으니까.

보험사와 요양병원에 제출할 서류를 미리 요청하니 퇴원 수속이 빨랐다. 오전 10시경 수납을 하고 짐을 챙겼다. 중증 산정특례 혜택으로 예상보다 적게 나온 치료비. 매달 월급에서 떼어가는 건강보험료가 아깝더니만, 정작 아파보니 우리나라 의료체계에 이렇게 감사할 수가 없다.

퇴원 마지막 코스로 배액관 관리 배우기. 일명 피 주머니라 불리지만 실제 피는 아니고 수술 후 배액을 바깥으로 배출하기 위한 것이다. 빨간 피 같은 액체가 든 통이 몸에 주렁주렁. 보기에는 안쓰럽고 무서운데, 막상 불편한 거 외에는 괜찮다. 배액관도 모양이 다양한데, 나는 멋진 수류탄 모양 두 개를 전리품으로 획득했다. 하하! 다만 남들 보기에 민망해서 긴 남방으로 살짝 가렸다. 매일 배액관을 비우고 기록지에 양을 체크하고 입구를 소독해야 한다. 통 안에 공기가 들어가지 않도록 요령이 필요하다.

걸리적거리는 배액관과 팔과 가슴의 욱신거림이 수술로 달라진 내 몸을 상기시켜 줄 뿐 다시 일반인이 된 듯하다. 수술을 잘 마치고, 암순이와 작별하고, 내 발로 걷고, 뺨으로 시원한 바람을 느낄 수 있어서 감사하다.

D+4 • 수술 부위 바라보기, 명예로운 훈장 획득!

수술 후에도 걱정했던 것보다 컨디션도 좋고 멀쩡했다. '요양병원에 괜히 왔나? 역시 난 체력도 정신력도 좋아'라며 우쭐했는데 웬걸. 퇴원 당일 저녁 긴장이 풀렸는지 극심한 피로감이 몰려왔고, 밤새 욱신거림과 지독한 열감으로 자다 깨기를 반복했다. 다음날 아침에는 왼쪽 겨드랑이 통증이 심해졌다. 얼굴, 손, 발 전신이 붓고, 몸무게도 2kg이나 늘었다. 역시나 수술은 수술이다. 후유증은 그렇게 서서히 나타났다. 알량한 자만심으로 과신했던 게 부끄럽다.

배액량은 점차 줄어들었지만, 배액관 제거는 일주일 뒤로 잡혔다. 4일 차에 충분히 줄어든 것 같아서, 애절함을 담아 예약 변경을 시도했지만, 단칼에 거절당했다. 실은 5일 차에 다시 양이 늘어난 걸 보면 다 이유가 있는 거였다. 제거 가능한 배액량의 기준은 병원마다 담당 주치의마다 다르다. 부분절제인데 2박 3일 입원 후 제거하고 퇴원한 경우도 있고, 시어머님은 전절제 후 무려 2주나 달고 계셨다. 결론은 의느님의 말씀을 따르는 걸로.

배액관은 1차 반창고, 2차 서지 브라(압박 붕대처럼 가슴을 조이는 역할)로 꼭 눌러서 고정한다. 그런데 튜브관이 피부를 압박하니 며칠 지나자 간지럽고 아팠다. 미련하게 통증을 참다가 열어보니 빨갛게 짓눌려 있었다. 피부와 관 사이에 거즈를 덧대니 이렇게 편한 걸. 역시 아플 땐 아프다고 불편할 땐 불편하다고 말해야 한다!

배액관 외에도 서지 브라의 벨크로나 이음새에 피부가 쓸려서 상처가 나기도 한다. 팁이라면 남성용 민소매 러닝을 입고, 그 위에 서지 브라를 하면 쓸림도 덜하고 편하다. 글로 보고 상상하면 웃기겠지만, 겪어 보면 꿀팁이다. 며칠 고생하다가 시도해보니 완전 신세계!

호빵맨처럼 부은 몸, 짝꿍이 된 배액관, 더불어 극심한 소화불량과 변비가 찾아왔다. 무조건 많이 먹어야 빨리 회복할 수 있다는 강박감. 입맛이 없는데도 꾸역꾸역 먹었다. 나의 왕성한 소화와 배출력을 과신하며 보통 때보다 훨씬 많이. 그런데 속이 빵빵해지며 며칠째 소식이 없다. 야채도 먹고, 물도 마셔보고, 심지어 변비약도 먹었지만 무용지물. 과도한 투입과 처리 용량 저하, 배출 불가의 복합적인 상태가 되었다. 아는 사람만 아는 그 고통.

4일 차의 스페셜 이벤트는 수술 부위 확인하기. 보통 수술 2주 뒤 샤워가 가능할 때 본다는데, 배액관 트러블과 겨드랑이 압박이 심해서 서지 브라를 잠시 풀어놓은 사이에 그냥 '에잇!' 하고 봐버렸다.

왼쪽 가슴 10시 방향, 암순이가 있던 자리에 손가락 길이만 한 수술 자국이 보인다. 실이나 꿰맨 자국이 있을 줄 알았는데, 요즘은 본드 같은 걸 사용해서 위에 고정 테이프만 붙인다고 한다. 바느질 자국이 없다니 신기방기. 겨드랑이 밑에는 초강력 밴드가 붙어 있어 볼 수 없었다. 아마도 안에 배액관 구멍이 숑숑 뚫려 있겠지. 처음 본 수술 자국에 살짝 당황했지만, 이제 당당하게 유방암 환우로서 훈장을 달았다! 이걸 볼 때마다 이 순간을 떠올리겠지. 아마도 삶이 힘들다고 느껴질 때, 추스르고 일어날 힘과 느슨해진 마음을 다잡을 수 있게 해주리라.

그뒤로도 후유증은 다양하게 이어졌다. 수술을 하지 않은 오른팔까지 전기가 온 것처럼 찌릿해서 깜짝 놀라기도 하고, 열감은 빈도도 강도도 심해져서 부채를 손에서 놓지 못했다. 덕분에 서지 브라도 젖었다 마르기를 무한 반복했다. 2주 동안 샤워를 못 하니 살아있는 과메기 느낌? 언제까지 이럴지 기분이 좀 가라앉기도 했는데, 나보다 한 달 먼저 수술을 한 룸메이트가 힘을 북돋아준다. 한 달만 지나도 샤워도 할 수 있고, 움직이는 것도 훨씬 편하다고. 골골하는 내 옆에서 항암 주사를 맞고 꿋꿋하게 스쿼트를 하는 모습이 의아하면서도, 멋졌다.

내일은 오늘보다 나아질 거니까 파이팅!

D+7 • 조금은 센티해지는 날, 하지만 괜찮아!

5개월 전 갑작스러운 암 진단. '왜 하필 나지?' 하는 부정적인 생각이 들 때마다, 그냥 운이 없는 거라고, 복불복이라고 스스로를 타일러 왔다. 작심삼일을 사흘마다 반복하면서. 그러나 예기치 못한 순간에 훅 밀려드는 감정까지는 통제가 어려웠다. 이 또한 내 마음인 거니 그냥 그대로 받아들이고 토닥여야 한다.

입원 짐으로 챙겨온 소설책 <피프티피플>과 <7년의 밤>. 한동안 자기계발 재테크 책만 읽다가 오랜만에 읽는 소설책은 꿀맛이었다. 이야기에 한참 빠져들었다가 화장실에 갔다. 갑자기 바지 허리춤에 고정해 놓은 배액관이 보였다. '어? 이건 뭐지?'

잠시 후 깨달았다. 지금 수술을 하고 입원중이라는 걸. 순간 밀려오는 당혹스러움. 어처구니없게도 잠시 현실을 완전히 잊었다. 마치 주말 늦은 밤 아이들을 재우고 책을 읽다가 얼른 화장실에 다녀오려던 것처럼. 여기는 병원이고, 나는 수술 후 환자다. 마음이 한없이 가라앉았다.

병원 바로 옆 초등학교. 매일 아침 병실 창문 너머로 재잘거리는 소리가 들려온다. 친구들과 깔깔거리거나 엄마 손을 꼭 잡고 학교에 가는 아이들. '우리 애들도 지금쯤 학교에 가겠구나.' 등교 준비로 분주한 엄마와 멀어진 등굣길에 일찍 집을 나설 아이들이 떠올랐다. 영상통화에 비친 환자복조차도 낯설어했는데, 혹여나 배액관 때문에 놀랄까봐 주말에도 만나지 못했다. 잘 추스르던 마음에 잠시 서러움과 억울함이 밀려온다. 그래도 이 시간이 길어지지 않도록, 소중한 나의 일상으로 돌아갈 수 있도록 노력해야지. 고맙게도 그날 오후에 지인이 선물해준 화사한 꽃다발을 보며 힘을 낸다.

D+8 • 배액관 안녕! 다시는 만나지 말자

사람 마음이 참 간사하다. 수술 직후에는 링거만 빼면 살 것 같더니만, 시간이 지날수록 배액관이 미치도록 불편했다. 불편하기만 한 게 아니라 관에 눌린 자리가 아프고 따갑고 간지럽다. 벅벅 긁고 싶은데 그럴 수도 없고. 배액관을 조심조심 허리에 매달고 남방으로 덮고 다녔다. 마치 수술을 한 왼쪽은 임신부가 된 것처럼, 혹여 누군가와 부딪힐까봐 왼쪽 주머니에 손을 넣고 배액관을 달걀처럼 소중히 품었다. 인고의 시간이 지나고 드디어 배액관을 떼는 외래 진료날이 되었다. 오예!

신나는 마음, 가벼운 발걸음으로 병원으로 향했다. 하지만 전신 마취 후유증이라 주장하는 기억력 감퇴로 진료 시간을 헷갈려 3시간이나 일찍 갔다. 괜찮다. 그럴 수도 있지 뭐! 이제 병원에 익숙해져서 혼자서 밥도 잘 먹고, 한적한 곳에 짱 박혀서 책도 보고 드라마도 보고 잘 놀 수 있다.

배액관 제거는 전문의 선생님이 담당했다. 관을 뺄 때 아프다고 해서 긴장 반, 기대 반 하고 있는데. 갑작스런 질문. “어디 사세요?” 순간 당황해서 “예? 저요?” 무슨 상황인가 했는데, 제거할 때 아프니까 말을 걸어서 긴장도 풀고, 정신을 분산시키려는 나름의 노하우와 배려였다. 초반에는 그럭저럭 괜찮았는데, 중간에 펜치 같은 걸로 확 잡아 뽑는 느낌이 났다. 아파서 얼굴이 절로 찡그려진다.

“아파요? 에이~ 이건 안 아픈 거예요.”(진짜 아픈데.)

“요거, 요기는 좀 아플 거예요.”(여기고 저기고 다 아프고만.)

“5일 후에 샤워하시면 돼요.”

“진짜요? 일주일 더 있어야 하는 거 아니고요? 수술 부위에 물 닿아도 돼요? 겁나는데.”(통증과 긴장이 풀어지면서 폭풍 질문.)

“다들 씻게 해달라고 아우성인데, 샤워하기 싫으신 거 아니죠? 그렇게 허술하지 않으니 걱정마세요. 테이프만 떼지 마시고요. 모양 예쁘게 되라고 붙여 놓은 거예요.”

연신 고맙다고 인사를 하는데, 살짝 머뭇거리며 서지 브라에

피가 좀 묻었다고 했다. 배액관을 뗐는데 그깟 게 대수인가. 흔쾌히 괜찮다고 했는데 돌아와서 보니, 헉, 조금이 아니잖아요.

배액관을 뗐을 뿐인데, 자유로움과 자신감이 팍팍 상승한다. 이제 더워도 꼭꼭 잠그던 점퍼의 지퍼를 오픈해도 된다. 자다가 돌아누울 때 배액관이 눌리지 않는지 더듬거리지 않아도 된다. 관이 빠질까 조심하지 않아도 된다. 아하하하! 신난다. 배액관 안녕, 다시 만나지 말자!

참, 이제는 말할 수 있는 추억. 서지 브라는 속옷보다는 탱크톱 느낌이다. 옆구리에는 수류탄 모양의 배액관 2개. 샤워는 못하지만 땀이라도 닦으려고 상의를 벗고 세면대 앞에 섰는데. '어맛, 걸크러쉬! 툼레이더 같아!' 안다. 자뻑 기질이 만들어낸 말도 안 되는 뻘상상이라는거. 뭐 이렇게 또 한 번 웃는 거지. 그래도 자신감 뿜뿜 셀카로 인증샷도 남겼다.

D+12 · 수술 후 2주 외래 진료, 잠시 휴가 중

요양병원 퇴원. '곧 다시 만나요!'라는 평범한 인사를 나눌 수는 없지만, 대신 우리는 "회복 잘 하고 건강하세요!"라고 덕담을 나누었다. 수술 전에는 겨울이었는데, 어느새 길가에는 벚꽃, 개나리꽃, 목련이 피었다. 내 몸도 저렇게 얼른 회복이 되었으면.

수술 후 첫 외래 진료, 혹시나 항암에 대한 힌트를 얻을 수 있지 않을까 다소 긴장된 마음으로 진료실로 향했다. 선생님은 수술 부위보다 겨드랑이 림프 쪽을 주의 깊게 보셨다. 초음파로 꾸욱 누르는데 아파서 눈을 질끈 감았다.

수술 결과는 2기 초반(2A), 수술 전 검사는 1.4㎝였지만, 실제 2.2㎝. 최초 진단시 3.2㎝여서 1㎝만 줄은 건가 싶지만, 애초에 그보다 컸을 수도 있다.

항상 진실은 수술실에 있다. 그러니 수술 전 MRI나 초음파 검사 결과에 지나치게 걱정하지 않아도 된다. 초음파에서 크게 보였어도, 실제로는 허물만 남고 완전관해가 된 경우도 있다. 일반적으로 MRI가 초음파보다 정확하지만, 확실한 건 열어서 직접 보는 거다.

수술 시 암덩어리 주변에 보이지 않는 작은 암세포 여부를 확인하기 위해, 더 넓은 범위로 절제하고 바로 조직 검사를 한다. 나는 암덩어리 주위로 도넛처럼 1차, 2차 테두리를 절제했다. 1차 테두리에서 암세포가 나왔지만, 다행히 2차에서는 나오지 않아 재수술을 면했다. 한 번도 힘든데 두 번이나 하고 싶지 않지만, 통상 5~10% 비율로 발생한다니 이 또한 운이다. 선행 치료가 효과가 있는 경우 암세포가 작아지고, 그 형태를 유지하면서 줄어드는 게 이상적이다. 그런데 부분부분 쪼개져서 줄어들면 마치 모래알처럼 흩뿌려져서 주위에 흔적이 남을 수도 있는데, 내가 그 경우였던 것 같다.

친정엄마와 아이들에 대한 애틋한 마음과는 다르게 급 피로해졌다. 잠깐 얼굴만 보고 집으로 돌아와 혼절하듯 쓰러져 잤다.

병원에서 혼자만의 공간도 좋았지만, 내 집에서만 느낄 수 있는 익숙함과 편안함. 나의 공간으로 돌아왔다는 안도감이 느껴진다. 이 와중에 싱크대와 화장실의 물때는 왜 눈에 띄는지.

그러면 어떠랴. 남편 혼자 열흘을 지낸 것치고는 집 상태가 양호하다. 나름 청소도 해놓고, 어쩌면 아예 어지르지를 않았을 수도. 그간 혼자 밥을 먹던 남편은 마주보고 함께 저녁을 먹으니 좋단다. 나도 화답하듯 드라마 보면서 혼밥을 하다가 집에서 같이 먹으니 좋다고 했다. 그런데 예리한 남편이 말한다. "음, 왠지 드라마 보고 싶은 거 같은데." 헉, 미처 다 보지 못한 드라마 <사랑의 불시착>을 들킨 듯하다. 2주 만에 감격적인 첫 샤워도 하고, 지정석인 식탁에서 글을 쓰니 일상만으로도 이렇게 행복할 수 있다는 걸 새삼 깨닫는다.

첫 수술과 입원, 수술 후유증과 배액관으로 힘들었지만, 오랜만에 혼자만의 시간을 가졌다. 회복을 위해 산책하고, 책 읽고, 드라마 보고, 글도 쓰고, 온라인 강의도 들었다. 누가 보면 여행 갔다온 줄. 가족들은 제발 아무것도 하지 말고 푹 쉬라고 신신당부했는데. 무언가를 해야 에너지를 얻는 성격은 바뀌지 않나보다. 일상에서 워킹맘으로는 버거웠겠지만, 24시간이 온전히 주어지니 잠도 푹 자고 쉬면서도 하고 싶은 것들을 할 수 있었다.

암 진단 이전의 삶은 어땠을까. 새벽 5시에 일어나 운동을 하고, 업무 시작 전 외국어 공부를 하거나 책을 읽고, 칼퇴를 위해 근무 시간에는 초집중. 퇴근 후에는 아이들 저녁을 챙기고, 공부를 봐주고, 씻기고 재우고. 돌아보는 것조차 버거운 워킹맘의 일상, 아마도 다들 비슷하지 않을까. 엄마, 직장인으로서 해야 하는 수많은 일들. 그 사이에서 아주 조금씩 맛보던 나만의 시간. 아이를 낳고 온전히 나에게만 집중했던 때가 얼마나 될까. 암한테 고맙다고 하고 싶지 않지만, 나만의 시간을 갖게 되어 감사하다!

수술 후 통증은 조금씩 다르게 지속되었다. 욱신거리다가 가끔 전기가 오듯 저렸다. 왼쪽 가슴이 단단하게 붓고 얼얼해서, 만지거나 눌러도 아무런 느낌이 없다. 마치 충치 치료 때 마취를 한 것처럼. 조금 지나 얼얼함이 덜하니, 또 다른 통증이 느껴졌다. 수술 부위 통증은 길게는 1년 이상도 간다고 하니, 그냥 조금씩 좋아지기를 기다리는 수밖에 없다. 암순이가 강력했던 만큼, 이별의 상처도 큰 거로 생각해야지. 그래도 이제 단추 달린 셔츠가 아니라 헐렁한 후드티도 입을 수 있고, 자연스럽게 만세도 할 수 있다. 조급해 하지 말고 천천히 좋아지기를 기다리는 게 치료에서 중요한 마음가짐인 것 같다.

일반적으로 수술 2주 차 외래 진료 때 항암 여부가 결정되거나 추가 검사를 진행한다. 임상이라 4주 차에 엔도프레딕트(EndoPredict) 검사 결과를 듣게 되었다. 혈종과 교수님이 진즉부터 강조해주신 덕에 '젊으니 항암은 당연히 한다'고 생각했다. 그런데 막상 주변에서 항암을 패스한 경우가 많은 걸 보니까, 스멀스멀 욕심이 생겼다. 혹시나 나도 행운의 주인공이 되지 않을까. 하지만 기대가 크면 실망도 큰 법. 걱정한다고 혹은 기대한다고 결과가 달라지지 않는다. 머릿속에서 잊고 그때까지 즐겁게 보내야지!

문득, 지금 내가 휴가 나온 군인 같다. 곧 만기 제대라면 딱 좋을 텐데.

암 진단 = 입영 통지서

진단 후 검사 = 신체검사

호르몬 양성, 허투 음성 = 육군(가장 인원이 많다)

호르몬 음성, 허투 양성 = 해군·공군

삼중음성 = 해병대

수술, 항암, 방사선 치료 = 특수 훈련

치료 중 대기 시간 = 일반 훈련 및 휴가

표준치료 완료 = 만기 제대

표준치료 후 호르몬 치료 및 관리 = 예비군 및 민방위(단, 평생 민방위)

무엇보다 가장 큰 공통점은 바로 '시간이 약이다.' 표준치료도, 군대도 제대가 있다. 그때까지 잘 견디면 다시 좋은 날이 올 거니까. 반드시 힘든 시간이 지나고 일상으로 돌아올 수 있다. 집에 와서 신난 마음으로 무한 상상력 가동중. 하여튼 그래서 오늘도 너무나 감사한 하루!

3주 만에 완전체가 된 가족, 평범한 일상의 소중함

3주 만에 만난 아이들. 혹여나 그 동안 위축되지 않았을지 걱정했는데, 웬걸, 맞벌이였던지라 아기 때부터 껌딱지처럼 함께한 외할머니와 특별한 여행을 다녀온 느낌이다. 아이들을 돌보느라 힘들었을 친정엄마는 절대로 팔을 쓰지 말라고 신신당부하며 닭볶음탕 찌개 나물 반찬 토마토 절임까지 한아름 싸주셨다. 돌봄을 받아야 할 나이에 나를 돌보는 엄마, '엄마, 아파서 미안해요.' 아이들에게도 남편에게도 친정엄마에게도 치료를 잘 마치고 얼른 회복하는 게 내가 할 수 있는 최선이다.

아이들의 옷, 교과서, 책, 학습용 태블릿 등 이민이라도 가는 것처럼 짐을 바리바리 싸들고 집으로 향했다. 오자마자 강아지 마냥 내복 바람으로 쫓아다니고 깔깔거리며 웃고 뒹구는 아이들. 조용하던 집에 순식간에 활력이 넘치고, 동시에 마루는 아수라장이 됐다. 3주 만에 완전체가 된 가족. 아프고 나서야 깨닫게 된 평범한 일상의 소중함.

예전처럼 터프하게 놀아줄 수는 없지만 보고 싶었다며 꼭 달라붙어 엄마 냄새를 맡는 딸아이, 싱글싱글 웃으며 장난을 거는 아들, 그 모습을 바라보는 남편. 집에 돌아온 기념이자 금요일 밤의 루틴대로 소파에 나란히 앉아 영화를 보았다. 나에게 반쯤 기댄 딸아이의 보드라운 머리카락을 쓰다듬어 본다.

앞뒤 베란다에서 만개한 벚꽃을 보고, 아이 손을 꼭 잡고 동네 골목길을 걷고, 남편과 동네 슈퍼에서 장을 보고, 식탁을 꽉 채워 앉아 함께 밥을 먹고, 아이 혼자서는 버거운 숙제를 함께 하고, 한동안 나누지 못한 이야기 보따리를 풀어놓고, 딸아이가 좋아하는 헝겊 인형을 만들고, 새근새근 잠든 아이의 통통한 볼을 쓸어보고, 주말 아침 아이를 안고 뒹굴뒹굴하며 늦잠을 자고, 나의 부재로 중단됐던 가족회의도 다시 시작했다.

3주의 공백은 평범한 일상의 소중함을 간절히 깨닫게 해주었다. 이후에도 이런 공백들이 있겠지. 그럼에도 불구하고 나는 다시 나의 소중한 '일상'으로 돌아오기 위해 노력할 것이다. 그렇게 돌아올 일상이 있다는 것만으로도 감사한 일이니까.

수술 후 · 시시각각 버라이어티한 통증, 상상의 깁스하기

유방암은 가슴에서 시작이 되지만, 겨드랑이 림프 쪽으로 전이되기가 쉽다. 그런 만큼 림프절은 암세포가 유방에만 머물러 있는지, 다른 곳으로 퍼져 나갔을 가능성이 있는지를 가늠하는 중요한 역할을 한다. 수술 전 검사와 상관없이 수술 시에는 몇 개의 림프절을 떼어내 전이 여부를 검사하고, 결과에 따라 림프의 일부, 혹은 전체를 절제하게 된다. 림프액의 순환 장애에 따른 '부종'은 수술 후 대표적인 부작용이다. 부종은 멀쩡하다가도 어느 순간 나타날 수 있기 때문에 수술을 한 팔은 항상 조심, 또 조심해야 한다. 채혈, 주사, 혈압 측정도 안 되고, 무거운 물건을 들거나 과도하게 힘을 주는 것도 주의해야 한다. 안타까운 건 이렇게 조심하더라도 부종은 나타날 수 있다. 이것 또한 복불복. 결국 수술 후 나의 왼팔은 공주, 오른팔은 시녀가 되었다.

수술 후 1주 차, 배액관도 불편하고 수술 부위도 아파서 움직일 엄두가 안 나는데, 너무 안 움직여도 림프 부종이 온단다. 어쩌라는 거지. 살살 체조 동영상을 따라했다. 어랏, 분명히 양팔을 똑같이 머리 위로 올렸는데, 왼팔이 삐딱하니 구부정하다. 나름 유연하고 스트레칭도 잘했는데 당황스럽다. 무리하게 힘을 줘서 올리면 배액관이 빠져 버릴 것 같고 아프다. 부종 방지를 위해 잘 때는 왼팔을 쿠션 위에 올렸다. 배액관 때문에 옆으로

눕지 못하고 반듯하게 누우니 허리가 아프다. 즐겨 입는 맨투맨 티는 언감생심. 공주님이 된 왼손은 혹시나 걱정스러운 마음에 항상 주머니 속에 넣었다. 상상의 깁스 시작!

수술 후 2주 차, 배액관을 빼니 날아갈 것 같다. 통증도 조금 덜해지면서 살 만하다. 급기야 서지 브라를 살짝 풀고 반샤워의 기쁨도 누렸다. 그런데 지난주와 야릇하게 다른 느낌의 통증. 예전에는 욱신거렸는데 이제 찌릿하게 전기가 온다. 나한테 신호 보내는 거니? 반사반사! 가슴은 여전히 마취된 듯 단단하고 남의 살 같다. 겁이 나서 아직 눌러볼 엄두가 나지 않았다.

수술 후 3주 차, 집으로 돌아왔고 인간은 망각의 동물이다. 나만 기다리며 격하게 환영하는 무수한 집안일들. 서지 브라와 작별하니 진정한 자유인이 된 것 같다. 몸은 아직 수술 후 환자인데, 마음은 일반인인 부조화의 상태. 나름 '남편 시키기'도 시도해 봤지만, 하나를 시키려면 내 입이 더 아파지는 놀라운 현상이 발생했다. 어느 순간 내 몸이 알아서 하고 있는 신기한 경험. 무거운 것도 들지 않으려고 했지만, 급한 일이 생기거나 하면 무의식중에 일하고 있는 왼팔. 공식적으로는 공주로 신분이 상승했지만, 새로운 신분이 아직 어색하기만 한가 보다.

지난주에 비해 가슴의 부기가 가라앉고, 콕콕 눌러볼 용기도 생겼다. 마취 느낌은 덜한데, 대신 욱신거리기 시작했다. 통증 총량의 법칙. 부기가 가라앉으면서 수술 부위의 살이 움푹 들어가는 함몰이 조금씩 나타났다. 겨드랑이는 날갯죽지까지 얼얼하게 욱신거리는 부위가 넓어졌다. 그냥 '아프다'는 한마디로 표현하기에는 뭔가 부족한, 다양한 느낌을 불과 한 달 사이에 경험했다. 결정적으로 좀 살 만해진 게 오히려 마이너스가 됐다. 집안일을 한다고 팔을 좀 썼더니 바로 신호가 왔다. 마치 '아직 힘들고 아픈데 너 정말 이럴래?' 하는 느낌. 순간 잠시 잊었던 림프 부종 등 각종 부작용이 떠오르면서 급히 반성 모드로 전환했다.

'헉, 내가 지금 뭘 하는 거지? 상상의 깁스는 어디 간 거야?' 안타까운 건 졸지에 시녀가 된 오른팔. 원래도 오른손잡이라 일을 많이 하는데, 수술 뒤에는 더더욱 불평등한 구조가 되었다. 채혈도 링거도 다 혼자 커버해야 하고, 무거운 것도 오른팔만 사용하니 팔뚝도 왼쪽보다 두꺼워졌다. 내가 유일하게 해줄 수 있는 건 고마움을 표현하고 덜 힘들게 하기. '고마운 오른팔아~ 토닥토닥.'

예상치 못한 경험을 통해 얻게 된 깨달음 하나. 주변에서는 그래도 왼팔이라 다행이라고 이야기했고 나도 그렇게 생각했었다. 그런데 막상 일상생활에서는 양팔을 쓰는 경우가 많다. 가령 뚜껑은 오른팔로 열지만 왼팔이 병을 잡아야 하고, 가방 지퍼는 오른팔로 잠그지만 왼팔이 가방을 고정해야 하고, 머리카락을 말리는 것도 드라이기는 오른팔로 잡아도 왼손이 머리카락을 쓸어내려야 한다. 결국 '우리 몸에 소중하지 않은 곳은 없다'는 평범하지만 소중한 사실.

표준치료 종료 7개월 차, 오른팔은 여전히 충실한 시녀, 왼팔은 운동할 때만 행차하는 공주다. 항암 치료 중 오른쪽 팔목에

무리가 오면서 손목뼈가 튀어나왔고, 호르몬 약의 부작용이 더해지면서 시큰한 통증이 반복된다. 그래도 며칠 푹 쉬게 해주면 다시 언제 그랬냐는 듯 자기 일을 충실히 하려고 하는 나의 오른팔. 항상 고마워!

참, 수술한 쪽의 팔도 겁이 난다고 쓰지 않으면 오히려 기능 회복이 늦어진다. 어려운 일이지만 '노동은 NO, 운동은 OK.' 그 경계가 어디인지는 모호하지만 스트레칭과 가벼운 근력 운동을 병행해야 한다. 부종을 막기 위해 림프 관리도 필요하다. 현실적으로 재활의학과를 매번 찾을 수는 없고 잘 받아주지도 않는다. 스스로 관리하는 방법을 익혀두면 도움이 된다. 다만 낌새가 이상하면 바로 병원으로 달려가서 조기에 치료하는 게 좋다. 부종은 치료가 늦을수록 효과도 더디고 고통이 커지니까.

Part 5.

치료의 클라이맥스, 항암산을 넘다

part 5 치료의 클라이맥스, 항암산을 넘다

항암 당첨! 3개월 특수훈련을 명 받았습니다!

두근두근. 항암 검사 결과를 들으러 가는 날. 채혈 없이 진료만 보니 마음이 한결 여유롭다. 라디오에서 나오는 팝송을 흥얼흥얼 따라하며 운전하다 보니 드라이브 느낌이 물씬!

며칠간 항암을 할지 안 할지에만 온 정신이 빠져 있었는데, 신호에 걸린 사이 갑자기 '재발률'이 떠올랐다. '아, 너무 욕심을 냈구나.' 암에 걸리고 나서야 확률은 0% 아니면 100%라는 걸 알게 되었다. 그럼에도 아픈 몸이어서인지 미래의 숫자에 심리적으로 의지하고 영향을 받는다. 재발률이 낮아지면 덜 불안하지 않을까. 순식간에 '항암을 해도 좋으니 재발률이 낮으면 좋겠다'로 생각이 바뀌었다. 지금의 시간은 항암을 안 받기 위해서가 아니라, 치료를 받아 오래오래 건강하게 살기 위해서니까.

오늘따라 유난히 긴 진료 대기. 책을 펼쳤지만 눈에 들어오지 않았다. 드디어 진료실에 들어갔다. 항상 담담하고 평온한 교수님.

"수술 결과가 아깝게 2기네요. 2.2㎝라, 1.9㎝만 되도 1기인데. 엔도 검사 결과 항암은 TC(도세탁셀+사이클로포스파마이드) 4차로 해야겠어요. 오늘 바로 주사 맞고 가세요."

두둥, 항암 당첨! 마음을 굳게 먹었어도 꽤 충격이었다. 채 마음의 준비가 되지 않아 항암은 다음날 하기로 했다. 예상은 했지만, 사실로 확정되어 두 귀로 들으니 느낌이 달랐다. 마치 판도라의 상자가 열리고, 한 발 내디뎠을 뿐인데 헬게이트로 들어선 기분. 아직 시작도 안 했는데 해야 할 일들이 쓰나미처럼 밀려왔다. 외과 진료, 휴직을 위한 진단서 발급, 항암 교육, 조제약 처방, 주사 예약, 백혈구 촉진제 주사 처방, 진료의뢰서 발급 등.

이어진 항암 교육. 그간 남의 일인 양 멀찍이서 들어왔던 무시무시한 단어로 가득 찬 책자. 쇼윈도에서만 보던 옷을 입고 무대에 올라야 하는 느낌이랄까. 속사포처럼 이어지는 설명에 열심히 고개는 끄덕였지만, 듣는 즉시 머릿속에서 사라졌다.

수납을 하고, 처방전을 받아 흉터 치료약을 받고, 항암 낮병동에서 주사 시간을 예약하고, 협진센터에 가서 진료의뢰서를 받고, 제증명센터에서 진단서를 받고, 인근 약국에서 부작용 방지약을 샀다. 헥헥. 치료는 치료고, 환자로 해야 할 일은 이렇게 많다. 그냥 항암 주사 한 대만 맞고 오는 게 아니었다. 살면서 이렇게 큰 봉지 한 가득 약을 처방받는 건 처음이다. 분주했지만 해야 할 일들 하나씩 하다 보니 조금씩 정신이 들었다.

걱정하며 결과를 기다릴 친정엄마에게 소식을 전했다. 마음 편히 가지시라고, 3개월은 금방 간다고 아무렇지 않은 척 이야기했다. 알았다고는 하시는데, 아마 민머리를 보면 엄청 충격받으시겠지. 집에 오니 나보다 더 충격에 휩싸인 남편. 목이 메는지 말도 잘 못하면서, 그래도 나를 위로하려고 애쓰는 걸 보니 마음이 짠하다.

항암 당첨으로 치료 기간이 길어졌다. 작년 가을 진단 이후 괜히 걱정만 끼치는 것 같아 알리지도, 뵙지도 못했던 시부모님께도 암밍아웃을 했다. 많이 당황하고 놀라신 눈치다. 저녁에는 왠지 맛있는 걸 먹고 싶었다. 집 근처 눈도장을 찍어두었던 태국 음식점에서 그간 조심하며 삼갔던 기름진 것들을 실컷 먹었다. '항암도 해야 하는데 이것도 못 먹어?'라고 괜한 투정도 부렸다.

결과를 듣고 가장 힘들었던 게 뭘까? 항암 치료 부작용은 시어머님 곁에서 봤고, 책에서도 보아 익히 알고 있었다. 다만 수술 후 2주간 느꼈던 '소중한 일상'을 누릴 수 없다는 것. 달콤한 사탕을 입에 넣고 행복이 최고조에 달한 순간, 강제로 빼앗긴 아이처럼 화가 나고 속상했다.

힘들겠지만 견딜 수 있는 만큼의 고통이겠지. 이 또한 지나가겠지. 지나고 나면 긴 인생에서 불과 몇 개월의 시간일 뿐이니까. 잠시 힘든 시간 속에서 가족 모두 성숙해지고 서로의 소중함을 알아갈 수 있기를 바라며 마음을 추슬렀다.

오늘도 정신없었지만, 내일부터 내 생애에 다시 없을 스펙터클한 경험이 시작된다. 항암은 3주 간격으로 4회. 일정이 밀리지 않는다면 21일씩 네 번, 84일이다. 84일만 잘 견뎌내면 된다. 제대를 기다리는 군인처럼 달력에 하나씩 'X'자 긋기. 그래도 치료의 종료 시점이 있다는 것에 감사해야지.

기왕 이리 된 거 표준치료 3종 풀세트로 가즈아! 암순이 절대 박멸! 아자아자!

타샤의 생각
유방암 항암 치료 여부 검사

유방암 진단 후 암환자가 되었다는 충격과 동시에 항암 치료에 대한 공포가 이어진다. 정식 명칭은 화학적 항암 요법. 어감도 그렇고, 영화나 드라마를 통해 본 항암 치료는 무섭기만 하다. 그럼에도 불구하고 표준치료라는 건, 부작용이 크지만 효과가 더 커서 반드시 해야 한다는 뜻이다. 정작 말은 이렇게 했는데 부작용이 꽤 세다. 가장 먼저 떠오르는 탈모 외에도, 우리의 몸이 상상 가능한 범위를 벗어나는 다채로운(?) 경험을 하게 된다. 치료 자체가 너무 고되다 보니 이게 도대체 살자고 하는 건지 모르겠다고 하기도 한다. 무엇을 상상하든 그 이상의 경험을 할 수 있다.

치료 기간이 길어지는 걸 감수하고 임상에 참여했던 이유 중 하나가 항암 치료를 안 하거나, 덜할 수도 있다는 거였다. 부작용이 덜한 호르몬 치료로 항암을 대체할 수 있다면 얼마나 좋을까. 매년 유방암 환자수가 늘어나는 만큼, 더 나은 치료법이 개발되었으면 하는 바람이었다.

과거에는 초기를 제외하고 대부분 항암 치료를 시행했다. 다행히 지금은 검사를 통해 항암 치료시 향후 재발률이 얼마나 낮아지는지 확인할 수 있다. 검사 결과에 따라 효과가 충분하다고 판단될 때 항암 치료를 한다. 검사 비용이 고가이고, 검사를 한다고 모두 항암을 안 하는 건 아니지만 한 번의 기회가 더 생기는 것이다. 실제로 환자가 검사를 요청했는데 결과가 좋아 항암을 패스한 경우도 있고, 항암 치료를 원치 않았지만 검사 결과 확연히 낮아진 재발률을 보고 스스로 수긍한 경우도 있다. 어떤 치료든 환자가 스스로 납득하고, 기꺼이 치료받을 마음이 생겨야 잘 견뎌낼 수 있다.

• 항암 치료 여부 검사란?

정식 명칭은 유방암 다중유전자발현 검사이고, 일명 항암 여부 검사로 불린다. 환자에게는 검사를 어떻게 하느냐보다는 치료에 어떤 영향을 주는지가 더 중요하니까. 검사는 유전자를 분석하여 예후를 예측하고, 저·고위험군으로 분류해서 항암 치료 효과를 알려준다. 검사 종류에 따라 결과값의 형식은 다르지만, 공통적으로 향후 재발률이 높은 고위험군인 경우 항암 치료를 시행한다.

나는 엔도 검사를 받았고, 검사 결과 10년 이내 예상 재발률은 14~15%, 항암 치료시 8~9%로 재발률이 6% 감소했다. 결과값 3.4점 이상은 고위험군인데, 3.7로 항암 치료를 받게 되었다.

검사 대상은 호르몬 양성·허투 음성 타입으로 병기 1~2기 중 림프절 전이가 없거나 미세전이, 호르몬 강양성, Ki67 지수가 낮은 경우이다. 검사는 조직 채취 후 2~3주가 소요된다.

검사 종류 및 특징을 살펴보면 다음과 같다.

• 온코타입DX(OncotypeDX) : 가장 오래된 검사로 축적된 데이터가 많지만, 주로 폐경 후 서양인 위주로 구성되어 있다. 검사 결과 18 미만은 저위험군, 31 이상은 고위험군, 18~30은 중등 위험군으로 분류된다. 점수가 같더라도 환자의 상황이나 연령, 의료진의 판단에 따라 항암 치료 여부가 달라진다. 해외에서 검사.

• 맘마프린트(MammaPrint) : 온코 검사와 함께 많이 시행되며, FDA의 판매용 승인을 받았다. 해외에서 검사.

• 엔도프레딕트(EndoPredict) : 기준점에 따라 항암 여부가 명확

한 것이 장점이다. 기준점 3.3점 이하이면 저위험군으로 항암 패스. 해외에서 검사.

• 온코프리(OncoFREE) : 서울대병원 교수들이 공동 창업한 유전자 분석 기업인 디시젠과 셀레믹스가 한국인의 특성을 반영하여 공동 개발한 검사 방법이다. 폐경 전 50세 이전 환자 데이터를 많이 활용했고, 검사 비용이 경제적이다. 기준점은 20점이지만, 점수가 같더라도 환자의 상황이나 연령, 의료진의 판단에 따라 항암 치료 여부가 달라진다.

• 진스웰BCT : 한국 젠큐릭스에서 40대 이하 동양인 표본을 위주로 개발한 검사이다. 기준점 4점 미만이면 저위험군으로 항암 패스, 이상이면 고위험군으로 항암 치료를 시행한다.

검사 비용은 의료보험이 적용되지 않고, 대략 온코프리 200만 원, 진스웰BCT 300만 원, 엔도프레딕트 300만 원 후반, 온코타입DX 및 맘마프린트 400만 원 정도이다. 2022년 4월 진스웰BCT 검사가 28개 종합병원에서 사용 승인을 받아 실손보험 적용이 가능해졌다. 다만 실손보험 가입자여야 하고, 아직 적용 병원이 많지 않다.

간혹 검사를 하더라도 항암 필요 여부가 명확하지 않을 수도 있다. 같은 점수여도 연령이나 암 타입, 상황에 따라 의료진이 판단한다. 재발률 감소 효과에 대해 의료진과 환자의 생각이 다를 수도 있다. 가령 검사 결과 재발률 3% 감소시, 의료진은 적극적으로 항암 치료를 권하지만, 환자는 감수하는 고통에 비해 효과가 적다고 생각할 수 있다. 대체로 의료진의 결정을 따르지만, 결국 이 또한 최종 선택은 환자의 몫이다.

실손보험 보상 가능 여부는 보험마다 약관이 다르고, 해석도 다르다. 다만 해외에서 검사를 할 경우, 2009년 이전에 가입하고, 약관에 해외 검사비 지원 항목이 포함되어 있다면 보상 가능성이 높다. 치료 방향을 정하기 위해 담당 의사의 소견에 따라 진행하는 검사인만큼 치료 행위로 보아야 하지 않을까. 이와 관련된 분규가 많이 발생하는 상황이 안타깝다.

타샤의 생각
항암 치료 전 해야 할 일

항암 치료는 환자의 상황에 따라 진단 후 바로 시작되기도 하고, 수술 후 조직검사 결과나 별도 검사 후에 결정되기도 한다. 아래 내용은 가급적 진단 후에 바로 챙겨보기를 추천한다.

1. 필수 예방 접종 : 폐렴구균, 인플루엔자, 대상포진(국립암센터)

항암이 결정되고 예방접종을 하려면 시간도 마음도 조급하다. 가급적 진단을 받으면 풀세트로 접종을 하자. 다만 바이러스가 살아있는 생백신은 감염의 우려가 있기에 접종 시점에 유의해야 한다.

• 폐렴 구균 : 암환자는 폐렴 및 폐혈증 위험이 일반인 대비 10배 이상 높다. 65세 이하이고 조기에 암진단을 받은 경우 필수는 아니지만, 유방암은 방사선 치료로 폐에 손상이 갈 수 있으므로 가급적 접종을 권고하고 있다.

• 대상 포진 : 생백신이라 항암 치료 4주 전에 맞아야 한다. 50세

구분		폐렴구균	인플루엔자	대상포진
접종주기		평생 1~2회	매년	평생 1회
접종시기	항암 치료 전	2주 전(사백신)		4주 전(생백신)
	항암 치료 후	3개월 후		

이하는 접종 권고 대상이 아니지만, 치료 중 면역 저하로 대상포진에 걸려 힘들어하는 경우를 많이 보았다.

• 인플루엔자 : 매년 맞는 독감 예방접종으로, 독감 예방 접종 시기라면 접종을 권장한다.

2. 치과 진료 및 스켈링

항암 중 치과 치료는 위험하기도 하고, 치료해 줄 곳을 찾기도 쉽지 않다. 감염의 우려가 높고, 피가 잘 멎지 않기 때문이다. 치과 진료와 스켈링은 놓치기 쉬우므로 일단 진단을 받았다면 검진을 하고 가능한 수준에서 치료를 받자. 스켈링은 1년에 한 번 의료보험이 적용되는데, 항암 치료 중 길게는 반 년 이상 받을 수 없다. 또한 감염의 원인이 될 수 있는 치석을 미리 제거하면 도움이 된다.

3. 눈썹 문신

눈썹 문신은 개인 취향이지만, 눈썹이 모나리자급인 나에게는 탁월한 선택이었다. 참고로 감염과 출혈 위험으로 항암 치료 중에는 할 수 없다. 항암 부작용으로 머리카락도 눈썹도 다 빠지고 퉁퉁 부은 모습은 흡사 머털이 같았다. 물론 눈썹이 있다고 절세미인이 되지는 않는다. 그래도 '얼굴' 스러운 느낌과 변하는 외모로 쭉쭉 떨어지는 자존감의 한 자락을 잡을 수 있다. 암인데 눈썹 문신할 정신이 어딨냐고 따진다면, 조용히 궁시렁거려야지. '누군 안 겪어 봤노~, 나 좋자고 그러나. 그래도 눈썹이라도 표시가 나면 마음이 좀 덜 힘들 텐데' 하고. 참고로 그리는 것도 어느 정도 눈썹이 남아서 기준점이 있어야 잘 그릴 수 있다.

드디어 특수 훈련 시작 (TC 1차)

첫 항암, 누군가와 같이 갈까 싶었지만, 서너 시간 동안 주사 바늘을 달고 찐 환자 모습을 하고 있을 나. 그런 나를 바라보며 하릴없이 기다릴 걸 생각하니 왠지 내키지 않았다. 진단 후 첫 검사 때 환자복 입은 모습을 보이고 싶지 않았던 것처럼. 용감하게 홀로 병원으로 향했다. 그래도 겁은 나서 연락하면 바로 달려오도록 남편을 비상 대기시켰다.

11시 00분 항암 낮병동 도착 (드디어 시작!)

11시 20분 병실 배정 (창가 자리, 오예! 뷰라도 좋아야지!)

11시 40분 부작용 방지를 위한 스테로이드와 항구토제 투약

(항문이 찌릿할 수 있다더니 진짜다. 찌릿찌릿! 이런 경험 처음이야!)

12시 05분 도세탁셀 투약

보통 1시간이 소요된다. 1차는 부작용 체크를 위해 천천히 1시간 반 정도로 맞는다. 맞는 도중 가슴이 답답해지면서 열감이 올 수 있는데, 이상한 조짐이 보이면 바로 이야기해야 한다.

13시 40분 싸이톡신 (성분명 사이클로포스파마이드) 투약

보통 15분이 소요된다. 역시 1차라 천천히 속도 조절. 부작용으로 코가 매울 수 있다더니, 코에 물이 들어갔을 때보다 10배 강도로 느낌이 팍!

14시 10분 항암 약 투약 종료

14시 15분 듀라스틴(백혈구 촉진제)과 투약 의뢰서 수령, 항암 투약 종료 24시간 후부터 72시간 이내에 맞아야 한다. 자가 주사도 가능하지만 겁이 나서 동네 병원에 제출할 투약 의뢰서를

받았다.

촉진제를 맞으면 심한 몸살 기운과 근육통이 와서 이틀 후 오전에 맞았다. 병원에 따라 방문간호사를 집으로 보내주기도 한다. 낯선 동네 병원에서 암환자임을 밝히고, 투약 의뢰서를 내미는 일이 썩 유쾌하지는 않았다. 자격지심이겠지만 괜히 불쌍하게 보는 것 같고, 어색한 시선이 불편했다. 2차부터는 요양병원에서 주사를 맞으니 한결 수월했다.

많이 긴장했던 첫 항암. 부작용 없이 무사히 잘 마쳤다. 오늘도 고생한 나의 오른팔, 고마워! 다음날 잠은 좀 설쳤지만, 다행히도 상태가 양호하다. 먹어야 이겨낸다는 본능으로 열심히 먹었다. 부작용이 심한 초반에 요양병원에 갈 거라 어린 딸이 마음에 걸린다. 딸과의 데이트! 2주 후면 사라질 머리카락을 기념할 겸 증명 사진도 찍고, 유행하는 '인생네컷'도 찍었다. 단발 머리로 환하게 웃는 사진 속의 나. 치료 후에 이만큼 자라려면 꽤 걸리겠지. 나름 머릿결은 끝내줬는데 아쉽지만, 또 자랄 거니까. 단발머리 안녕!

도대체 부작용은 언제 나타나는지 조마조마하다. 저녁에 속이 메슥거려서 체했나 싶었는데, 이것도 부작용. 딱 입덧할 때처럼 메슥거리고 신물이 올라온다. 얼른 약을 먹으니 좀 가라앉는다. 몸은 신호를 보내

는데 둔한 초보 환자는 알아채지 못했다. 미안, 앞으로는 바로 캐치할게!

진단을 받기 전 어느 날 딸이 말했다. "머리카락을 기르면 아픈 친구들을 도울 수 있대." 소아암 환우를 위한 머리카락 기부. 참 예쁘고 사랑스러운 생각이지만 현실은 아름답지만은 않았다. 아직 혼자 머리를 감지 못하는, 머리숱도 많은 꼬맹이. 더욱이 물을 싫어하는 고양이처럼 머리를 감지 않으려고 했다. 반복되는 실갱이에 지쳐 그만둘까 싶기도 했지만, 그간의 노력과 가발을 받고 기뻐할 아이를 생각하며 고비를 넘겼다.

시간은 흘렀고 머리카락은 기부 조건인 25㎝를 훌쩍 넘겼다. 아이는 그간 길러왔던 머리를 자르는 걸 살짝 섭섭해 하면서도, 결심을 했다. 머리카락이 어떤 의미인지 누구보다 잘 알기에 그 마음이 예쁘고 대견했다. 아쉬울 만도 한데, 커트 머리가 너무 잘 어울린다는 친구들의 칭찬에 서운함을 훌훌 털어버리는, 쿨하고 이쁜 녀석! 자르고 나니 좀 어색하지만, 친구들이 행복하게 웃을 수 있으면 좋겠다는 응원의 손편지와 함께 머리카락을 보냈다.

머리카락과 잠시 작별을 해본 덕분에, 나도, 아이도 더 깊은 나눔의 의미와 기쁨을 느끼게 되었다.

버라이어티한 몸의 변화 **변비 근육통 발열 쇼크**

두근거리는 마음으로 부작용이 언제 오나 온몸의 촉을 곤두세웠다. 이런 노력과는 무관하게 다양한 증상은 스멀스멀 나타나거나 갑자기 훅 튀어나왔다. 처음이라 나름 신선했던(?) 1차 항암 부작용. 백혈구 촉진제를 맞고 바로 몸살 기운이 와서 기절한 듯 잠이 들었다. 호르몬 치료 때부터 시작된 열감은 더욱 심해져서, 급기야 자다가 땀에 젖어 2시간마다 깨기를 반복했다. 손풍기와 얼음팩은 필수 아이템. 체중은 부기로 인해 순식간에 3kg이 늘었다. 얼굴 몸 팔 다리뿐 아니라 입안 점막과 혀도 붓다니. 퉁퉁 부은 혀로 입안이 꽉 차는 신박한 경험!

꼬박꼬박 변비약도 챙겨 먹고, 좋다는 음식도 열심히 먹었지만, 꽉 막힌 변은 나올 생각을 하지 않았다. 화장실은 피 튀기는(?) 공포의 공간이 되었다. 새끼손톱만한 거라도 나오면 금메달 부럽지 않은 희열을 느꼈다.

자꾸 처지는 것 같고, 무료한 마음에 책이라도 볼까 했더니 눈도 침침하다. '아, 서럽다.' 하지만 대신 그간 가까이하지 않던 드라마 덕을 보았다. 딱히 몰입은 잘 안 되지만, 드라마를 보고 있으면 통증에 신경이 덜 쓰였다. 고상하게 명상이라고 주장하고 싶지만, 실상은 멍 때리기. 항암 치료 중 드라마보기는 여느 부작용 방지약 못지않게 큰 도움이 되었다. 나뿐만 아니라 가족 모두의 정신 건강에도 도움이 된다. 몸이 불편하면 예민해지고 나도 모르게 가족들에게 버럭하게 되니까.

가벼운 몸살처럼 시작된 근육통. 처음에는 살갗만 따가웠는데 날이 갈수록 강도가 심해졌다. '근육통'이라는 단어에 무수히 많은 의미가 있다는 걸 알게 되었다. 근육통은 항암 치료 내내 계속 됐는데, 통증의 느낌도 강도도 매번 달랐다. 같은 항암

약이어도 근육통은 심하지 않은 사람도 있는 걸 보면 부작용은 사람마다 다른 걸로.

며칠 골골하고서는 '체력이 좋으니 항암도 적당히 견딜 만하군' 싶었는데, 이런 오만함을 눈치챘는지 딱 7일 차에 열이 났다. 원체 둔한지라 몸살인 줄 알고 이불을 싸매고 누웠다. 오한은 심해지고 비몽사몽 끙끙 앓다가 병실 룸메이트에게 발견되었다. 마치 이불을 뒤집어쓴 애벌레처럼 불쌍했단다. 춥지만 이불을 걷어냈는데도 열은 38.7도까지 올라갔다.

항암 교육 때 열이 나면 바로 병원으로 오라고 했다. 하지만 지방에서 구급차로 2시간이나 걸려 본원에 갔는데, 코로나 검사와 대기로 응급실 안에 들어가지도 못하고 자연스레 열이 내려서 그냥 돌아온 환우가 생각났다. 어쩌지. 병원마다 가이드가 다른데, 어떤 곳은 해열제를 먹어도 내려가지 않으면 바로 병원으로 오라고 한다. 응급실이라니 왠지 겁이 났다. 한참 고민하다 해열제를 먹고 얼음팩을 온몸에 부비부비 필사적으로 문질렀다. 열도 열이지만 허리는 왜 끊어질 듯이 아픈지. 다행히 조금 지나서 열이 내렸다. 정신을 좀 차리고서는 허겁지겁 무언가를 입에 넣었다. 막을 수 없는 생존본능.

이렇게 1차 부작용은 마무리되나 싶었는데, 못내 아쉬웠는지 다음 날 찾아온 깜짝 이벤트. 림프 관리를 위해 스트레칭을 하는데 갑자기 싸한 느낌. '어랏? 뭐지?' 순식간에 힘이 빠지면서 몸이 쫙 가라앉았다. 호흡은 가빠지고 속은 울렁거렸다. 어지러움과 동시에 눈이 감기면서 휘청거렸다. 일시적인 혈압 저하로 인한 쇼크. 다행히 물리치료사가 침착하게 대응해 주었다.

면역이 떨어지면 피를 보내는 기능도 약해져서 혈압이 낮아질 수 있다고 한다. 하긴 저혈압뿐 아니라 무슨 일이 생겨도 하나도 이상하지 않은 상황이니. 이럴 때는 하체를 상체보다 높게 하고 피를 상체 쪽으로 보내도록 다리를 주무르거나 무릎을 몸 쪽으로 접었다가 펴주는 동작이 도움이 된다. 새하얘졌던 얼굴과 입술은 잠시 후 혈색이 돌아왔다. 갑자기 벌어진 상황에 컨디션이 돌아오고 나서도 당황스러웠다. 만일 혼자였다면, 병원이 아니라 밖이었다면, 이래서 자만하지 말고 몸을 잘 살피라고 하는 거구나 깨달았다.

내 소중한 몸아, 오늘도 미안. 아임 쏴리!

타샤의 생각
항암 치료 부작용과 실제 사례

항암 치료의 부작용은 너무나도 다양하다. 약이 암세포만 공격하는 게 아니라 정상적인 신체 기능을 하는 모든 곳에 영향을 미치기 때문이다. 기본적으로 면역 기능을 담당하는 백혈구가 감소하면, 감염 위험이 증가한다. 메스꺼움(오심)과 구토가 반복되기도 한다. 적혈구 생성이 감소하면서 산소 공급이 원활하지 않아 빈혈이 생길 수도 있다. 혈소판 생성이 저하돼서 작은 상처에도 쉽게 멍이 들거나 피가 잘 멈추지 않기도 한다. 항암 치료 중 치과 치료가 어려운 이유이다.

점막도 공격을 받아 구내염이 심해지면 먹는 행위 자체가 고통스러워진다. 피부 트러블뿐 아니라 손발톱의 색깔이나 형태가 변하고,

심하면 빠지기도 한다. 설사와 변비를 롤러코스터처럼 오가면서 변비약을 먹기도 설사약을 먹기도 조심스럽다. 가장 오래 가는 부작용은 말초신경계. 항암 치료가 끝난 후에도 6개월에서 길게는 2년까지 지속되는데, 손발 끝이 저리거나 무감각하기도 하고 통증을 느낀다.

사람 몸에 이런 기괴한 현상들이 한꺼번에 나타난다는 게 믿어지는가. 더군다나 이건 항암 치료 교육 자료에 나온 일반적인 이야기이다. 실제로는 환자마다 복합적이고 예상치 못한 부작용을 경험한다. 그럼에도 불구하고 이런 질문을 종종 듣는다. "어머님이 곧 항암 치료 예정이신데, OO약의 부작용은 뭔가요? 많이 힘드실까요?", "OO약은 오심이 심한 줄 알았는데, 전 근육통이 오네요. 왜 이러죠?" 그래서 나와 항암 동지들의 사례를 정리해 보았다.

유방암 항암 약의 종류는 많지만, 대표적으로 많이 쓰이는 건 공포의 빨간 약으로 불리는 독소루비신(아드리아마이신, 앞글자를 따서 'A'로 표시)과 탁센계('T'로 표시)인 탁소텔(도세탁셀), 탁솔(파클리탁셀)이다. 여기에 암 타입별, 상태에 따라 약이 추가되어 각기 다른 조합으로 치료를 받는다.

사례 1. 선수술, 항암약 TCHP 조합*6차, 40대 중반, 서울삼성병원

*TCHP(탁소텔Taxotere+카보플라틴Carboplatin+허셉틴Herceptin+퍼제타Perjeta)

· 암 타입 : 호르몬 음성, 허투 양성

· 평소 건강 상태 : 운동을 많이 하지는 않지만 양호한 편

· 항암 당일은 양호하나 백혈구 촉진제(듀라스타) 주사 이후 부작용이 심해짐

· 주요 증상 : 오심과 울렁거림, 구토, 입이 씀. 설사→변비→설사

다양한 구토방지제(에멘스, 멕페란, 산쿠소패치)를 모두 시도했지만 차수가 쌓일수록 심해짐

· 3차 때는 10일간 음식을 거의 못 먹고 체중 5Kg 감소, 영양제 수액 병행

· 마약성 진통제와 수면 진통제를 병행하면서 자다 깨기를 반복

· 설사 후 갑자기 변비로 돌변해서 좌약·관장 시도. 병원에서는 감염 위험 때문에 관장을 금지하지만 할 수밖에 없는 상황. 안타깝게도 관장도 효과가 없었다.

사례 2. 선수술, 항암약 TC 4차, 40대 초반, 분당서울대병원

· 암 타입 : 호르몬 양성, 허투 음성

· 평소 건강 상태 : 운동도 꾸준히 하고, 체력이 좋은 편

· 항암 당일은 양호하나 백혈구 촉진제(듀라스타) 주사 이후 부작용이 심해짐

· 주요 증상 : 심한 근육통, 고열, 저혈압, 피부 및 두피 트러블, 심한 열감, 전신이 부음. 입이 쓰고 혀가 부음. 변비 → 설사 → 변비

· 차수별로 근육통의 느낌과 정도가 다름. 입이 써서 먹을 수 있는 음식이 줄어듦

· 1차 때 고열 38.7도(타이레놀 먹고 열이 내림), 저혈압 쇼크(현기증), 2차 때 최고 혈압 70대로 하락

사례 3. 선항암, 항암약 AC 4차+TC 4차, 40대 중반, 아주대병원

· 암 타입 : 삼중음성(호르몬 음성, 허투 음성)

· 평소 건강 상태 : 운동을 많이 하지는 않지만 양호한 편

· 주요 증상 : 오심, 손발톱 변색 및 빠짐, 피부색이 까매짐. 구내

염이 심하고 잇몸과 목이 붓고 인후통. 불면증, 두통, 오한

· 극심한 오심 및 3차부터 손발톱 변색이 시작되더니 결국 빠짐

· 구내염이 심해져서 항생제 처방

· 평상시 오한으로 항상 수면 양말과 두꺼운 옷을 입음

· 차수가 쌓일수록 발과 발바닥 통증이 심해져서 걷기가 힘듦

사례 4. 선항암, 항암약 AC 4차+파클리탁셀 12차, 50대 초반, 분당서울대병원

· 유방암 타입 : 삼중음성(호르몬 음성, 허투 음성)

· 평소 건강 상태 : 특별히 아픈 곳은 없었지만, 체력은 약한 편

· 항암 당일은 양호한데 백혈구 촉진제(듀라스타) 주사 이후 뼈마디 통증이 심해짐

· 주요 증상 : 오심, 두통, 기력 저하, 손발톱 변색, 손발 저림, 발바닥 통증

· AC 항암 때 극도의 오심으로 음식을 거의 먹지 못함

· 발바닥 통증, 동상에 걸리거나 마비된 느낌, 모래 위를 걷는 느낌, 따가움 등 시시각각 달라지고 걷기가 어려움

· AC에 비해 파클리탁셀은 수월하게 마침

사례 5. 선수술, 항암약 TCH 6차, 50대 초반, 분당서울대병원

· 유방암 타입 : 호르몬 음성, 허투 양성

· 평소 건강 상태 : 운동 마니아로 말벅지의 소유자

· 항암 당일은 양호한데 백혈구 촉진제(듀라스타) 이후 부작용이 심해짐

· 주요 증상 : 근육통, 손발톱 변색 및 빠짐, 발바닥 통증, 손발 저

림, 두피 트러블

· 평소 건강 상태가 양호해서인지 부작용이 심한 기간이 짧은 편이나, 차수가 누적될수록 회복 속도가 더딤

· 2차 때 손발톱 변색이 시작되고, 3차 후 발톱이 빠짐

· 후반으로 갈수록 관절과 다리 통증이 심해져서 걷기가 힘듦

보통 A(아드리아마이신)는 오심, T(도세탁셀)는 근육통을 주된 부작용으로 알고 있는데, 위의 사례를 보면 꼭 그렇지는 않다. 즉, 약 종류별 부작용은 대체로 그럴 수도 있지만 아닐 수도 있다. 어쩌면 면역력이 떨어지면서 몸의 가장 취약한 부분에 부작용이 심하게 나타나는 게 아닐까. 항암 치료 시작 전, 온갖 상상을 하며 부작용에 대해 폭풍 검색을 하고, 차수마다 어떤 증상이 나타날지 몰라 두렵기도 했다.

치료를 마친 지금 돌이켜보니 임신 중 출산 후기를 알아보면서 극에 달했던 공포감과 비슷하다. 실제로는 산모마다 진통 시간도, 힘든 정도도 다르다. 굳이 남의 이야기는 큰 의미가 없는데, 뭘 그리 열심히 찾아봤는지. 무엇보다 두려워하고 걱정한 것과 달리 모두 잘 해내지 않는가. 살면서 처음 겪는, 경험해 보지 않은 것에 대한 두려움일 뿐이다.

항암 치료를 앞두고 이것저것 알아보지만, 똑같지 않을 가능성이 더 높으니 미리 걱정하지 말자. 오히려 치료 중 몸과 마음을 챙기는 게 더 중요하다. 심리적으로 건강 상태를 과신하지 말고, 평소와 다른 몸의 반응이 나타나도 당황하지 않기. 몸을 살피면서 필요한 약을 먹거나 충분히 쉬기.

누구는 수월하게도 한다던데, 왜 유독 나만 힘드냐고 원망해도 소용없다. 치료를 위해 독한 약이 몸에 들어갔고, 그걸 견뎌내는 어쩔

수 없는 과정이니까. 내 몸 어디가 힘든지, 몸이 보내는 신호에 귀를 기울이면서 할 수 있는 일에 집중하자. 몸에 애정 어린 관심을 갖고 몸이 보내는 신호에 집중하자. 1차 항암 때 피곤한데도 제대로 쉬지 않다가 가벼운 쇼크 증상을 겪었다. 그 뒤로는 유난스러울 정도로 내 몸을 돌보려고 노력했다. 조금만 피곤해도 바로 누워서 쉬고, 부작용의 낌새가 보이면 약을 먹었다. 부작용이 어떻게 나타날지 알 수 없고, 설사 알더라도 줄이거나 막을 수는 없다. 그저 내려놓음의 자세로 받아들이고 관찰하고 대응하는 게 최선이 아닐까. 덧붙이자면 부작용 알아볼 시간에 운동하고, 몸에 좋은 음식을 챙겨 먹자!

10일의 기적, **무적의 항암 특권**

3주 간격으로 진행되는 항암. 개인차가 있지만, 대체로 힘든 시간을 견디면 '10일의 기적'을 경험하게 된다. 호중구 수치는 항암 후 10일경 최저를 찍고, 그 뒤 차츰 회복하면서 3주면 다시 정상으로 돌아온다. 항암으로 골골하던 몸에 갑자기 생기가 돌면서 컨디션이 좋아진다. 3주라는 치료 주기는 과학적 원리를 바탕으로 하고 있다. 아이를 키울 때 '100일의 기적'보다 더 신비했던 '10일의 기적.'

룸메이트 언니는 나에게 진정한 기적을 보여주었다. 초반 열흘은 울렁거림과 오심으로 음식을 거의 먹지 못했다. 구토 방지제 수액과 경구약, 무엇으로도 증상이 나아지지 않았다. 설사까지 심하니 기력은 없고, 움직이면 오심이 올라왔다. 열흘간 거의 침대와 한몸이 된 '침아일체'의 경지를 이루었고, 우유 빛깔이라 일명 곰국으로 불리는 영양제 수액(콤비플렉스)으로 하루하루를 연명했다. 일주일 만에 체중이 5kg이나 줄어서 점점 핼쑥해졌다. 보는 사람이 더 안타까웠던 시간.

10일 차 아침, 전날과는 무언가 달라진 분위기. 언니는 해맑게 웃으며 반짝이는 눈빛으로 아침 식사를 기다렸다. 열흘 만에 최고의 식사량을 선보이더니 설사도 멎었다. 입맛은 완벽히 돌아오지는 않았지만 몇 가지 음식을 먹을 수 있을 정도로 회복되었다. 그 뒤로도 이렇게 극단적인 10일의 기적을 차수마다 반복했다. 4차 때는 오심 때문에 더 이상 못 하겠다고 울먹이기도 했다. 결국 잘 참고 견뎌서 6차까지 무사히 마쳤다. 신은 인간에게 견딜 수 있는 만큼의 시련을 준다더니, 항암 치료도 그랬다. 아프고 억울하고 힘들고, 부작용이 심할 때는 많은 생각이 들지만 참고 견디면 다시 회복이 되었다.

힘든 시간을 잘 견디라고 주어지는 '무적의 항암 특권.' 뭐든 입에 당기면 아무거나 먹어도 된다!(회 같은 날것은 감염의 우려가 있어서 제외) 먹는 거 자체가 힘드니, 뭐라도 먹고 기운을 차리라는 의미다. 진단 후 밀가루, 단 거, 찬 거, 튀김, 아이스크림 등 좋아하던 걸 다 줄이고 참으면서 지냈는데, 잃는 게 있으면 얻는 게 있다.

이런들 어떠리, 저런들 어떠리. 그간 못 먹던 걸 마음껏 먹으라는데! 10일의 기적과 퇴원을 축하하며 불금의 만찬을 즐겼다. 김밥 사발면 떡볶이 닭강정. 이전에는 지극히 평범한 음식이었는데, 항암 1차의 고비를 넘긴 우리에게는 마냥 신나고 설레는 마법의 음식이 되었다. 먹어도 마음 편히 먹지 못하고, 일말의 죄책감을 느끼며 한 입씩 먹던 서러운 기억. 감개무량하다! 강력한 특권의 화룡점정으로 바닐라 아이스크림 후식까지. 하지만 설레는 마음과 달리 혀는 예민했고 먹는 양도 줄어서 거의 먹지 못하고 남겼다. 그래도 순간의 기분은 추억으로 남았다.

타샤의 생각
슬기로운 항암 치료를 위한 실전 노하우

항암 치료 시 병원에서 부작용과 영양 관리에 대한 교육을 받는다. 물론 유용하고 필요한 정보지만 그래서 뭘 어떻게 해야 하는지는 감이 잘 오지 않는다. 선배들의 경험을 끌어 모아 기본적이고, 중요한 것들을 정리했다. 항암 치료 중인 환자들이 머리를 맞대고 후배들을 위해 기억을 더듬었다. 나름 열띤 토론과 고민을 거쳐 엄선한 만큼, 마음과 노력을 예쁘게 봐주시기를!

• 항암 후 3일은 최대한 물 많이 마시기(매일 최소 2ℓ)

항암 약은 암세포뿐 아니라 몸 구석구석에 영향을 준다. 최대한 빨리 배출이 되도록 물을 많이 마시는 게 좋다. 매일 2ℓ 생수 한 병 혹은 500mℓ 생수 4병(뚜껑에 1~4번 번호 매기기)으로 목표를 정하면 수월하다. 평소에도 물을 많이 마시는 게 좋지만, 이때는 의식적으로 더 많이 마시기!

• 처방받은 약은 꼬박꼬박 챙겨 먹기

아프면 약 먹기. 너무 당연한데 강조하는 이유가 있다. 항암 치료 중에는 종합선물 세트처럼 다양한 부작용 방지약을 처방받는다. 가볍게는 일반 진통제에서부터 변비, 설사, 복통, 오심 방지, 구토 방지, 마약성 진통제, 스테로이드 등 한가득. 짧게는 3개월 길게는 반년 이상 치료를 받으니 이 많은 약을 먹어도 될지 불안하다. 혹은 중독이 되는 건 아닌지 걱정도 된다. 그러다보니 약복용에 대한 거부감으로 부작용을 그냥 참고 견디는 경우가 있다.

하지만 예상되는 증상에 대해 처방해준 약이다. 증상이 나타나면 (필요하면 예방적으로라도) 약을 믿고 복용해서 부작용을 최소화하는 게 가뜩이나 힘든 몸을 돕는 것이다. 무엇보다 중독될 만큼 약을 주지 않는다.

꺼림칙한 마음에 AC 2차까지 약을 전혀 먹지 않았던 전우. 힘들고 고통스러운 시간을 보내다가 3차부터 약을 먹었다. 이전과는 다른 신세계를 경험하고 감동의 눈물을 흘렸다. 후배들을 위한 신신당부, 약은 의심하지 말고 챙겨 드세요!

• 부작용 증상을 꼼꼼히 기록해서 진료 때 이야기하기

병원마다 교수님마다 항암 부작용 약의 처방은 다르다. 풀패키지로 꼼꼼하게 한가득 챙겨주는 곳도 있고, 기본적인 것만 처방해 주기도 한다. 사람 욕심에 이게 또 뭐라고, 한가득 약을 타오는 게 내심 부러웠다. 의료진이 필요한 약을 알아서 챙겨줄 거라고 기대하지만, 필요한 약에 대한 관점이 다르고 환자마다 증상이 다르니, 기대에 못 미칠 수도 있다. 환자가 표현하지 않으면 의사는 어떤 부작용이 있었는지 알 수 없다. 항암 차수마다 부작용을 정리해서 진료 때 이야기하자.

항암 주기는 보통 3주. 초반 열흘은 힘들고 그 뒤로 컨디션이 나아지니 증상을 잊어버릴 수 있다. 증상이 나타나면 바로 적어두었다가 진료 전날 모아서 정리하면 좋다. 물론 힘들었다고 눈물을 글썽이며 호소해도, "그럴 수 있어요. 항암 부작용이에요"라는 시크한 대답이 돌아올지도 모른다. 심지어 약간의 핀잔도. 그래도 상처받지 말자! 의료진은 하루에 수십 명의 환자를 만나니까. 부작용을 이야기하는 이유는 공감이 아니라 이를 완화시킬 방법을 찾기 위해서다. 의료진도 딱히 뾰족한 수가 없을 수도 있지만, 방법이 있다면 알려주지 않을까.

항암 중 음식 섭취가 어려우면, 환자용 영양 음료가 있다. 시판용(뉴케어, 미니웰, 그린비아, 실버웰 등)을 직접 구매하거나, 진료 때 부작용을 이야기하고 경장용 영양제(엔커버 등)를 처방받을 수 있다.

• 변비로 인한 출혈, 치질에는 좌욕이 최고

흔한 부작용인 변비와 설사, 어느 쪽이든 항문에 치명적이다. 더욱이 항암약으로 점막도 약해져서 한 번 타격을 받으면 회복도 더디다. 어느 순간부터 화장실에 가는 게 두려워졌다. 변비가 심해 거의 매번 피를 보았다. 변비약을 꼬박꼬박 챙겨 먹었지만 무용지물. 아픈 것도 그렇지만, 뚝뚝 떨어지는 빨간 피를 보며 느낀 서러움과 공포. 변비를 피할 수는 없었지만 통증을 줄이고 빨리 회복하는 데 좌욕이 도움이 된다. 해본 사람은 누구나 추천하는 좌욕. 아침 저녁 5분 안팎으로 따뜻한 물에 앉아 잠시 쉬면서 명상을 해보자! 이왕 쉬어가는 거 확실하게 쉬기.

• 내 몸을 과신하지 않기

여러 번 강조해도 지나치지 않은 기본 마인드다. 항암 약은 생각보다 강력하다. 차수가 쌓일수록 몸속에 누적되면서 힘듦이 제곱으로 늘어난다. 순식간에 수십 년간 알아왔던 몸과 전혀 다른 상태가 된다. 그런 만큼 나의 몸에 대한 과신은 금물!

너무 걱정하고 미리 움츠러들 필요는 없지만, 컨디션이 급히 다운되거나 피곤해지면 바로 쉬는 게 좋다. 장시간 운전이나 무리한 운동을 피하는 것도 같은 맥락이다. 체력이 좋아서 내심 항암도 적당히 이겨낼 줄 알았는데, 땡! 1차는 열흘 후부터 컨디션이 좋아서 '역시~' 하고 방심했다가, 2차 때는 거의 3주 내내 골골거렸다. 그 뒤로는 가능한 무리하지 않으려고 했다. 우리 몸은 잘 이겨내려고 노력하고 있으니 덜 힘들도록 아끼고 사랑해 주자!

14일 차, **어김없이 시작된 탈모**

유방암 난소암 등 여성암 치료에 쓰이는 항암 약은 대부분 탈모를 동반한다. 빠르게 자라는 암세포를 표적으로 하니, 매일 자라는 머리카락도 대상이 된다. 치료의 클라이맥스였던 항암, 항암 부작용의 최고봉은 탈모였다. "암에 걸렸는데 그깟 머리가 대수야", 혹은 "머리카락은 다시 자라잖아"라고 할지도 모른다. 나도 안다. 머리카락보다 목숨이 중요한 거, 치료 마치면 다시 나는 거. 그렇지만 한 올도 남지 않은 민머리에서 오는 마음의 타격이 생각보다 컸다. 항암 치료 예정인 가족이나 친구에게 어설픈 위로보다는 예쁜 비니나 모자로 따뜻한 마음을 표현하자. 나의 항암 당첨 소식에 비니와 두건, 가발용 모자를 보내준 친구를 생각하면 지금도 마음이 뭉클하다.

왜인지는 알 수 없지만, 오래 전 버킷리스트 중 하나가 '멋진 빡빡머리'였다. 다만 사회적 지위와 체면상(은 개뿔, 실상 용기를 내지 못했다) 실천에 옮기지 못했다. 그랬기에 '옳다구나, 내심 이렇게 꿈을 이루는구나!' 위안 삼기도 했다. 그렇지만 원해서 하는 것과 강제 탈모는 좀 달랐다.

내 머리카락은 숱이 적은 것 외에는 꽤 괜찮은 편이었다. 곱슬머리인 친구들이 부러워하던 참직모, 염색을 한 듯 새카만 머리색, 린스를 하지 않아도 찰랑찰랑한 머릿결. 어느 날 병원 근처 탄천을 걷는데, 어깨 길이의 머리카락이 패딩 점퍼를 스쳤다. '사락사락.' 예전이라면 알아채지 못했을 텐데. 막상 곧 사라질 거라 생각하니 그간 무심했던 머리카락의 아름다움을 찬양하게 된다.

각설하고 항암 13일 차부터 머리카락을 주의 깊게 살폈다. 살짝 잡아당겨도 봤지만 아직 이상 무. 마의 시간이 다가올수록 느낌이 묘했다. 뭉텅이로 빠지는 걸 보는 기분이 어떨지, 빠지기 전에 쉐이빙을 하라는데 막상 하려니 아깝고, 이러지도 저러지도. 항암 전 몸에 어떤 반응이 일어날지에 대한 두려움이 컸다면, 탈모는 이미 아는데도 겁이 났다. 마치 롤러코스터를 타고 정상을 향해 철커덕철커덕 서서히 올라가는 느낌, 곧 급하강할 걸 아는데도 두근두근 공포는 커졌다.

막상 디데이가 다가오니 탈모의 두려움보다도 현실적인 문제들과 맞닥뜨렸다. 어디에서 쉐이빙을 할지, 가발은 어디에서 사는지, 가격은 얼마인지. 동네 미장원에서는 혹여나 아는 사람을 만날까 민망하고 꺼려진다. 예상 외로 꽤 고가인 가발은 아무 곳에서나 덥석 사기가 망설여진다. 급한 대로 적당히 버틸 수 있는 부분가발과 모자를 준비하니, 왠지 전투태세를 갖춘 듯 마음이 든든하다.

14일 차 아침, 눈을 뜨자마자 머리카락을 살짝 잡아당기고 쓸어보았다. 아직은 양호하다. 하루 더 버티는 건가? 혹시나 내가 최초의 예외가 되는 거? 무심하게도 탈모는 기대를 무참하게 무너뜨리며 순간이동처럼 뿅 하고 나타났다. 오후에 세수를 하면서 머리를 스윽 넘기는데 '두둥~, 왔구나 왔어.' 겪어본 적이 없지만, 알 수 있는 느낌적인 느낌. 운명적인 사랑처럼 강렬하고 또렷한, 불과 서너 가닥이었지만 확실했다. 다만 '뽑히는' 게 아니라 '스르륵' 손에 힘 없이 묻어나는 게 당황스러울 뿐. 내심 불굴의 정신력으로 탈모를 무찌르나 싶었으나, 결과는 KO패.

"드디어 시작됐어." 나의 고백에 흔들리는 남편의 눈동자. 마음이 여린 남편은 내가 머리카락을 스윽스윽 문지르는 걸 쳐다보지도 못했다. 수술 때도 백배는 더 긴장하더니만, 왠지 쉐이빙도 그가 아니라 내가 위로를 해야 할 것 같다. 미리 알아본 가발 전문점에 연락해 바로 예약을 했다. 아이들과 친정엄마에게 내일 까까머리가 될 거라고 알렸다. 겉으로는 괜찮다고 했지만, 마음이 어땠을지.

'고운 머리야, 항상 함께 해줘서 고마워. 약이 얼마나 독하면 견디지를 못할까. 잠시만, 3개월만 있다가 다시 만나자. 예쁘게 잘 밀어줄 테니 그때까지만 잘 버텨주렴.'

두근두근 쉐이빙, 서양인 두상의 재발견

남편과 함께 가발샵으로 향하는 길. 정작 머리를 깎는 건 나인데, 왜 남편이 더 비장한지. 동영상으로 남기고 싶었지만 남사스러울 것 같아 사진만 찍었다. 지금 생각하니 아쉽다. 나름 스페셜한 경험인데. 쉐이빙 룸, 밝은 실내, 익숙한 미장원 의자, 맞은편의 대기 의자, 머리를 감는 세면대, 프라이빗하게 분리된 공간. 누가 들어올까 불안하지 않아서 좋다. 쉐이빙도 버거운데, 그것까지 신경 쓰이면 아마 마음이 바닥을 뚫고 들어갔을지도.

20대 초반의 쾌활한 디자이너 샘, 밝은 느낌이 좋다. 가운을 걸치고 마스크를 교체했다. 드디어 바리깡을 손에 들고 시작을 알렸다. “마음의 준비는 되셨어요? 이제 시작할게요. 잠깐만 안녕하는 거에요.”

‘윙윙.’ 짧은 대화였지만 배려가 고마웠다. 여성 고객의 절반은 항암 때문이라니, 아마도 어떤 마음일지 헤아리는 게 아닐까. 스윽~ 바리깡이 한 번 지나가자 머리카락이 뭉텅이로 잘려나갔다. 처음에는 당황스럽더니 몇 번 지나니 그새 익숙해졌다.

거울을 보니 순간 영화 <라스트 모히칸>이 되살아났다. 이런 용맹한 전사의 모습이라니! 사진으로 남겼어야 하는데 샘의 능숙한 솜씨에 미처 스톱을 외치지 못했다. 현란하게 움직이는 바리깡. 깎인 부분이 늘어날수록 느껴지는 묘한 쾌감. 헉, 나 변태인 거? 불과 몇 분 사이 휘리릭 의식이 끝났다.

쉐이빙 완료. 순간 추억의 사진이 떠올랐다. 친정엄마가 머리숱이 많아지라고 돌 때 빡빡 깎은 뒤 찍은 올누드샷. 그때 그 아기가 40년 만에 다시 빡빡이가 되었다. 비록 그때의 뽀송함은 사라졌지만 적어도 머리는 똑같아졌다!

이어진 샘의 칭찬은 나를 더욱 황홀하게 했다. “두상이 정말 예쁘네요. 동양인들은 보통 뒷머리가 옆으로 퍼져서 머리가 크거든요. 그런데 작고 동그란 게 딱 서양인 머리에요!”

오! 대대로 물려받은 튼실하고 짧은 하체의 전형적인 동양인 몸뚱이건만, 감춰져 있던 매력 포인트를 발견했다. 머리를 밀지 않았으면 평생 묻혔을 보물. 거울 속에 동자승같은 까까머리가 눈에 들어온다. 나름 동글동글 귀엽다. 꽤 만족스러운걸. 정신없이 셀카 시연. 살짝 센 언니 느낌에 신이 났다. 눈물과 슬픔의 삭발식을 예상했건만 즐겁고 씩씩하게 의식을 치렀다. 아직 민머리로 다닐 용기는 없어 두건을 쓰자 갑자기 기세가 꺾인다.

기왕 민 거 스님처럼 반들반들해지는 줄 알고 꿈에 부풀었는데, 초단기 빡빡이로는 이를 수 없는 경지였다. 기간이 짧으면 머리카락이 빠지다가 다시 나서 그 느낌은 나지 않는단다. 아쉬운 대로 삭발 자체로 만족. 이제 머리 피부는 더 이상 보호막이 없으니 보습을 해야 한다. 손바닥으로 머리에 로션을 착착 바르는 기분이란.

갑자기 현타가 오면서 아이들을 어떻게 대할지 고민이 된다. 곧 날도 더워지는데, 비니를 어떻게 계속 쓰고 있지. 에이 모르겠다. 꼬맹이 앞에서 비니를 휙 벗었다. 3초간 바라보는 딸.

"엄마, 두건 쓰는 게 더 낫겠다. 하하"

"왜? 안 써도 이쁘지 않아? 엄마 이쁘잖아."

"아니 그게, 안 써도 되는데, 써도 된다고."

웃으며 도망을 간다. 곧 사춘기인 6학년 아들은 왠지 조심스럽다. 어쩌다보니 민머리를 보였다. 그런데 쏘 쿨~ 무심하게 휙 지나간다. 속으로는 놀랐을 텐데. 정작 문제는 나. 장난기가 멈추지 않아 기어코 아이에게 말을 건넸다.

"아들, 엄마 머리 밀어도 이쁘지?"

"아. 어…… 머, 응."

사람에 따라 가족이나 남편에게도 민머리를 보이지 않기도 한다. 진단 후 맞닥뜨리는 많은 선택처럼 이것 또한 정답은 없다. 그저 마음이 편한 대로 하면 된다. 중요한 건 내 마음이니까. 나는 당황스러움은 잠깐이고 집에서의 편안함은 길 거라 믿고 몸이 편한 쪽을 택했다.

태평한 나와 달리, 친정엄마는 충격으로 꼬박 이틀을 앓아 누웠다. 나를 보고 한참을 우셨다. 딸아이가 휴지를 건네며 외할머니를 토닥토닥 안아주었다. 붙잡고 같이 울 수도 없고 괜스레 너스레를 떨었다. "아유, 두상 이쁘게 낳아줘서 고마워. 덕분에 밀어도 이쁘네. 이제 머리숱 두 배 된대. 안 그래도 머리숱 적어 걱정이었는데 잘 됐잖아. 울지 마."

말은 이렇게 했지만, 내 딸이 아프면 같은 마음이겠지. 아이가 희귀병을 앓았던 친구가 말했었다. "우리 애 머리 밀던 날, 둘이 붙잡고 펑펑 울었잖아." 자식이 열 살이든 마흔 살이든 부모 마음은 다 똑같나 보다.

친정엄마는 그렇게 한참을 울더니만, 갑자기 벌떡 일어나서 분주하게 장어를 구워 한 상을 차려주셨다. 잘 먹어야 이겨낸다고. 호중구 올리는 데 좋다는 장어를 냉장고 가득 쟁여 놓았다. 아이를 낳고 키우며 친정엄마의 마음을 이제는 안다고 생각했는데, 항상 넉넉히 품고 아낌없이 베푸는 그 마음을 헤아리기에는 한참 모자라다.

샤프심과의 전쟁, 새똥 맞은 스님이 되다

쉐이빙은 완전 빡빡이가 아니라 두피 손상을 막기 위해 0.5㎝ 정도를 남겨둔다. 일명 밤톨이 스타일. 남은 머리카락이 점점 빠지면서 거뭇한 느낌에서 살색으로 천천히 바뀌었다. 문제는 쉴 새 없이 빠지는 짧은 샤프심 같은 머리카락.

돌돌이 테이프는 필수였다. 잠자리든 어디든 항상 손에서 놓지 못했다. 머리를 쓸어낼 때마다 손바닥에 이삼십 개씩 묻어났다. 쓸어도 쓸어도 나오고 또 나온다. 차라리 샤워할 때 처리(?)하는 게 낫다싶어 열심히 쓸어보지만 끝이 없다. 평소 머리숱이 적어 고민이었는데, 빠지는 걸 보니 남 부럽지 않았다.

지문이 먼저 없어지지 않을지. 세면대, 욕실, 베개 등 도처에 자리잡은 샤프심. 치우고 돌아서면 또 보인다. 강박을 버려야 한다. 비니를 쓰고 있다가, 한 번씩 탁탁 털어내라는 선배들의 조언이 다 이유가 있었구나. 그나마 짧으니 망정이지 길었으면? 오마이갓.

역시나 영원한 건 없다. 첫 날은 당황, 둘째 날은 오늘도? 셋째 날은 머리숱이 이렇게 많았구나 감탄하고, 넷째 날은 이제는 그러려니, 해탈의 경지가 되었다. 별안간 솟아오르는 의욕. 어릴 때 오락실의 땅따먹기 게임처럼 영역을 넓히고 싶었다. 샤워 때마다 쓸어내리기를 무한반복. 시간이 갈수록 전세가 유리해지는 뿌듯함. 덜 빠지고 깔끄러운 감촉도 줄었다. 문제는 손이 닿는 앞부분만 전력을 집중해서 삼팔선처럼 경계가 생겼다. 에잇.

빠진 머리카락은 해결해야 할 과제였다. 어쩌다 옷 안에 들어가면 따갑고, 베개나 수건에 묻으면 난감했다. 머리를 말리거나 잘 때는 큰 손수건을 이용했다. 수건에 박힌 짧은 머리카락은 테이프나 세탁으로는 깨끗이 제거되지 않았다. 꼬불꼬불한 면사 안으로 파고들기 때문이다. 미용실에서는 도대체 어떻게 하는 거지? 초반에 수건으로 머리를 말렸다가, 쭈그리고 앉아서 족집게로 하나하나 떼내기도 했다. 웃픈 추억들!

에피소드 1.

시크한 아들과 길을 걷다가 말했다.

"아들, 엄마가 요새 머리가 너무 빠져서 슬퍼."

"엄마, 원래 하루에 백 개씩은 빠진대."

아이에게 속삭였다.

"엄마는 하루에 이천 개씩 빠지고 있어. 흐흐흐."

아이는 말을 잇지 못했다.

에피소드 2.

무심한 남정네들과 달리 세심하게 신경을 쓰는 딸아이. 통통한 손으로 얼굴에 묻은 머리카락을 하나씩 떼주던 어느 날.

"딸, 근데 엄마 머리카락 자꾸 빠지는데 어쩌지? 그냥 테이프로 머리에 탁탁 해볼까? 강아지 털 떼는 것처럼?"

테이프를 머리에 대고 이리저리 굴렸다. 그 모습에 아이는 떼굴떼굴 구르며 웃는다. 효과는 크지 않았지만 한 번 웃었으니까.

에피소드 3.

항암 부작용인 피부 트러블. 특히 두피 모낭염과 간지러움이 심해 내내 약을 발랐다. 쭈그리고 앉은 까까머리의 나를 남편이랑 딸이 면봉으로 톡톡 하얀 연고를 발라주었다.

"엄마! 머리에 새똥 맞은 거 같아. 새똥 맞은 스님! 아하하하."

헉, 새똥이라니. 그래! 괜찮아. 네가 기쁘다는데 그쯤이야. 해맑게 웃는 딸아이가 고맙다. 여자아이라 엄마가 아프고, 머리카락까지 빠지는 걸 어떻게 받아들일지 걱정했는데, 자기만의 방식으로 잘 견뎌주는 것 같다.

타샤의 생각

항암 치료 추천 준비물

항암 치료를 앞두고 두렵지 않은 사람이 있을까. 힘들지만 어차피 해야할 거, 잘 이겨내보자! 항암이라는 특수훈련에 유용한 아이템을 정리했다.

필수 준비물 • 쉐이빙

탈모가 시작되면 두 가지 선택이 있다. 밀거나 그냥 두거나. 쉽지 않은 선택이지만, 이 또한 정답은 없다. 예정된 탈모를 앞두고 긴장되는 마음. 어디서 쉐이빙을 해야 할지조차 막막하다.

- 동네 미장원. 예약제로 운영되는 1인 미용실을 추천한다. 머리카락이 반만 남은 상태에서 갑자기 누군가가 들어와서 눈이 마주치면 서로 난감하니까.
- 병원 내 미장원에서도 가능하다. 빠질 때까지 기다리지 않고, 첫 항암 후 바로 쉐이빙을 하기도 한다.
- 가발 전문샵은 구매와 상관없이 쉐이빙 서비스를 제공한다. 사전에 예약이 필요하다.(박성철 위그, 하이모 레이디, 힐링햇, 피치비 등)
- 편안한 집에서 사랑하는 가족과 함께라면 이보다 더 좋을 수 있을까. 남편이 부인의 머리를 잘라주고 아이들이 함께 응원해 주던 영상이 기억난다.

각자에게 맞는 방법을 고르자. 일단 머리를 밀었으면 출격 준비 완료!

필수 준비물 • 가발, 모자, 비니

가발의 세계는 무궁무진했다. 통가발, 부분가발, 띠가발. 도대체 무슨 소리인지. 심지어 배송된 가발을 보고도 어떻게 사용하는지 몰라서 한참 만지작거리기도 했다.

외출에 대한 두려움과 조급함에 쉐이빙 직후 비싼 인모 통가발(머리 전체에 쓰는 가발)을 구매하는 경우가 많다. 안타깝게도 많이들 후회하는 것 중 하나다. 막상 치료 중에 가발까지 쓰고 외출할 일이 그렇게 많지 않기 때문이다. 치료와 일을 병행하는 상황이 아니면 몇 번 쓰지 않거나, 아예 사용하지 않은 경우도 보았다. 자연스러운 인모가발은 유명 브랜드는 150만 원, 일반 브랜드도 50만 원을 훌쩍 넘으니 비용도 만만치 않다. 두건이나 비니, 부분가발과 모자로도 적당히 커버가 가능하니, 너무 서둘러서 고가의 통가발을 구매하지 않아도 된다.

부분가발은 모자에 가발을 부착해서 사용한다. 통가발에 비해 가격이 저렴한 게 장점이다. 많이 이용하는 똑딱이 모자가발 세트는 약 20~30만 원으로 통가발보다 저렴하다. 다만 똑딱이로만 연결이 가능해서 다른 모자와 활용이 어렵다.

경험상 가성비로 추천하는 아이템은 띠가발. 인터넷에서 5만 원 안쪽으로 구매한 띠가발을 탈모자 때까지 잘 이용했다. 머리에 띠를 두르는 형태로, 가격도 착하고 접착식이라, 일반 모자와 활용할 수 있다. 처음에는 마빡이같은 비주얼에 웃음이 터지지만, 입소문을 타고 주변 환우들과 공동구매까지 했던 아이템이다.

비니는 편한 면 소재로 구매하면 된다. 비니만 쓰고 바깥 외출을 할 일은 많지 않고, 주로 실내에서 이용하니까. 다만 '항암'이란 글자가 붙는 순간 터무니없이 비싸진다. 억울하지만 잘 걸러내자. 개당 만

원 안팎의 비니 서너 개를 돌려가며 잘 사용했다.

필수 준비물 • 손톱보호제

우리 몸에서 빨리 자라는 것중 하나인 손발톱, 그래서 항암 약의 영향을 받는다. 우글쭈글 층이 지거나 갈라지고 아프거나 심하면 빠지기도 한다. 암환자라 천연성분이나 효능이 강화된 네일케어 제품을 찾게 된다. 다만 '항암용' 이라서 효과가 더 좋은지 검증이 어렵다는 게 아쉽다. 오른손은 항암용, 왼손은 일반용을 바를 수도 없고. 실은 똑같이 발랐는데도 양쪽 손톱의 상태가 달랐다. 직접 사용해본 제품은 다음과 같다.

제품명 브랜드	3S 네일세럼 · 이브케어	착해진 네일강화제 · 힐링햇	손발톱 영양제 · 티타니아	네일 오일펜 · 바렌
용량	15㎖	10㎖	10㎖	2㎖
가격(/㎖)	56,000원 (3,700원/㎖)	27,000원 (2,700원/㎖)	10,000원 (1,000원/㎖)	12,000원 (6,000원/㎖)
사용 후기	점도가 적당하고 흡수성이 좋음	묽은 편 건조에 시간이 걸림	묽은 편 솔이 플라스틱 형태	펜타입으로 휴대성이 좋음
비고	온라인 회원가입시 50% 할인쿠폰	온라인 및 오프라인 매장	온라인 및 올리브영 매장	온라인

추천 준비물 • 프로폴리스 스프레이

면역 저하로 인한 구내염 예방과 치료를 위해 프로폴리스 스프레이를 추천한다. 입맛이 변하고, 미각을 잃은 상태에서 구내염까지 생기면 고통스러울 수밖에 없다. 가급적 초기에 치료해야 한다. 보통 탄툼 가글, 소금 가글, 프로폴리스 등을 이용한다. 각 방법마다 장단

점이 있는데, 프로폴리스 스프레이는 별도로 희석하지 않고 수시로 사용할 수 있는 게 장점이다. 일반 약국이나 인터넷에서 구매할 수 있다. 무식하면 용감하다고 탄툼 가글을 원액으로 사용했다가 입이 다 타버리는 듯한 경험을 했다.

추천 준비물 • 좌욕기

미리 준비할 필요는 없지만, 변비나 설사가 생긴다면 바로 추천하는 아이템. 항문에 상처가 나거나 통증이 있을 때 효과가 최고다. 인터넷에서 만 원대에 구매한 국산 실리콘 좌욕기, 아침 저녁 두 번의 좌욕으로 소중한 내 몸을 케어할 수 있었다.

추천 준비물 • 부드러운 칫솔, 치약

항암 중에는 치아와 잇몸도 약해져서 최대한 자극이 덜하도록 주의해야 한다. 시중에 '항암 칫솔'로 나온 제품이 많은데, 안타깝게도 가격이 착하지 않다. 꼭 특정 제품을 고집하는 게 아니라면, 적당히 부드러운 제품을 쓰면 된다. 직접 사용해 본 제품 중에는 켄트 미세모 칫솔과 엘가닉 캔 칫솔이 부드럽고, 가격도 합리적이었다. 표준치료 후에도 구내염이 생기고 잇몸이 들떠서 계속 부드러운 칫솔을 사용 중이다.

치약은 첨가물(파라벤 등)이 포함되지 않은 제품을 이용 중이다. 이것 또한 '항암 치약'으로 찾아보면 가격이 비싸다. 가족도 같이 쓰는 생활용품인 걸 감안하면 부담스러울 수밖에 없다. '항암'용품이 아니라 건강한 제품을 사용하면 된다.

그 외에 소소한 팁으로 열감에는 얼음팩을 수건으로 싸서 사용하면 좋다. 말초신경 손상에 따른 손발 저림과 통증은 약으로도 잘 가라앉지 않는데, 족욕(발)이나 파라핀 치료기(손)가 도움이 된다. 피부 건조도 심해져서 보습에 신경을 써야 한다. 오심에는 시원한 레몬즙이 효과가 있다.

항암 치료, 두렵고 불안하지만 몸 상태에 따라 대응하면 되니 미리 겁먹지 말자. 우리 몸에서 암순이를 없애기 위한 길고 긴 여정의 클라이맥스, 슬기롭게 이겨내자!

2차 항암, 내 혈관은 소중해!

첫 항암 후 열흘간 요양병원에서 푹 쉬고(쉬었다고 하기에는 억울하지만), 이후 열흘은 어느 정도 컨디션이 돌아와서 마음껏 자유를 누렸다. 항암 특권으로 음식도 마음대로 먹고, 무언가를 해야 한다는 의무감 없이 먹고, 자고, 쉬고.

살짝 맛본 뒤 맞는 두 번째 항암. 한 번 해봤으니 안 무서울 줄 알았는데 아니었다. 오히려 사십 년간 알던 것과 전혀 다른 몸이 되는 걸 겪어보니, 이번에는 어떨지 두렵고 걱정되었다. 그래도 1회가 차감되었고, 좋든 싫든 해야 하는 거니까 담담히 받아들이려고 했다. 진단 이전에는 항암 치료 중에는 기력이 없어 무기력하게 누워 있어야만 하는 줄 알았다. 10일의 기적이 있고, 가족과 함께 이야기하고 밥 먹고 동네 산책을 할 수 있다는 것만으로도 감사하다.

다만 호중구 수치 때문에 음식에 예민해졌다. 수치가 낮으면 항암 주사를 맞을 수 없어 치료가 지연되고, 심한 경우 수혈을 해야 한다. 몸에 좋고 나쁜 걸 따질 정신이 없었다. 1일 1고기를 실천하며 강박적으로 먹었다. 장어 삼겹살 소고기를 돌려먹는 고단백 스태미나 음식의 향연. 비싸고 귀한 건데 정작 입에서는 아무 맛도 느껴지지 않아 안타까웠다. 그래도 치료를 위한 거니까.

걱정과 달리 푹 자고 2차 항암을 맞았다. 다행히 피검사 결과는 통과. 항암 부작용을 적어두었다가 진료 때 이야기하고, 추가 약과 엔커버(경장용 영양제)를 처방받았다. 처방전에 가득한 약리스트를 보니 부자가 된 듯한 이 느낌!

2차는 데자뷔처럼 1차와 같은 순서와 시간으로 진행됐다. 가장 인상적이었던 초절정 고수 간호사 선생님. 첫인상부터 강한 포스의 숏커트. 처치를 하면서 중요한 내용을 콕콕 짚어서 알려주셨다.

"팔이 접히는 쪽 혈관은 채혈을 위해 남겨두어야 해요. 손목부터 위로 대각선으로 올라가면서 주사를 맞아야 혈관을 지킬 수 있어요. 주사를 많이 맞으면 혈관이 숨어버리고 못 견디니 잘 지켜야 해요. 1차 주사를 맞을 때 부작용이 없었다고 해서 2차도 괜찮은 건 아니니까 조심해서 몸 상태를 잘 살피시고, 이상이 있으면 언제든 말씀해 주세요."

샘의 카리스마에 반해 연신 고개를 끄덕였다. 주사를 넣고 빼는 것도 자연스럽다. 약을 바꾸면서 줄을 교체하는데, 마지막 한 방울이 들어가는 순간 탁 잡고 타타탁! 엄청한 내공의 프로페셔널함! 감탄을 마지못해 신공을 경험했다고 극찬을 날려드렸다.

암환자로 병원을 들락거리면 느끼게 된다. 숙련된 의료진이 주는 마음의 안정감을. 특히 주사는 항상 긴장된다. 채혈도 하고 항암 주사도 맞아야 하니 혈관을 잘 지켜야 하기 때문이다. 항암 차수가 많거나 혈관이 약하면 가슴에 케모포트(중심정맥관) 혹은 팔에 PICC(말초삽입중심정맥관)를 삽입하기도 한다. 하지만 언제 어떤 상황이 될지 모르니 혈관은 소중히 여겨야 한다. 사람의 몸이 참 신비로운 게 혈관도 자꾸 주사를 맞거나 힘이 들면 점점 가늘어지고 심지어 속으로 숨는다고 한다.

나름 3년 차 암환자, 이제 주사 바늘이 피부를 뚫고 들어오는 순간 알 수 있다. 부드럽게 잘 들어갔는지, 고수인데 실수를 한 건지 초보여서 헤매는지. 간혹 잘못 찌른 바늘을 안에서 혈관을 찾는다고 배관 청소하듯 쑤시는 느낌은 끔찍하다. 물론 누구나 실수할 수 있으니, 안타까운 눈빛이나 말 한마디만 건네도 너그럽게 이해할 수 있다.

한번 해봤다고 원내약 조제, 당일 항암 접수, 식사 교육, 항암 주사, 백혈구 촉진제 수령, 서류 발급까지 일사천리로 휙휙 해냈다. 컨디션이 괜찮다고 생각했는데, 역시나 점심을 먹고 기운이 급다운되어 좀비처럼 곯아떨어졌다.

소중한 인연, 눈물 젖은 빵

2차 부작용도 1차와 비슷했다. 변비는 여전했고, 살갗이 따끔하던 근육통은 이번에는 묵직하게 안에서부터 퍼져 나왔다. 수술 부위는 칼로 찌르는 듯했다. 몸도 붓고 혀도 붓고, 미각은 사라졌다. 랍스타, 연어 스테이크, LA갈비, 장어구이 ,타이거새우, 갈비탕 온갖 산해진미는 입안에 들어가는 즉시 질긴 고무맛이 났다.

이즈음의 밤 풍경. 몸이 욱신거려서 앓다가 깨면 땀에 젖어 아이스팩을 부비적거리고 애정하는 손풍기를 돌렸다. 그러다가 곧 한기를 느껴 찜질팩을 끌어안고 이불 속에 파고들기를 여러 번. 화장실도 들락날락. 그 와중에 목은 타고 입술은 갈라지고 밤이 참 길었다. 그래도 까무룩 잠들었다가 눈을 뜨면 한 시간이 흘렀다.

아침 6시 반. 해가 어스름히 뜨면서 창가가 밝아졌다. 블라인드도 걷고 양치도 하고 세수도 했다. 햇빛에 사그라드는 좀비면 좋으련만 항암 약은 여전히 위세를 떨친다. 통증은 그대로여도 아침이 온 게 왠지 위로가 된다. 잠시 멍 때리기. 긴긴밤이었지만 그래도 무사히 보내고 지금 여기 있구나! 밤새 견뎌준 기특한 내 몸. 대견하고 장하다. 이만하길 다행이라고, 무사히 밤을 견뎠다고 마음을 추스른다.

항암 직후 며칠간 혈압이 낮았다. 최고혈압이 70을 간당간당. 지난번처럼 쇼크가 올까봐 다리를 위로 올리고 쉬었다. 걷는 것도 병원 복도만 조금씩. 행여나 무슨 일이 날까봐 수시로 혈압을 체크했다. 이런 연예인급 관심을 받다니! 뭐라도 해야 하는 성격에 누워만 있으려니 좀이 쑤셨다.

널브러져 있던 와중에 문득 떠오른 갓 구운 따끈한 식빵. 두 손으로 가르면 안에서 김이 모락모락 나면서 촉촉하고 부드러워 입에 넣으면 녹을 듯한 식빵이 눈앞에 어른거렸다. 이거라면 입이 퉁퉁 붓고 써도 먹을 수 있을 것 같은데. 빵을 그다지 좋아하지 않았는데도 입덧을 할 때처럼 머릿속이 온통 빵으로 가득 찼다. 근처 빵집에서 빵 굽는 시간도 확인했다. 혈압이 90이 넘으면 바로 돌진해서 전리품처럼 빵을 획득하겠다는 거창한 전략도 세웠다. 호시탐탐 기회를 노렸지만 여전히 80을 넘지 못하는 혈압. 빵집이 바로 코앞인데 먹을 수가 없다니. 눈앞에서 크림치즈 식빵, 쌀 식빵, 각종 빵들이 둥둥 떠다닌다.

다음 날도 혈압은 바닥을 기었고 여전히 침대와 한몸이었다. 갑자기 간호사 선생님이 오셔서 하얀 봉지를 건넨다. 상담 오신 분이 빵을 전해달라고 했단다. 엉겁결에 봉투를 받아들고, 주섬주섬 비니를 쓰고 로비로 나갔다. 우리끼리는 알아볼 수 있는 부분가발을 쓴 평상복 차림의 여자분.

"타샤님? 저 프리지아예요. 너무 드시고 싶어하는 거 같아서 좀 사 왔어요."

아, 블로그 이웃님이었다. 눈물이 핑 돌았다. 순간 마음이 먹먹해져 고맙다는 인사도 제대로 못했다. 같은 유방암 환우여도 그냥 그러려니 할 수 있는데, '먹는 것'의 고통을 알기에 안쓰러웠단다. 철없는 투정에 갓 구운 따뜻한 식빵을 챙겨준 정성과 마음이 고맙다. 그것도 멀리서 찍어 올린 사진 속의 그 빵집에서.

비싸고 맛난 것들 죄다 입에서 쓰기만 했는데, 마법처럼 식빵은 하나도 쓰지 않았다. 항암 중 먹을 수 있는 음식을 찾는 건 고난도 미션인데, 고마운 인연 덕분에 큰일을 해냈다. 얼마 만에 맛본 쓰지 않은 음식인지. 행복과 설렘 가득 야금야금 빵을 뜯어 먹었다.

암 진단 후, 삶에 감사해야 할 일이 많고 많음을 깨달았다. 소중한 인연, 친절과 배려. 누군가가 힘들 때 기꺼이 손 내밀어주고 함께 아픔을 나눌 수 있는 사람이 되어야지. 눈물 젖은 식빵으로 시작된 프리지아 언니와의 인연. 그 뒤로 우리는 함께 병동 생활을 하며 서로의 민머리를 보았고, 찐한 전우애를 나누었다. 평생 관리라는 숙명을 함께할 소중한 동지!

3차 항암, 새로운 부작용과 무거워지는 마음

이제 좀 익숙해진 느낌. 그래도 진료 때는 열심히 부작용을 호소하고 하나라도 약을 더 타려고 노력했다. 약 앵벌이가 된 느낌이지만 괜찮다. 4차 마지막 항암 일정과 함께 방사선과 진료가 잡혔다. '막항'이라는 말에 기분이 날아가는 듯 텐션이 업되자 항암 주사쯤은 가뿐(?)했다. 다만 마음과 달리 부작용은 여전했다. 2일차부터 열감과 부기가 심해졌다. 얼굴은 땡글땡글 호빵맨, 팔 다리 몸통 온몸이 부어올랐다. 입안은 커다랗게 부풀린 풍선껌을 한가득 문 느낌이지만 발그래진 볼이 볼터치한 것 같다며 귀여워해 주는 전우들. 요런 몰골로도 사랑받으니 기쁘고 행복하다.

먹는 것이 이렇게 고통일 줄이야. 입은 여전히 썼고 냄새에도 민감해졌다. 삼시세끼 정성스레 차려진 밥상인데 그릇 뚜껑을 여는 게 두렵다. 음식 냄새에 오심이 올라와 한 번에 열지 못했다. 어느 음식이 맛있을까 유심히 살피면서 조심스레 한 개씩. 젓가락으로 찍어서 살짝 맛을 보았다. 매끼 이어진 기미상궁 놀이. 동병상련의 룸메이트와 번갈아 맛을 본다. 즉시 뚜껑을 덮어버리거나 눈빛으로 끄덕끄덕 공감을 표하며. 고맙게도 슴슴한 감자와 고구마가 먹혔다. 진정한 구황작물이다. '불량이'이지만 항암 특권으로 먹는 아이스크림은 꿀맛. 애정하는 빵빠레는 입에서 살살 녹았다. 자주는 못 먹어도 참고 아끼다가 먹으면서 느끼는 행복!

항암 치료 중에는 컨디션이 예측되지 않아서 곤혹스러웠다. 멀쩡하다가도 갑자기 훅 피곤해지고, 열감이 나고 아프다가 다시 멀쩡해지고. 두 번의 경험으로 조금이라도 피곤한 조짐이 보이면 바로 누워서 쉬었다. 에너지가 바닥을 치기 전에 충전이 필요했다.

일주일의 기적을 살짝 기대했으나, 8일 차에 심해진 피부발진과 근육통. 연고를 발라도 게릴라전처럼 목 뒤, 엉덩이, 허리, 다리 가리지 않고 발진이 도드라졌다. 특히 면역력이 떨어지는 밤에 기습 공격을 하며 위세를 떨쳤다. 사라졌나 싶으면 다시 더 세게 나타났다. 질세라 더 센 진통제를 투입했지만 기세는 사그라들지 않았다. 주변에 피부 발진이 많지 않았던 걸 보면, 역시나 항암 부작용은 사람마다 차수마다 다르다. '어떤 분이 오든 당황하지 않고 경건하게 받아들이기.' 도를 닦듯 되새기며 멘탈을 다잡았다.

피부 발진으로 꼬박 고생한 다음날, 미리 전투태세를 갖추었다. 약을 먹고, 아이스팩을 대령하고, 샤워 후 연고를 바르고, 경건하게 '그분'을 맞을 준비를 했다. '굳~이 안 오셔도 되는데, 온다는 걸 말릴 수도 없고. 차마 반기지는 못해도 맞아는 드리오리다.' 마음의 준비를 해서인지 조금은 수월하게 넘겼다.

10일의 기적이 있긴 하지만, 그 뒤에도 소소한 부작용들로 예민해졌다. 항암 차수가 쌓일수록 몸에 더 강하게 오랫동안 데미지가 남는 것 같다. 피부 발진은 시도 때도 없이 나타났고, 얼굴에는 열감으로 곳곳에 검은 흔적이 생겼다. 날씨가 더워질수록 두피의 발진은 심해졌고, 결정적으로 잘 버텨주던 손톱에 변색과 통증이 나타났다. 물건을 집거나 살짝 닿기만 해도 아프니, 손톱이 빠져버릴까봐 일상의 매순간 겁이 났다. 이제 몇 주만 더 버티면 되는데. 불량주부이지만 그래도 해야 하는 최소한의 집안일. 면장갑이나 실리콘 장갑을 껴도 손끝에 통증이 느껴졌다.

그러지 말아야지 하면서도 한번 떠오른 걱정은 사라지지 않았다. 바로 머리카락. 치료를 마치면 당연히 다시 자라는 줄 알았다. 직모에서 곱슬로 모질이 바뀐다는 건 알았지만, 아예 안 날 수도 있다니. 이후 탈모로 고민하는 글들이 유독 눈에 띄었다. 원래 머리숱이 적고 가는데다 스트레스를 받으면 머리카락부터 빠졌다. 샤프심 놀이에 심취해 머리카락을 너무 털어낸 건 아닌지, 제법 반들반들해진 머리에서 영영 안 나는 건 아닌지. 어느새 생기지도 않은 일을 미리 걱정하고 있었다.

항암 치료만 잘 견디자고 굳게 결심한 게 엊그제 같은데, 막상 치료가 끝나가니 마음이 복잡하다. 수술을 앞두고 이후 치료를 걱정할 무렵, 표준치료 이후의 삶을 고민하던 환우선배들. 당시에는 치료만 마치면 신날 텐데 무슨 고민일까 싶었다. 막상 치료의 중반을 넘기고 보니 조금은 알 것도 같다.

'걱정한다고 걱정이 없어지면 세상에 걱정이 하나도 없겠네.'

불필요한 걱정에 빠져서 에너지를 쓰지 말고 현재에 집중하자고 스스로를 타일렀다. 치료 때문에 떨어져 지낸 가족들과 더 많이 이야기하고 안아주기. 내가 좋아서 벌여 놓은 것들 잘 마무리하기. 마지막 항암과 그리 만만치 않다는 방사선 치료 잘 받기. 좋은 생각 하면서 잘 먹고 잘 자고 잘 싸고 충분히 운동하면서 날 사랑하기!

막항, 그날이 왔다. **감사로 가득한 하루**

기다리고 기다리던 감격스러운 막항. 4차 중 4차 항암 vs 막항. 같은 말인데 느낌이 어쩌면 이렇게 다른지. 설렘으로 잠을 설쳤다. 급기야 새벽에 알람을 놓쳐서 진료를 놓칠 뻔했다. 허겁지겁 나서는데 비가 부슬부슬 내린다. 비가 내려도 좋다. 이미 기분도 텐션도 업업! 아침부터 온통 감사로 가득한 하루가 시작되었다.

새벽 빗길에 안전하게 병원까지 데려다주신 기사님, 기계에서 해도 되는 수납까지 한 번에 해주신 데스크 직원분, 들어가는지도 모르게 채혈해 주신 임상병리사님, 막항까지 고생했다고 격려해 주신 간호사샘, 축하파티 케익을 선물한 룸메이트, 배가 고픈데 고소한 단팥빵을 건네주신 기사님, 박수 치며 축하해준 요양병원 간호사샘들, 모두 모두 감사해요.

드디어 TC 4차 투여. 무수한 찔림에도 혈관통도 없이 잘 버터준 오른팔, 예쁘고 사랑스럽다. 주사 바늘이 들어가는 순간, 마음이 격해지며 눈물이 찔끔 났다. 항암이라는 말에 떨던 게 엊그제 같은데 어느새 마지막이다. 시간은 이렇게 가는구나.

'스테로이드, 똥꼬 찌릿, 안녕! 도세탁셀, 치료해줘서 고맙지만, 너도 안녕! 이제 다시는 만나지 말자. 바이바이~ 사이톡신, 수영장 못 가서 아쉬울까봐 코 맵게 해준 거, 이제 괜찮아. 그래도 고마웠어. 너도 안녕!'

손목에서 바늘을 뽑는데 또 혼자 감동해서 눈물이 찔끔. '정맥 주사 안녕, 이제 영양제로만 만나자.' 피부 보호 밴드를 떼면서도 인사했다. '바이~ 다시 만나지 말자.' 작별의식으로 하나하나 사진을 찍었다. 식별표인 핑크 팔찌도 이젠 안녕!

병원을 나서니 비 온 뒤라 공기가 청량하다. 나뭇잎도 더 푸릇푸릇하다. 병원 앞은 차로, 약국은 손님으로 붐볐지만 지금 나에게 세상은 아름답기만 할 뿐. A whole new world!

다만 역시나 몸은 마음 같지 않았다. 요양병원 도착과 동시에 긴장이 풀렸는지 기절하듯 한 시간을 잤다. 깨어나니 당황스럽게도 2~3일 차의 증상이 벌써 조짐을 보인다. 몸과 혀의 부기, 다리도 묵직하다. 마지막이라 호락호락 지나갈 수 없다는 건가? 이별이 그리도 아쉬웠더냐? 그래. 한 번 맺은 인연. 길어야 2~3주면 사라질 거니 기꺼이 너를 맞아 주리라. 제발 다시 만나지만 말자꾸나.

실은 항암 부작용은 꽤 오래 지속되기도 한다. 순진하게도 막 항만 마치면 모든 부작용이 싹 사라지고 뿅~ 하고 예전처럼 돌아가는 줄 알았건만.

호기로움으로 가득 찬 마음과 달리 역대급 근육통이 찾아왔다. 순순히 물러날 수 없다는 듯 세고 강했다. 이전의 항암약이 누적되었기도 하고, 다른 차수보다 유독 심했다.

5일 차, 진통제를 먹고 누웠는데 근육통과 함께 열감도 후끈 몰려왔다. 아침인가 싶어 시계를 보니 새벽 2시. 옆으로 돌아눕지도 못할 만큼 통증은 심했다. 똑바로 누워 있으니 갑자기 양팔이 저렸다. 열감으로 식은땀이 나고 목도 탔다. 하염없이 천장을 바라보았다. 물을 마시고 화장실에 갔다가 다시 끙끙 앓다가. 모두 잠든 캄캄한 밤에 홀로 잠 못 들고, 통증을 견디고 시간을 보내는 것은 오롯이 나의 몫이다. 날이 밝는다고 아픔이 사라지는 건 아니지만, 얼른 해라도 뜨기를 바라며 밤을 견뎠다.

긴긴밤, 한참을 고통 속에서 헤맸는데, 어슴푸레 날이 밝아왔다. 얼굴은 퉁퉁 붓고 통증은 그대로지만 어둠을 벗어나는 하늘이 어찌나 반갑던지. 나도 모르게 눈물이 났다. 밤새 잘 견뎌낸 스스로를 토닥였다. 힘들었던 밤은 아마도 고생하며 치료한 시간을 잊지 말라고, 그 마음으로 앞으로 오래 건강하게 잘 살아야 한다고 일깨워 주려던 게 아닐까. 해는 다시 떴고, 나는 이렇게 살아 있다.

정신 무장을 단단히 했지만, 현실에서 필요한 건 약이었다. 항암 후 깨달은 진리. 바로 여자는 '머리빨', 항암은 '약빨.' 진료 때 분명 3차와 동일한 부작용 약을 부탁했는데, 죄다 빠진 걸 나중에야 알았다. 괜찮다. 다양한 항암 경험으로 무장한 든든한 전우들이 있으니까. 초강력 근육통에 대항할 센 진통제를 공수했다. 선명한 빨강과 초록으로 나뉜 타원형의 마약성 진통제. 빨간 알약과 초록 알약 앞에서 고민하는 영화 <매트릭스>의 주인공 네오처럼, 살짝 망설여지고 고민이 되었지만, 전날 밤의 공포가 떠올라 과감하게 약을 삼켰다. 결과는 대박, 통증도 덜했고, 잠이 들어서 고통이 덜했다. 의료기술이 이리도 좋은 것을, 아플 때 먹는 건데 아껴뒀다 뭐하려고 맨몸으로 버텼는지. 미련한 주인 때문에 고생한 몸이 안쓰럽다.

막항으로 항암 치료는 끝나지만, 다른 치료가 주르륵 대기중이다. 2주 뒤 방사 치료 계획, 3주 뒤 골밀도 검사와 호르몬 치료, 방사선 치료 시작, 그 뒤 산부인과 진료. 말 그대로 '산 넘어 산'이다. 거대한 항암산도 넘었는데 뭐. 시간은 가고 부작용은 점점 사라질 거니까. 나는 오늘 건강해졌고, 내일은 더 건강해질 거다.

꼬마김밥집 아저씨, 그럼에도 불구하고

항암 치료 중 주요 일과, 아니 항상 머릿속을 떠나지 않는 것은 '무엇을 먹으면 좋을까'였다. 맛있는 게 아니라, 입에 넣고 삼킬 수 있는 음식을 찾는 게 힘들었다. 오죽하면 <맛있는 녀석들>이라는 먹방 프로그램 전편을 섭렵했을까. 한 입, 입에 넣기도 힘들지만, 아구아구 맛깔스레 먹는 모습을 보며 대리만족했다. 그래도 입덧 중 뜬금없이 생각나는 음식처럼, 가끔 머릿속에 번뜩이며 떠오른다. 이전의 빵 타령처럼.

룸메이트 언니와 무얼 먹어야 입이 좀 덜 쓸지, 좀더 먹힐지 온종일 고민하던 어느 날, 우리에게 찾아온 아이템은 바로 '김치볶음밥.' 매운 것도 못 먹는데, 왜 하필 그건지. 그냥 떠올랐고, 꽂혔다. 일생일대의 사명처럼, 반드시 먹겠다는 일념으로 식당 찾기 투혼이 시작되었다. 적당히 쓱쓱 김치랑 밥이랑 볶으면 되는 흔하고 쉬운 요리. 그런데 웬걸, 아무리 검색해도 식당이 안 나오자, 더 오기가 났다. 그러던 중 포착된 '꼬마김밥집' 돌진!

흥분과 기대로 가득 차서 입에 침까지 고인 우리. 부분가발과 모자까지 챙겨 쓸 여유는 없었다. '우리 동네도 아닌데 괜찮아~' 라고 외치며 비니만 쓰고 신이 나서 걸음을 재촉했다. 머릿속은 온통 고슬고슬 김치볶음밥의 황홀한 비주얼로 가득 찼다. 드디어 식당 도착. 에피타이저로 대표메뉴인 꼬마김밥을 먼저 주문하고 두근두근 설레며 기다렸지만, 아뿔싸, 문제는 우리의 입이었다. 김밥을 입에 넣었지만 아무 맛도 느낄 수가 없었다. 에피타이저에서 현실을 깨닫고 결국 김치볶음밥도 포기, 불타던 식욕은 순식간에 사라졌다.

주인 아저씨께서 왜 이렇게 못 먹냐고 묻는다. 아차, 비니를 쓰고 있었지. 몸이 안 좋아서 입맛이 없다고 하니, "실은 제 안사람도 10년 전에 유방암 진단을 받았어요. 그 뒤에도 재발해서 수술을 두 번 더 했는데, 지금은 전이가 되어 아직도 고생하고 있어요"라고 한다. 얼른 나으시길 바란다고 인사하고 가게를 나섰다.

아마 우리가 가게에 들어설 때부터 알아봤겠지. 한 해 2만 5

천 명. 드러나지 않을 뿐 우리 주변에 유방암 환우는 생각보다 많다. 재발, 떠올리고 싶지 않지만 영원히 자유로울 수 없는 단어. 유방암은 표준치료가 잘 마련돼 있고, 국가 검진으로 조기 발견율도 높다. 다만 역설적이게도 5년 혹은 10년이 훌쩍 넘어서도 재발하는 꼬리가 긴 암이다.

주위 사람들은 표준치료가 끝나면 병이 나은 줄 안다. 재발에 대한 두려움은 오롯이 환자의 몫이다. 치료 중에는 그 자체가 힘드니 다른 걸 생각할 겨를이 없다. 치료가 끝나갈 때쯤, 이후의 삶, 재발에 대한 두려움과 맞닥뜨리게 된다. 본능적으로 떠오르는 감정을 억지로 막을 수는 없다. 다만 두렵고 무서워하는 나의 마음을 있는 그대로 바라보려고 한다. 두렵겠지만 괜찮다고 스스로 다독이면서, 내 몸에 암은 없다고, 소중한 일상으로 돌아갈 수 있다고 믿으려고 한다.

진단 전에도 좋아하던 말, '그럼에도 불구하고.' 암에 걸렸지만, 그럼에도 불구하고 열심히 치료받고 다시 건강해질 것이다. 언제나 재발의 가능성은 있지만, 그럼에도 불구하고 삶은 계속되어야 한다. 그렇기에 나에게 주어진 매 순간을 소중히 여기면서 삶을 충실히 살 것이다. 아직 일어나지 않은 일을 걱정하기보다는 지금 이 순간을 소중히 여기면서.

항암과 탈모, 내 머리에 대한 고찰

항암 치료의 극한경험, 머리 이야기. 누군가는 우스갯소리로 '머리 한 번 안 밀어 보고 어딜 감히!'라고도 했다. 그만큼 민머리가 된다는 건 외모에도, 마음에도 충격이 컸다. 오죽하면 여자는 옷빨도 화장빨도 아닌 머리빨이라고 외쳤을까. 감사하게도 치료를 마치면 다시 자라니 위안이 된다. 단, 머리를 밀어보지 않았다면, '머리는 다시 자라잖아~'라는 멘트는 하지 말자. 극도로 예민해진 환자가 '그러면 같이 밀든가'라고 격하게 반응할 수도 있다. 머리로는 알지만 마음으로 받아들이기에는 꽤 오래 걸린 탈모의 수렁.

이상하게도 삭발에 대한 로망이 있었다. 살면서 꼭 한 번쯤 해보고 싶은 일. 범생이의 끝판왕을 달렸던 학창시절에 하지 못한 일탈에 대한 욕망, 혹은 동글동글한 외모와 유순한 성격의 반작용으로 '튀면서도 센' 것에 대한 동경일 수도. 좌우지간 '빡빡이'에 대해 표현하지는 않았지만 모호한 동경을 갖고 있었다. 안타깝게도 실제 해보니 상상과는 많이 달랐지만. 그래도 혹시나 자발적이었다면 어깨에 힘을 빡 주고 가죽 자켓 입은 센 언니로 거리를 활보했을라나?

여하튼 머리카락이 비단 여자에게가 아니라 인간에게 갖는 의미를 삭발 후에 알게 되었다. 보여서는 안 될 부분을 남한테 보이는 벌거벗은 느낌. 민머리 전우들과 함께 있다가 집에 돌아온 뒤에 느낀 묘한 이질감과 위축감. 잘 지내다가도 한 번씩 이런 감정이 훅 찾아왔다.

삭발 후 거무스름하던 머리가 점점 만질만질해지더니, 이마와 머리의 경계가 없어지고, 어느 순간 두피가 아닌 피부가 되고, 검은 머리의 짐승이 아닌 살색 머리가 되는 신비로운 경험.

더욱 놀라운 건 어느 순간 민머리에 완벽하게 적응한 내 모습이었다. 머리는 감는 게 아니라, 세수하면서 샤워하면서 쓱 닦는 거다. 샴푸가 아닌 클렌징폼으로. 피부는 소중하니까!

• 진단 직후, **어깨 아래 웨이브에서 단발로 변신**

드라마에서 본 건 있어서, 유방암에 걸리면 바로 머리부터 미는 줄 알았다. 비장한 마음으로 단골 미장원에 가서 치렁치렁한 웨이브를 몽실이 단발로 똑 잘라내고, 돌아오는 차 안에서 통곡을 했다. 그랬는데 민망하게도 임상실험과 수술로 이어진 6개월 동안 머리가 자라서 다시 손질을 해야했다. 실은 단발이 감기도 말리기도 편했다. 무엇보다 잘 어울렸다.(자뻑 가득!)

• 1차 항암 14일 차, **귀여운 까까머리**

엄마 뱃속에서 나온 지 40년 만에 까까머리가 되었다. 만질만질 우아한 스님 스타일을 기대했건만 영락없는 70년대 까까머리 남학생. 3분 만에 머리카락이 몽땅 사라지는 섬뜩한 경험을 했지만, 그 덕에 내 몸뚱이에 유일하게 서양인을 닮은, 이쁜 두상을 발견했다. 까만 기운이 가득한 개구쟁이 느낌!

• **샤프심과의 전쟁, 듬성듬성 황무지의 잡초**

개구쟁이 같다며 좋아한 지 며칠 만에 정신없이 빠지기 시작한 머리. 0.5㎜의 무수한 샤프심들은 베개 이불 옷 바닥 여기저기 흔적을 남겼다. 원인 모를 승부심에 불타올라 샤워 때마다 손으로 머리를 밀었다. 무수한 노력 끝에 빠질 건 다 빠지고, 승리감에 만족하려던 찰나, 그 와중에도 살아남은 머리들이 듬성듬성 마치 황무지 속의 잡초마냥 자리잡았다. 충격적인 건 내 머리의 삼팔선. 진단 직후 비타민D에 대한 집착에 사로잡혔다. 무모하게 얼굴에도 선크림을 바르지 않고 매일 햇빛이 가장 센 오후에 산에 올랐다. (햇빛은 팔과 다리로 쐬고, 얼굴은 지키자.) 머리카락이 있을 때는 미처 몰랐는데 빠지고 나니 새까만 얼굴과 하얀 두피의 경계선이 선명하다. 하, 나름 커리어우먼이었는데, 피부는 얼룩덜룩, 머리는 듬성듬성 잡초의 흔적으로 가득하다.

• 항암 치료 중, **흰머리의 강한 생명력 발견**

어느 날 아침 세수를 하다 거울을 보았다. 군데군데 힘차게 자라면서 삐쭉 솟아나온 흰머리가 보인다. 항암 약에 취해 비틀거리는 까만 머리와는 느낌부터 다르다. 어랏, 살짝 잡아당겼는데 꿈쩍도 하지 않았다. 오호라! 몇 개 더 시도했지만 마찬가지였다. 예전에는 악착같이 자르고 염색으로 가리던 흰머리. 독한 항암 약을 이겨내고 꿋꿋이 자라다니. 그 생명력이 감동스럽다. 자란다기에는 다소 민망하게 살짝 솟아오른 상태지만. 한가운데 흰머리 안테나 장착. 치료를 마치면 흰머리도 사랑할 거다.

"그동안 미안했어. 절대로 널 가리거나 부끄러워하지 않을게. 잘 이겨내서 고마워."

• 막항 6주 차, **셀프 삭발로 새 머리카락 맞을 준비 완료**

흰머리는 어느새 자라서 잘 익은 벼처럼 살포시 고개를 숙였다. 딸사랑에 눈 먼 친정엄마는 항암 치료 중인데도 자꾸 뒤쪽에 까만 머리가 올라온단다. 희망과 의욕치가 만들어 낸 상상의 머리카락. 볼 때마다 안쓰러워하신다. 때 되면 날 거라고 걱정하지 말래도 계속 머리만 보신다.

막항 6주차, 정갈함과 머리숱이 풍성해지기를 기대하며 셀프 삭발을 했다. 참고로 주변의 셀프 임상 결과, 밀든 안 밀든 이후 머리숱 차이는 전혀 없다. 이제 약은 그만 들이부을 테니 상처 후 새살처럼, 봄을 맞은 잔디처럼, 비 온 뒤 죽순처럼, 차츰차츰 소복하게 자라나렴.

• 막항 5개월 차, **시간이 약이더라**

모든 관심은 오로지 머리카락에 쏠렸다. 좋다는 영양제를 구입하고, 탈모로 힘들어하는 글을 보면 불안했다. 숱도 적고 가늘고 스트레스에 바로 반응했던 터라 걱정이 많았다. 하지만 모든 건 시간이 해결해 주었다.

쑥쑥 자란 머리는 어느새 '청년'이 되었다. 머리숱은 이전보다 많아졌고, 빽빽하게 반곱슬로 자랐다. 카리스마 넘치는 센언니를 기대했는데, 여전히 둥글둥글한 순둥이 같다. 참직모였던 머리카락은 신기하게도 곱슬이 되었다. 나중에 원래 모질로 돌아온다고 하니 기다려보기로. (1년 차인 현재, 컬은 점점 더 환상적으로 진화하고 있다.)

이즈음 머리는 나뿐만 아니라 모든 가족의 관심사였다. 딸아이는 잔디 인형 같다며 귀여워했다. 그 뒤에는 고슴도치처럼 깔끄러울 것 같은데, 만지면 보드랍다며 종종 머리를 쓰다듬었다. 친정엄마는 꿈에 내가 찰랑찰랑한 단발머리로 나타났다며, 어찌나 예쁘던지 눈에 선하다고 하셨다. 볼 때마다 머리를 매만지면 어쩜 이렇게 잘 자라냐고, 얼른 자라라고 주문을 외셨다. 아무리 봐도 스포츠 머리인데, 숏커트라며 나보다 더 자신감이 뿜뿜. 시크한 아들, 아무 내색을 하지 않지만 안다. 대머리 엄마여도 싫은 내색 한 번 안한 걸 보면 따뜻하고 착하다는 걸! (내 눈에 콩깍지.)

대망의 남편. 무뚝뚝한 경상도 사나이지만 빡빡이 마누라를 보는 마음이 어땠을지. 생전 내색을 않더니 머리가 조금 자랐을 때, 언뜻 지나가는 말로 외국 여자가수 같다고 했다. 영국과 음악을 사랑하는 그. 바로 알아듣지 못했지만 뭔가 있을 듯해 좇아가서 물었더니 두둥. 그 이름은 바로 '시네이드 오코너!' 아일랜드 출신의 싱어송라이터로 삭발머리와 반골기질의 저항정신으로 유명한 가수다. 까까머리가 이렇게 지적이고 멋스러운 미인이라니. 순간 입이 귀에 걸린 날 보고, 남편이 뒤늦게 '머리만'이라고 외쳤지만 소용없다. 이미 늦었다. 나는 안 들을 거니까.

• 머리카락의 존재에 감격한 순간들

이마가 생겼다. 두피의 재발견. 머리카락이 나면서 얼굴과 머리에 경계가 생겼다. 검은 티셔츠에 떨어진 하얀색 가루(각질이라 쓰고 비듬이라 읽는)를 발견한 기쁨이란.

건식 샴푸 사용 불가. 항암 때 장만한 고가의 건식 샴푸, 두피에 바르고 헹궈내는 건데 이제 머리카락이 많아 두피에 바를 수가 없다. 올레!

심지어 정전기도 난다. 꽤 쌀쌀한 날씨에 도톰한 맨투맨 티를 머리에 넣는데 갑자기 '따다닥' 들어는 봤나. 머리카락이 있어야만 들을 수 있는 격정적이고 반가운 소리.

이제 드라이기가 필요해! 수건으로 톡톡 하면 끝이었는데 어느새 드라이가 필요했다. 불과 10초지만 자신감 뿜뿜. 신이 나서 열심히 머리를 말린다. "아들, 엄마 머리 너~무 길어서 이제 드라이를 안 하면 안 되네. 오호호~" 나의 오두방정을 멀뚱히 쳐다보는 아이.

똑딱핀도 OK. 혹시나 하고 꽂아본 딸아이의 분홍색 똑딱핀. 매달린 수준이지만 그래도 머리에 고정이 된다. 희망의 증거로 머리카락을 기다리는 전우들에게 보내주니 반응이 열렬하다. 희망이 메아리친다. 분홍 핀 꽂고 분홍 립스틱 바르고 고고씽~

막항 10개월 차, **머리카락 그 자체로 고마워!**

7개월 차에 대망의 탈모자를 감행했고, 이제 막 10개월 차에 접어든 지금. 나의 머리는 그 어느 때보다 곱슬곱슬, 사자머리가 되고 있다. 아침이면 아톰처럼 우뚝 솟은 머리. 감은 직후에는 얌전하지만 마르면서 끝자락이 힘있게 말려 올라온다. 손질도 하지 않아 덥수룩. 왠지 지금 손질하면 영영 기를 수 없을 것 같아 참고 있다. 사자머리가 되니 얼굴이 왜 이렇게 커 보이는지. 개그맨 윤택 님 느낌이 물씬 난다. 언제 또 해보겠는가. 태어나서 첫 곱슬머리. 따로 손질을 하지 않아도 알아서 각자 개성있게 웨이브가 생기니 딱이다. 머리숱이 적어 고민인 친오빠가 볼 때마다 신기해한다. 부럽지? 부러우면 한 번 밀어보든가~

날씨가 더워져 옷장을 정리하니 모자가 눈에 띈다. 생각보다 많다. 하긴 봄 여름 가을 겨울 1년을 모자와 함께 지냈으니까. 하나를 꺼내어 눌러쓰는 순간 항암 때의 기억이 떠올랐다. 채 1년도 되지 않았는데 먼 일처럼 느껴지는 기억들. 머리카락이 자라는 만큼 아픔도 아물어가나 보다.

암 진단 후 이전에는 미처 몰랐던 것들에 대한 고마움을 느낀다. 머리카락도 그 중 하나. 머릿결이 좋다거나 숱이 많은 게 아니라, 그냥 머리카락이 있다는 것이 감사하다. 흰머리여도 숏커트여도 이제는 머리가 살색이 아니라 검은색이라는 것. 제법 머리가 자라니 흰머리가 꽤 많다. 흰머리에 대한 애정과 경의를 표했건만, 막상 또 길어지니 조금이라도 어려보이고 싶은 욕구가 꿈틀댄다.

흰머리야 미안, 내 마음은 갈대인가 봐.

Part 6.

방사선 치료,
하나도 남김없이 불태우리라!

part 6 | 방사선 치료, 하나도 남김없이 불태우리라!

계획CT, 숨겨졌던 가슴골의 발견

방사선 치료는 월요일부터 금요일까지 매일 5주간, 7회 집중 방사를 포함해 23회 진행되었다. 암순이가 있던 왼쪽 가슴은 폐와 심장이 가까워 주변 장기에 주는 영향을 최소화하는 세기조절방사로 진행되었다. 방사선 치료는 대체로 20~30회라 내심 더 적기를 기대했는데, 수술시 떼어낸 조직의 안전 범위가 작아 횟수가 늘었다. 간혹 횟수가 많다고 실망하는데 횟수와 총조사량이 비례하는 건 아니다. 회당 조사량은 케이스마다 다르기 때문이다. 치료 종료 후 방사선 기록지를 보면 총조사량을 알 수 있다. 결론적으로 횟수는 23회였지만 조사량은 6천으로 꽤 높은 편이었다. 횟수에 일희일비하지 않아도 된다.

치료 일주일 전, 어디에 어떻게 방사선을 조사할지 설계를 위한 계획 CT를 진행했다. 막항의 기쁨은 일단락하고, 다시 마음을 다잡았다. 그래도 병원으로 향하는 발걸음은 훨씬 가볍다.

조영제 CT는 6시간 금식. 조영제를 넣기 위한 주사 바늘을 달고, 방사과에 있는 CT실로 향했다. 일반CT실과는 다른 느낌. 검사실에는 남녀 선생님이 한 분씩 있었다. 가운을 벗는 게 부끄럽고 민망할 거라고 들었던 터라 각오는 했다. 이런 마음을 아는지 검사실의 조도를 낮춰주었다. 검사 자세는 만세가 아니라, 정수리 뒤로 손을 올린 느낌이었다. 간혹 수술 뒤 팔이 쭉 펴지지 않아 걱정하는데, 45도 정도만 올라가면 된다.

검사 중에는 몸을 움직이면 안 되는 불문율, 누워서 둥근 통 속을 몇 번 오간 뒤 드디어 '그림 그리기.' 비장함과 숭고함이 넘친다. 좌우에서 붓으로 그림을 그리기 시작했다. 으악, 너무 간지럽다. 도대체 무슨 모양일까? 순간 천장의 파란 하늘, 흰 구름, 노란 꽃 그림이 눈에 들어온다. 위축됐던 마음이 편안해졌다.

검사는 30분 만에 끝났고, 다시 가운을 입고 탈의실로 들어갔는데, 헉! 순간 당황, 그 다음에는 웃음이 빵 터졌다. 쇄골뼈부터 아래로 주욱 선명한 보라색 줄. 가운 위로 선을 당당히 드러내고 병원 복도를 어슬렁거렸다니. 어랏, 얼핏 보면 풍만한 가슴골 같다. '아~ 나의 평면가슴에 가슴골이 생겼다.' 암순이가 준 선물인 건가. 글래머의 꿈을 이루다니. 가슴에는 더 많은 굵은 선들이 죽죽 그어져 있다. 난을 치듯 한땀 한땀 그려준 결과물이구나. 자도 안 댔는데 어찌 이리 한결같이 곧은지. 이 선은 치료시 기계를 정밀하게 맞추는 기준 역할을 한다. 흐려지면 덧칠을 하겠지만, 정성 가득한 그림을 소중히 지켜야지.

어느새 7월, 여름이다. 5주 동안 바닷가 대신 방사실로 출동!

마음 다잡고 방사산 등반 시작!

방사 치료 시작을 하루 앞두고 괜히 심란하다. 항암산만 넘으면 그 뒤는 평지는 아니어도 언덕 정도가 아닐까 싶었다. 방사선 치료의 부작용에 대한 정보들이 자꾸 눈에 들어온다. 막항 3주 차인데 손발톱의 변색과 통증이 새롭게 시작됐다. 정체 모를 피로감으로 갑자기 기절하듯 쓰러져 자고, 밤에는 어김없이 피부 발진이 스멀스멀. 매일 하루씩만 잘 살아내면 된다고 생각하면서도, 방사선 치료와 이후 관리의 삶에 대한 막막함, 컨디션 저하가 겹치니 마음이 복잡하다. 두꺼운 철문을 있는 힘을 다해 열어 기진맥진한데, 열고 보니 또 철문이 있는 느낌이랄까.

어쩌면 앞으로의 삶은 평생 미지의 길을 가야 한다. 몸 어딘가가 정상적으로 작동하지 못해 암세포가 자랐다. 표준치료로 눈에 보이는 암은 없앴지만, 다시 자라서 뭉치고 커지지 않도록 노력해야 하니까. 관리의 삶. 아직 밝혀진 정답이 없기에 누구도 알려줄 수 없다. 스스로 노력하고 판단하며 최선을 다할 뿐.

조급함 때문인지 욕심이 커진다. 항암 때는 그것만 아니면 살 것 같더니, 이제는 앞으로는 도대체 어찌 살라는 거냐며 투정을 부린다. 모든 건 마음에 달려 있다. 가장 무거운 철문 한 개를 연 것에 감사하면서, 다음 문도 최선을 다해 열고 앞으로 나아가야지. 시험 때 벼락치기처럼 며칠 뚝딱 밤을 샌다고 될 일이 아니니까. 천천히 힘들었던 마음을 토닥이고 몸도 추스르면서 나에게 맞는 길을 찾아야 한다. 어지럽던 마음을 다잡았다.

지금까지도 잘했고, 앞으로도 잘할 거라고. 앞으로 클리어할 스테이지가 백 개든지 천 개든지 계속 하면 된다고. 무엇보다 그 길은 혼자가 아니라, 우리가 함께 할 거니까.

한껏 심란하더니 막상 치료가 시작되니 신이 났다. 드디어 방사산 등반! 치료 자체는 잠깐 누워 있으면 되니 간단하지만, 방사선 조사 자체가 몸에 무리가 가고, 매일 왕복 두 시간 운전이 엄두가 나지 않아 요양병원에 입원해서 치료를 받았다.

첫 방사. 치료 시간은 10분. 치료 안내 및 이후 일정 조율에 5분. 대부분 첫 치료는 임의로 하고, 2차부터 치료 시간을 정해서 진행한다. 스케줄이 꽉 차 있다보니, 선택권은 많지 않다. 다만 원하는 시간대를 이야기해 두면 자리가 나면 변경해주기도 하니 샤바샤바.

시작 전, 심호흡이 아니라 평소처럼 숨을 쉬라고 주의 사항을 알려주었다. 마스크 때문에 가뜩이나 답답한 데다가 긴장이 되니 호흡 조절이 어려웠다. 심호흡을 안 하려고 하는데 검사기에 비친 내 모습은 왜 이렇게 크게 움직이는지. 지난번처럼 붓과 잉크로 작품을 만들었다. 계속 몸도 팔도 힘을 빼라 한다. 최대한 뺀 건데 어쩌지. 어쩔 줄 몰라 하는 사이에 다행히 끝났다. 비록 볼 수는 없지만 느낄 수 있었다. 이전과 격이 다른 완벽한 업그레이드. 탈의실에서 확인 결과, 판타스틱 그 자체! 기하학적인 무늬의 향연. 무수한 직선과 원, 심지어 화살표까지, 신비롭고 오묘하다!

치료는 눈 깜짝할 사이에 끝났다. 잉크를 말리기 위해 대기하는데, 친절한 훈남 방사샘이 덧칠도 가능하지만 정교한 치료이니 가능하면 지워지지 않도록 당부했다. 타고난 범생이라 이때부터 소중귀중한 표시선을 지키기 위한 한여름의 사투가 시작되었다. 방사선 피부염 예방용 위해 로션을 처방받았다. 병원에 따라 연고를 처방하기도 한다. 주의사항은 '치료 전후 1시간 후에 얇고 넓게 바르기.' 로션을 바르려고 거울을 보고 깜짝 놀랐다. 열감을 식히려고 알로에 겔도 바른다던데, 도무지 난해한 선들을 건드리지 않을 묘수가 떠오르지 않았다. 표시선은 물보다는 유분기가 있는 로션, 크림에 쉽게 지워진다. 첫날은 손가락으로 조심조심 발랐는데 쉽지 않았다. 둘째 날은 얇고 넓적한 나무 스패출러로 도전했지만 역시나 어려웠다. 노력 끝에 찾은 아이템은 바로 메이크업 브러쉬. 파운데이션을 얇게 펴 바르는 용도니 제격이다. 다이소에서 구매한 단돈 천오백 원짜리. 이후로 얼굴에도 하지 않던 섬세한 붓질을 매일 두 번씩 가슴에 했다.

방사 치료 관찰 일기, <슬의생> 현실 샘을 만나다

3주 간격인 항암과 달리, 방사선 치료는 매일 진행되어 횟수는 많지만 속도감이 있었다. 하루에 한 회씩 차감. 횟수가 늘수록 긴장감은 줄고 적응이 되었다. 치료 베드에 올라 자리를 잡고, 전신에 힘을 빼고, 조심조심 숨쉬기. 초반에 어렵던 호흡도 긴장이 풀리니 괜찮아졌다. 감사하게도 치료 위치를 잡을 때만 가운을 오픈하고, 그 뒤에는 꼭꼭 덮어주었다. 암 환자이지만 여자이고, 팔다리도 아닌 가슴이니 여전히 부끄럽다. 친절한 방사

샘들은 치료 후에 항상 "고생하셨어요!"라고 말해주는데, 어찌나 고마운지. 힘든 걸 알아주고, 응원 받는 느낌이었다.

치료가 익숙해지니 호기심이 발동했다. 치료실 안의 각종 기기와 모니터들에 자꾸 눈길이 간다. 누워 있어서 잘 보이지 않지만, 조금씩 관찰하다 보면 치료는 금세 끝이 났다. 양팔을 머리 옆 팔 받침에 올리고 누우면, 방사 기계가 몸 주위를 돈다. 기계 안에는 양쪽에 수십 개의 쇠바늘이 참빗처럼 가지런히 자리잡고 있다. 기계가 돌기 시작하면 바늘들이 들쑥날쑥 부지런히 움직인다. 이 금속은 MLC라 부르는데 방사선을 정밀하게 조정하는 역할을 한다. 두 개의 모니터. 뭐라고 쓰여 있는지 궁금해서 눈동자를 최대한 끌어내려보지만 실패. 하마터면 눈이 빠지는 줄 알았다. 추측컨대 하나는 기준값, 하나는 실제값이 아닐까.

기계가 얼마나 돌아가는지도 궁금했다. 치료 부위는 왼쪽 가슴인데, 오른쪽 45도쯤에서 시작해서 왼쪽으로 등 아래까지 돌아간다. 아마 아래로도 45도쯤 되지 않을까? 그러면 180도 회전. 왜 옆구리에 화상 자국이 생기는지 이해가 된다. 어설프지만 복식호흡에 도전하기도 했다. 배는 들썩거려도 가슴은 덜 움직이지 않을까 하는 상상을 하면서. 이상 일반인의 허술한 방사선 치료 관찰 일기.

원래 호기심이 많지만, 치료 중이라 더 그런지도 모른다. 베드에 눕는 순간 떠오르는 무수히 많은 생각, 대부분은 걱정과 부정적인 감정들이다. 아예 딴 생각을 하면 다른 생각이 들어올 틈이 없었다. 그 공간에 집중하기. 부정적인 생각을 떨치는 나름의 비법이랄까.

방사 6회차 즈음, 갑자기 수술을 한 왼팔 안쪽이 기타줄처럼 단단해지더니 통증이 심해졌다. 나에게도 찾아온 액와막 증후군. 흔한 부작용으로 알고 있었지만, 막상 겪으니 꽤 아프고 당황스러웠다. 재활의학과 협진을 받았다. 재활의학과는 처음이라 살짝 긴장했는데 대반전. 드라마 <슬기로운 의사 생활>은 현실에서도 가능했다. 세상에, 먼저 내 이름을 불러주다니. 따뜻한 눈빛으로 긴장을 풀어주시고 인사도 건네셨다. 묻지 않아도 치료에 대해 알려주는 자상함까지.

"여러 과 다니면서 치료받느라 정신없고 힘드셨죠? 다른 과에서는 힘든 일이 많았겠지만, 여기서는 힘들지 않도록 도와드릴 거니 마음 놓으세요. 림프절은 한 개를 떼든, 두 개를 떼든 손상이 된 거라 영향이 있을 수밖에 없어요. 뭉치거나 짧아지거나 하면서 통증이 생기는데 치료할 수 있으니 걱정 마세요."

유독 진료실에서 위축되었던 마음을 어루만져 주는 듯했다. 림프절을 많이 떼지 않았는데 너무 유난스러운 건가 편치 않던 마음도, 진심이 가득 담긴 눈빛과 따뜻한 말은 위로가 되었다. 지금도 그때를 떠올리면 마음이 따뜻해진다. 수술 부위가 아프다고 항암 부작용으로 힘들다고 해도 '원래 그래요' 혹은 '그럴 수 있어요'였는데. 물론 안다. 의료진이 환자에게 감정이입하면 안 된다는 거, 적당한 선을 유지해야 한다는 거, 과의 특성도 다르다는 거. 다 알지만 살짝만 토닥토닥 해주어도 환자에게는 큰 힘이 된다. 바쁘고 힘들겠지만, 마음까지 헤아려주는 의사가 더 많아지면 좋겠다.

나여서 참 다행이다

어느새 2주 차, 23회 중 9회. 묘한 성취감과 짜릿한 속도감. 이제 익숙해져서 나만의 루틴을 만들었다.

7시 기상 및 가벼운 스트레칭, 방사 아이템 3종 세트 준비 (녹차, 얼음주머니, 알로에 미스트), 식사 및 호르몬 약 복용
9시 접수 및 수납, 3~4천 보 걷기
9시 반 치료 후 녹차 한 병 원샷, 가슴에 얼음찜질
10시 반 간식 및 로션 바르기

한낮 최고기온 36도, 체감온도 40도. 방사 치료로 불태우는 2021년 여름. 시원한 병원은 표시선이 지워질까 조심하는 내게 최적의 산책로였다. 일반 병동과 암 병동을 연결하는 긴 복도. 지하 1층부터 지상 2층까지 쳇바퀴 돌듯 부지런히 걸었다. 비니나 두건 혹은 가발을 쓴 환자들이 보이는 암 병동이 왠지 더 편하다. 그 공간에서는 암 환자이거나 보호자라는 데서 동질감을 느꼈다.

매번 바쁘게 진료실, 검사실만 오갔는데, 구석구석 새로운 것들이 눈에 들어온다. 복도의 미술 작품, 국제진료센터라는 생소한 공간, 항상 손님이 붐비는 지하 1층 아이스크림 가게. 달콤

한 냄새를 풍기는 빵집. 걷다보니 강당 앞 한적한 공간에 내 또래의 여성과 일곱 살쯤 된 남자아이가 보였다. 캡모자를 썼지만 약간 휑한 뒷머리. 아이는 신이 나서 초코아이스크림을 먹고 있었다. 한입 한입 아쉬운 듯. 걷다가 아이와 눈이 마주쳤다. 장난기 그득한 얼굴. '이거 진짜 맛있어요!'라는 눈빛과 표정. 아이를 사랑스럽게 바라보는 엄마. 어디가 얼마나 아픈지는 알 수 없지만 이른 아침에 어린아이가 종합병원에 있는 것만으로 마음이 짠했다. 괜스레 눈물이 핑 돈다. 짧은 순간이지만 아이들 생각도 나고, 정겨운 모습에 미소가 지어졌다.

다시 복도를 걷는데 문득 스친 생각. '내가 아파서 다행이다.' 만일 아이가 아팠다면 차라리 내가 아프고 싶었을 테니까. 암이라고, 항암 치료로 머리를 밀어야 한다고 했을 때 흐느껴 울던 친정엄마가 떠올랐다. 이런 마음이었던 걸까. 아무도 아프지 않은 게 좋지만, 연로하신 엄마가 아니라서, 지병이 있는 남편이 아니라서, 예쁜 아들딸이 아니어서, 그게 나여서 참 다행이고 감사했다. 비록 엄마로서 아내로서 딸로서 며느리로서의 역할에는 잠시 공백이 생기겠지만, 그럼에도 불구하고 이만하길 참 다행이다.

항암, 방사, 호르몬 치료 다채로운 부작용의 향연

방사 치료도 나름의 부작용이 있다. 사람마다 다르지만 항암처럼 오심, 구토감이 나타날 수도 있다. 마지막 표준치료라 기분은 좋았지만, 피로감은 갈수록 심해졌다. 항암 부작용이 아직 남아 있는 상태에서 더해지니 컨디션이 좋지 않았다.

얼음주머니와 알로에 미스트는 심적으로만 도움이 됐는지, 왼쪽 가슴의 피부는 2주차가 지나면서 붉어졌다. 다행히 나는 빨개지기만 했는데, 주위에서는 점점 검붉어지면서 피부가 벗겨지기도 했다. 보기에는 여름에 살이 탔다가 벗겨지는 것 같지만, 몸 안쪽에서 열이 올라오면서 피부가 타들어가는 거라 느낌이 달랐다. 피부 변색과 단단해진 가슴은 한동안 지속되었다. 신기하게도 월요일, 화요일은 통증이 덜하다가 그 뒤로 다시 단단해지고 더 아팠다.

가슴만 아프면 좋으련만 왼팔과 옆구리의 통증도 심해졌다. 살림도 안 하고 삼시세끼 주는 밥만 먹는데도 아픈 걸 보면 부작용이 분명한데, 방사선과 진료 때 주절주절 이야기해 보았으나 방사 치료와는 상관없다는 단호한 대답을 들었다. 하지만 치료에 있어서 현재 의학 기술로 측정할 수 없는 많은 부분, 즉 주관적인 느낌이 더 진실에 가까울 수도 있다. 후반으로 갈수록 피로감이 심해졌다. 낮에 갑자기 기운이 빠지면 바로 쓰러져 자기. 내 몸을 위한 작은 배려다.

막항 5주차인데도 보톡스를 맞은 것처럼 얼굴이 부풀어 올랐다. 특히 눈 밑이 퉁퉁. 눈 아래에 모세혈관과 림프관이 많은데 순환이 잘 안 되어 뭉친 것 같다. 다리는 천근만근 무겁기만 했다. 운동도 좀 하고, 체력도 좋다고 자부했는데, 스쿼트 몇 개로도 다리가 후들거린다. 한 발로 서서 균형을 잡는 동작조차도 버겁다. 치료 내내 극성이던 피부 발진도 지속됐다. 스멀스멀 돋

아나는 느낌에 옷 솔기도 까슬거려서 부드러운 순면만 거꾸로 뒤집어서 입었다.

방사 2주차부터 시작한 호르몬(페마라) 치료의 부작용도 더해졌다. 열감의 빈도와 강도가 나날이 세졌다. 멀쩡하다가도 갑자기 온몸이 뜨거워지면서 땀범벅이 되었다. 그러면 표시선이 지워질까봐 잽싸게 에어컨 밑으로 달려갔다. 공기청정기를 끌어안고, 셔츠 밑으로 바람을 밀어 넣었다. 누가 보면 해괴하기 그지 없지만, 열감을 식히는 나만의 비법.

방사 치료는 일상생활에도 영향을 주었다. 7월 중순부터 8월 말복까지 한여름 내내 표시선이 지워질까봐 샤워도 자유롭지 못했다. 가급적 물이 닿지 않도록 노력했다. 소시적 림보 실력을 아낌없이 발휘했다. 몸을 최대한 뒤로 젖혀 등에 물을 뿌리고 가슴에는 한 방울도 튀지 않게 하겠다는 굳은 의지. 상당한 코어의 힘이 필요한 고난도의 동작을 해냈다!

그러나 시간이 흐를수록 긴장감은 떨어졌고 슬슬 가슴에도 설렁설렁 물을 뿌렸다. 그래도 한 번의 덧칠만으로 치료를 버텼다. 삭발 덕분에(?) 나름 편했던 머리 감기. 일체형 가전처럼 그냥 서서 한 번에 스윽 처리했는데, 이제는 숙여서 감아야 했다. 불과 4개월 만인데 엎드려 감는 게 어쩜 이리 어색하고 불편한지.

가만히 있어도 더운 날씨에, 운동은 언감생심이었다. 체력을 회복하려면 움직여야 하는데, 고민하다가 찾은 방법은 병원 복도 걷기. 실내 온도가 낮고, 덥든 비가 오든 쾌적하게 걸을 수 있었다. 병원은 치료도 받고, 운동도 하는 복합 멀티공간으로 재탄생했다.

방사 종료 D-1 • 네 번의 계절이 지나고

마지막 방사선 치료를 하루 앞둔 말복. 5주 간 23회. 시간은 어김없이 갔다. 진단을 받은 2020년 10월은 단풍이 예쁜 가을이었다. 놀라고 두려운 와중에도 아이들이 떠올랐다. 당분간은 사라질 일상, 서둘러 에버랜드에 갔다. 붉은 노을을 배경으로 아이들을 안고 사진을 찍으며 눈물을 삼켰다.

그해 겨울. 임상으로 호르몬 치료가 시작되었다. 열감으로 땀을 뻘뻘 흘리며 눈 덮인 동네 골목길을, 앞산을 걷고 또 걸었다. 한 걸음이라도 더 걸으면 암순이가 작아지리라는 간절한 마음으로. 다음 해 3월. 쌀쌀한 기운을 느끼며 수술을 위해 병원으로 향했다. 입원 때 입었던 얇은 겨울 패딩이 퇴원할 때는 살짝 더울 정도로 햇살은 따뜻했다. 길가에 핀 노란 개나리와 갓 올라온 푸릇한 풀이 싱그러웠다. 이어진 고난의 항암, 한여름의 방사치료.

네 번의 계절이 지나고, 표준치료의 마지막을 앞두고 있다. 장장 5년간 호르몬 치료를 받아야 하지만, 일단 수술-항암-방사 3종 풀세트의 피날레다. 이 순간을 그렇게 바랐건만, 막상 현실이 되니 머릿속은 복잡하기만 하다.

어느 날 갑자기 암과 맞닥뜨렸다. 드라마처럼 변한 나의 삶과 달리 주변 사람들은 보통의 삶을 무심히 이어가고 있었다. 저녁 산책 중 친구와의 통화. 아이들, 남편, 집안일, 회사일 등 일상의 이야기를 들으니 문득 1년이라는 시간의 공백이 느껴졌다. 삶의 일부분이 진공청소기로 어딘가로 훅 빨려 들어간 듯. 의도치 않게 강제로 멈춰진 나, 길을 잃은 느낌이다.

괜스레 생각이 많아졌다. 미리 당겨서 걱정하지 말자고 매일 다짐하면서도, 방사 치료를 마친다고 당장 암 환자가 아닌 게 아닌데도. 어디서부터 어떻게 멈추어진 삶을 다시 시작할지 답답했다.

알고 있다. 일단 치료로 지친 몸을 추슬러야 한다는 걸. 그런데 그 뒤에는? 초반에는 얼른 건강해져서 이전의 일상으로 돌아가고 싶은 마음으로 견디고 또 견뎠다. 하지만 언제부터인지 돌아가야 할 곳이 어디인지 희미해졌다. 내가 속했던 곳, 좋아하던 것, 하고 싶던 것. 불과 1년이었지만 몸도 마음도 이전과는 많이 달라졌음을 뒤늦게 깨달았다.

조금 서글프지만 굳이 전과 같지 않아도 된다. 어쩌면 같은 게 더 이상할지도 모른다. 삶에서 '죽음'을 이렇게 가깝게 느끼고도 예전과 똑같을 수는 없다. 소중한 사람, 소중한 것을 한순간에 모두 잃을 수도 있는 상황, 나에게 무엇이 가장 중요한지 깨달았으니까. 많은 암경험자들이 암 진단이 인생의 전환점이 되어, 더 행복하고 의미 있는 삶을 살게 되었다고 한다. 다만 나에게는 아직 시간이 필요하다. 우선 치열한 전투로 내상을 입은 몸과 마음을 토닥여야겠다.

마지막 방사 • 다이아 메달 따고 다시 새로운 시작

밤잠을 설쳐 피곤했지만, 설레는 마음으로 병원으로 향했다. 드라마 막방보다 더 기다렸던 찐 막방! 수납 창구에서 "어머, 오늘 마지막 치료시네요. 고생하셨어요!"라고 생각지 못한 인사를 받았다. 왠지 울컥. 이때부터 감격에 겨운 하루가 시작되었다.

3번 치료실. 선남선녀 방사 선생님들과 5주간 매일 만나던 곳이다. 마지막 치료. 방사 기계가 돌아가며 윙윙 소리를 낸다. 3분 남짓 짧은 시간에 많은 생각이 들었다. '이제 이곳은 내 삶에서 마지막이어야지. 다시는 오면 안 돼.'

치료 후 선생님들이 따뜻한 인사를 건넨다. "정말 고생 많으셨어요. 관리 잘 하시고 오래오래 건강하세요." 눈물이 왈칵. 다행히 잘 참고 웃으며 감사했노라고 인사를 드렸다. 평소 주변 사람들에게 '건강하세요'라고 말하고는 했는데, 길고 긴 치료의 마지막에 건네받은 인사는 전혀 다른 무게감으로 다가왔다. 고맙지만 다시 만나지 않으면 더 좋은 인연. 감사함은 소중히 담아두고, 치료는 추억으로만 남기를.

표준치료 중 의료진과 가장 친밀감을 느끼는 게 방사 치료인 것 같다. 치료 시간은 짧지만 매일 만나니까. 수술은 잠들었다 눈 뜨면 끝나 있고, 회진은 찰나. 항암 주사는 전담 선생님이 아니라 차수마다 바뀐다. 방사 치료는 한 달 가까이 매일 만났다. 심지어 가운도 덮어주고 일어날 때 등도 받쳐준다. 치료를 잘 이겨내도록 응원하고 도와주는 런닝메이트 같았다. 한여름의 지루하고 힘든 치료를 함께 해주신 방사선과 선생님들 감사합니다!

탈의실에서 가슴의 파란 선을 바라보았다. 땀과 물로 얼룩지고 너덜너덜해졌다. 이제 깨끗이 지울 수 있다. 좋으면서도 그간 정이 들었는지 살짝 아쉽다. 빨갛게 붓고 딱딱해진 수술 부위, 전체적으로 검붉어진 가슴. 그래도 이만하길 참 다행이다. 잘 견뎌준 나의 몸, 고마워!

방사 치료 종료 후 주의할 사항들이 있다. 한 달간 찜질방, 통목욕, 수영장, 반신욕, 치료 부위를 강하게 자극(때밀기)하는 건 금지. 임파 부종이 생길 수 있기 때문에 잘 때는 심장보다 팔을 높게 두는 게 좋다. 옆구리 통증도 있던 터라 한동안 작은 쿠션에 팔을 올리고 잤다. 가슴의 단단한 느낌은 6개월에서 1년간 지속된다.

방사선 치료도 조사량이 일정량(5천 라드)을 넘으면 보험 조건에 따라 수술에 해당이 되어 수술비를 청구할 수 있다. 방사선 치료 기록지상 총 조사량은 무려 6천 라드. 대부분 5천 언저리던데. 더 피폭된 듯해 살짝 서럽지만, 덕분에(?) 수술비를 지급받았다. 마냥 좋아하기엔 씁쓸하지만, 기왕 이리 된 거 몸보신을 하는 걸로!

요양병원에 오니 간호샘들이 박수를 쳐주신다. 촐랑거리며 소문을 낸 효과지만 감사할 따름이다. 남편과 친정엄마에게도 막방 소식을 알렸다. 나의 빈자리로 불편하고 힘들었을 텐데도, 오히려 이제 한시름 놓았으니 푹 쉬면서 회복에만 신경을 쓰란다. 아픈 뒤로 깨닫게 된 가족의 사랑. 축하의 피날레는 룸메이트 언니가 준비해준 파티. 수제 치즈 케이크에 '꽃길만 걸어요'

라고 쓴 멋진 캘리그래피 엽서까지. 입원 내내 친언니처럼 돌봐준 간호샘을 초대해 조촐한 파티를 열었다. 불과 몇 달 전까지도 생면부지의 남이었는데, 내 인생의 큰 이벤트를 함께 해주었다. 암환자로서 느끼는 감정과 몸의 변화는 경험하지 않고서는 알기가 어렵다. 몸소 겪어서 아는 3년 차 선배와 곁에서 보고 경험한 선생님. 우리는 함께 눈물을 훌쩍이며 기쁨을 나누었다.

샤워를 하려다가 깨달았다. 이제 파란 선을 닦아내도 되고, 더 이상 머리를 숙이고 감지 않아도 된다는 걸. 한 달 만에 마음 놓고 온몸으로 뜨거운 물을 듬뿍 맞는 샤워. 마음 편하게 씻을 수 있다는 것만도 큰 기쁨이었다. 치료 부위는 조심스러워서 살짝 닦았더니, 잘 지워지지 않았다. 괜찮다. 굳이 서두르지 않아도 된다. 아쉬워서 작별의 시간을 갖는 셈 치면 되니까.

온종일 눈가가 젖은 채 훌쩍거린 하루. 올림픽 금메달을 딴 것도 아닌데 괜히 혼자 주책인 것 같아 겸연쩍었는데, 블로그 이웃님이 따뜻한 글을 남겨주셨다. '금메달보다 값진 다이아 메달'이라고, 마음껏 기뻐해도 된다고. 잊지 못할 순간인 만큼, 하루쯤은 마음 가는 대로 웃어도 좋고, 울어도 좋다고.

방사선 치료는 끝났지만 호르몬 치료는 앞으로 5년, 재활치료와 정기 검진도 받아야 하니, 치료는 계속된다. 그래도 이렇게 마침표를 찍고, 숨 한 번 돌리고 에너지를 얻었으니 또다시 힘차게 파이팅!

Part 7.

다시 일상으로,
끝날 때까지 끝난 게 아니다

호르몬 치료, 졸라덱스 + 페마라 막강 조합 5년 당첨

방사 5회 차에 잡힌 혈종과 진료. 호르몬 치료 방법이 결정되기에 긴장이 됐다. 같은 호르몬 양성이라도 치료 방법은 다양하다. 과연 어떤 약에 당첨이 될지. 진료에 앞서 골밀도 검사를 받았다. 골밀도 감소는 호르몬 치료의 대표적인 부작용이다. 치료 시작 전에 상태를 체크하고 이후에도 매년 정기적으로 확인한다. 다행히 골밀도는 연령대 평균이지만 앞으로 떨어질 예정(?)이니 비타민D와 칼슘제를 처방받았다.

두근두근, 호르몬 치료는 최강 조합인 막강 졸라덱스와 페마라, 기간도 무려 5년 당첨! 페마라는 임상 때 먹은 타목시펜보다 부작용이 심하다고 들어서 내심 아니길 바랐는데. 푸근하지만 AI같은 혈종샘조차 부작용이 상당히 세다고 하는 걸 보면 '쎈 약'임에 틀림없다. '이게 최선인가요'라며 애절한 눈빛을 발사했지만 이미 치료는 정해졌다. 결정적으로 나의 암순이는 날 닮았는지 상당히 적극적(?)이라 초반에 강하게 잡는 게 좋다고 했다. 그래도 이유를 듣고 나니 받아들이기가 좀더 수월했다.

페마라는 원래 폐경 이후에만 쓰였는데, 최근 졸라덱스로 난소 기능이 저하되어 폐경된 경우에도 처방할 수 있게 되었다.

이러나저러나 폐경은 폐경이니. 5년간 4주 간격으로 졸라덱스 주사를 맞고, 매일 정해진 시간에 페마라를 먹어야 한다. 아마도 너무 아파서 이름이 그럴 거라는 합리적 의심을 불러일으키는 졸라덱스. 일반적인 주사와는 체급이 다르다. 대못인지 주사 바늘인지 헷갈릴 정도의 굵기다. 몇 년간 맞으면 그 흔적으로 배에 그림도 그릴 수 있다는 전설이 있다. 여하튼 항암과는 결이 다른, 길고 긴 또 다른 치료가 시작되었다.

표준치료 후 호르몬 양성 환자의 치료 방법은 다양하다. 조합도 타목시펜 단독, 타목시펜 + 졸라덱스, 타목시펜 + 루프린, 페마라 + 졸라덱스, 페마라 + 루프린, 아르미덱스 등등. 치료 기간도 짧게는 2년부터 10년까지, 주사 주기도 4주, 3개월, 6개월 등. 타목시펜을 단독으로 처방받은 환우가, 왜 주사는 맞지 않는지 호기심을 참지 못하고 물었더니, 담당샘 왈 "제 마음이에요." 맞다. 10년 넘게 공부하고, 수많은 진료 경험을 바탕으로 의느님이 고심 끝에 내린 결정이니 믿고 따르면 된다.

이미 임상으로 호르몬 치료의 부작용을 겪어보았다. 삶의 질이 얼마나 떨어지는지 알기에 5년이 길게만 느껴진다. 관절통, 불면증, 열감, 체중 증가 등 부작용은 일상생활 곳곳에서 지속적으로 나타날 것이다. 그럴 때마다 암 생존자임을 자각하게 될 거고. 왜 하필 이런 병에 걸려서 고생을 하는지 억울하기도 하지만, 5년 동안 지켜줄 치료약이 있다는 게 어딘가. 평생이 아니고 일단 5년이니까 이 또한 고마운 일이다. 항암과 호르몬 약으로 철통방어! 무엇보다 항암 당첨도 모자라 타목시펜에 이어 페마라까지 먹게 되었으니, 경험 부자가 된 걸로! 그렇지만 막상 두툼한 약봉지를 받아든 당일은 약을 먹지 못했다. 먹기 시작하면 멈출 수 없으니까. 하루 더 마음 다잡고, 내일부터 스타트!

호르몬약 부작용도 사람마다 다르다. 항암보다 호르몬 치료가 더 힘들다는 경우도 있고, 부작용이 너무 심하면 치료를 중단하기도 한다. 의료진과 상의해서 중단하는 경우도 있지만, 환자 스스로 미복용을 선택하기도 한다. 의료진은 치료를 권하지만, 부작용의 힘듦을 알기에 다른 선택을 하는 마음도 이해가 된다. 오죽 힘들면 그럴까. 복용할지 말지 얼마나 많이 고민하고 두려웠을지.

조심스럽지만, 이 또한 옳고 그름보다는 선택의 문제가 아닐까. 치료에 있어 최종 결정은 환자의 몫이니까. 물론 그 결정에 따른 결과도 포함해서. 충분히 고민하고 결정했다면, 스스로의 결정을 의심하거나 후회하지 않으면 좋겠다. 선택을 믿고 할 수 있는 최선을 다하기. 마음이 흔들리면, 몸도 따라가니까.

타샤의 생각

호르몬 약 매일 빠뜨리지 않는 복용 팁!

매일 복용하는 호르몬 약. 아침이든 저녁이든 상관없지만 가급적 일정한 시간대에 복용하는 게 좋다. 혹시나 깜빡해서 못 먹었는데, 다음 복용 시간과 가깝다면 건너뛰는 게 낫다. 매일 아침에 복용하는데, 저녁 늦게 생각났다면 그 날은 생략하기. 초반에는 바짝 긴장해서 매일 빼놓지 않고 챙기지만, 차츰 도대체 먹었는지조차 가물가물해진다. 슬슬 긴장이 풀리기도 하고, 깜빡깜빡 기억력이 떨어져서일 수도 있다. 내 몸을 지켜주는 소중한 약, 빼놓지 않고 챙겨 먹는 팁.

• 약 복용 알람 맞추기. 5분 간격으로 두세 번 반복해서 설정하자. 바쁘고 정신이 없을 때는 알람을 끄고 나서, 잊어버리는 경우가 종종 있다. 반드시 약을 먹은 뒤에 알람을 끄자.

• 약 뒷면 은박지에 네임펜으로 날짜 쓰기. 한 통을 새롭게 시작하는 날 30일 치를 한땀 한땀 쓰면 된다. 알약 한 알에 하루씩. 먹었는데 안 먹은 것 같고, 안 먹었는데 먹은 것 같고 헷갈릴 때 바로 확인할 수 있다.

정작 이렇게 했는데도 8개월 동안 세 번 정도 약을 놓쳤다. 나름 선방했지만, 기왕 먹기로 한 이상 정신을 더 바짝 차려야지.

긴 치료를 마치고 일상으로 돌아가기

수술, 항암, 방사에 이르는 긴 표준치료. 이것만 마치면, 이것만 견뎌내면 저 너머에 파랑새가 있을 것 같았다. '암환자가 되기 전 내 모습으로, 내 몸으로 돌아가리라.' 기대하며 시간이 지나기만을 바랐다. 하지만 현실에서는 재투성이 아가씨가 멋진 공주로 변하는 신데렐라의 마법은 일어나지 않았다. 몸은 여전히 힘들었고 일상은 많은 것이 달라졌다.

겉보기에는 멀쩡한데, 속은 하나도 안 멀쩡한 몸 상태. 부작용은 치료 후에도 꽤 오래 갔다. 조금씩 들뜨던 손톱은 층이 지고 갈라져서 밴드를 붙이고 장갑을 껴야 했다. 살짝 부딪히기만 해도 멍이 들어서 검사를 하니 혈소판도 호중구 수치도 낮았다.

항암과 호르몬 약 때문인지 허리와 다리 통증이 심해서 움직일 때마다 신음소리가 났다. 조금만 움직여도 피곤해지는 몸으로 아이와 긴 외출은 어려웠다. 치매를 의심할 만한 기억력 감퇴에 당황하기도 했다. 예전에 농담 삼아 말하던 비루한 몸뚱이가 현실이 된 것이다. 모자를 푹 눌러써서 가려야 하는 까까머리. 덥기도 하고, 시야가 가려지는 만큼 마음도 움츠러들었다. 열감과 더운 날씨는 피부 트러블로 이어졌다.

주변에서는 이제 다 끝난 줄 아는데, 괜히 야속하다. 나름 잘 견뎠다고 생각했는데. 이래서 암은 정복하는 게 아니라 같이 살아가는 거라고 한 걸까? 무조건 떼내고 없애버려야지 같이 살다니, 처음에는 무슨 말인가 싶었다. 암을 없애는 과정에서 내 몸에 남은 흔적과 달라진 마음이 다시 삶을 시작하는 출발점이 되어서일까.

말년 병장 같은 느낌이다. 군대는 안 가봤지만, 군인들도 제대를 손꼽아 기다리지만, 막상 전역 날짜가 다가올수록 생각이 많아진다고 하지 않는가. 군대라는 환경에 익숙해졌는데 사회로 돌아가면 다시 적응해야 하고, 어떻게 살아야 할지 걱정과 막막함. 치료를 마치고 이제 다시 소중한 가족의 품으로, 일상으로 돌아가야 하는데, 너무 멀리 와버린 느낌.

요양병원 퇴원 전날 밤, 바람을 쐬러 옥상에 올랐다. 해 질 무렵 노을과 구름이 참 예쁜 곳이었다. 밖에 나갈 엄두가 나지 않을 만큼 컨디션이 좋지 않을 때 옥상을 걷고 또 걸었다. 이 시간이 얼른 지나가기를 바라면서. 아무도 없는 컴컴한 옥상에서 바같을 내려다보니 힘들었던 시간이 떠올라 눈물이 났다. 암 진단으로 갑자기 달라진 나의 삶. 이전과 같을 수는 없겠지만 힘든 시간을 잘 견뎌냈고 이제 다시 일상으로 돌아가기 위해 힘을 내야 한다.

이전과는 다르지만 새로운 일상을 시작할 수 있을 거라 생각했다. 좋아하던 공부도 다시 하고, 책도 읽고, 규칙적으로 운동도 하고, 여행도 가고. 다만 잠시 동안은 무얼 하고 싶은 욕구도, 해야 하는 일들도 생각하고 싶지 않았다. 잠시 그대로 멈추고 이 상태에 적응하며 일상에 조금씩 스며들기. 암환자 3년 차인 지금도 가끔 모든 게 비현실적으로 느껴진다. '모든 게 꿈이었으면.' 곧 정신을 차린다. 받아들여야 한다는 걸.

이제는 빠르게, 효율적으로 에너지 넘치게 스마트하지는 않지만, 괜찮다. 예전과 같지 않아도 된다. 조금씩 천천히 달라질 일상을 준비해 본다. 가다 보면 어느새 또 새로운 길이 보이고, 지금 이 순간의 새로운 나다움을 찾게 될 거니까.

호르몬 약 부작용, 올 게 왔다. 살 길은 운동뿐!

초반에는 괜찮더니 슬슬 부작용이 나타났다. 답답한 마음에 약 설명서를 읽어보니 호르몬 약이어서인지 각종 장기에서부터 정신계까지 부작용이 어마어마하다. 하긴 어떤 약도 설명서의 부작용을 보면 먹을 엄두가 안 나긴 한다. 하여튼 페마라의 설명서를 보면, 매우 흔한 부작용은 고콜레스테롤혈증 안면홍조 다한증 관절통 피로 무력감 권태감. 조금 덜 나타나는 부작용은 식욕부진 및 증가, 우울증 두통 어지럼증 두근거림 탈모증 피부 건조 구역 구토 근육통 골다공증 관절염 체중 증가 등. 하나하나 체크하느니 그냥 복용 이후 몸이 좀 다르게 느껴지면 부작용인 걸로.

페마라는 에스트로겐을 강하게 저하시켜 골밀도가 낮아지면서 골다공증의 위험이 커진다. 그래서 매년 골다공증 검사를 하고, 필요시 약을 처방받는다. 폐경 상태에만 사용해야 하니 중간에 황체형성호르몬(LH), 난포자극호르몬(FSH), 에스트라디올 수치를 체크한다. 검사 결과 실질적인 에스트로겐이라고 할 수 있는 에스트라디올 수치가 1년 전 174에서 12로 확연히 감소했다.(참고로 폐경기 수치는 10~50pg/mℓ)

여기까지는 이론과 숫자이고 실제 몸으로 느끼는 부작용은 또 달랐다. 빠르면 6개월이면 적응하기도 한다는데 과정이 만만치 않다. 9개월 차 경험상, 다양한 증상이 여기저기 옮겨 다니면서 나타났다.

페마라의 대표적인 부작용은 관절통이다. 3개월쯤 심한 허리 통증부터 시작되었다. 거실 소파에 앉아 있다가 일어서면 주방에 도착해서야 허리를 펼 수 있었다. 꼬부랑 할머니처럼 '아고고' 소리를 내면서 슬로모션으로 허리를 조금씩 펴면서 걷는 기분이란. 마치 인류 진화과정에서 오스트랄로피테쿠스의 허리가 점점 펴지면서 현생인류의 지금 모습이 되는 것처럼. 뒤이어 무릎과 발목의 관절이 덜그덕거렸다. 자다가 손목이나 발목이 몸에서 툭 떨어져 나갈 것 같은 싸한 느낌에 깨고는 했다. 당황스럽고, 무섭고. 바닥에 발을 디디면 발바닥 전체에 통증이 느껴졌다. 다행히 열 걸음 정도 참고 걸으면 사그라들기는 하지만.

종종 에너지가 뚝 떨어지는 피로감도 나타났다. 일명 암성피로. 몸이 서서히 피곤해지는 게 아니라, 멀쩡하다가 에너지가 '0'으로 수직 낙하한다. 암 치료 후 사람들과의 만남을 주저하게 되는 이유 중 하나다. 멀쩡하다가 갑자기 골골하면 누가 봐도 이상할 테니까. 면역력이 떨어지는지 잇몸도 들뜨고 구내염도 나타났다. 피부발진도 계속되었는데 모기에 물린 것처럼 부어올라 간지러움을 참을 수가 없었다. 긁으면 수포가 되거나 심하면 피가 났다. 팔 다리 손가락 가리지 않고 나타났다. 갱년기 증상의 대표주자인 열감은 초지일관 지금까지도 위세를 떨치고 있다.

이렇게 5년을 어떻게 사나 의기소침했는데, 차츰 허리 통증이 나아졌다. '역시 난 금방 적응하는구나.' 마음이 팔랑거렸다. 그랬는데 그 즈음 새벽에 통증으로 잠을 깼다. 손목, 손가락 마디가 어찌나 아픈지. 아침에 일어나면 손가락 관절을 하나씩 펴줘야 한다는 말을 웃어넘겼건만 나도 그 수순을 밟고 있었다. 통증과 함께 내 몸의 관절이 어디에 있는지를 속속들이 알게 되는 신비로운 경험.

마음을 긍정적으로 밝게 가져도, 몸에 나타나는 부작용은 나아지지 않는다. 그렇다고 마냥 울고 있을 수만도 없다. 약해지는 뼈를 보완하고, 관절통을 줄이려면 잘 챙겨 먹고 운동을 해서 근력을 키워야 한다. 뼈가 약하니 근육을 키워서 부담을 덜어주는 것이다. 물론 살짝 움직이기만 해도 뚜둑뚜둑 소리가 나는 로봇 같은 몸으로 운동할 마음이 절로 생기지는 않았다. 그래도 해야 하니까, 굳은 채로 그냥 내버려두면 더 나빠질 테니까.

암 진단 후 '걷기는 생존'이라 생각하며 걷고 또 걸었다. 지금은 매일 조금씩 근력 운동도 하고 있다. 혹시 혼자라서 어렵다면 가족과 함께 하자. 매일 저녁 가족과 함께 10분간 홈트레이닝. 이참에 가족도 함께 건강해지는 거다. 일석이조! 비단 호르몬 치료뿐 아니라 수술, 항암, 방사로 흐트러진 몸을 다시 세우기 위해서도 운동은 꼭 필요하다. 움직이는 만큼 건강해진다!

단순히 많이 걷기보다는 걷기와 근력 운동을 병행하는 게 좋다. 이론적으로 매일 6천 보면 충분하다. 그 이상은 운동의 효과가 크지 않으니 그 시간에 근력운동을 하자!

유방암 다큐멘터리 <크리스티나>, 짧지만 긴 여운

상영 시간은 40분이지만 여운은 오래 남았던 영화. 유방암 투병기에 대한 공감, 외국에서도 암이란 힘들고 어려운 병이었다. 주인공 크리스티나는 2009년 유방암 재발(간전이)로 서른여덟 살에 삶을 마감했다. 영화가 끝나고 자막이 올라올 때까지도 '오래오래 잘 살고 있습니다'라는 엔딩을 기대한 건 욕심일까.

도입부에 나오는 그녀의 암 보관함(Cancer Trunk). 첫 진단 후 항암치료 때 사용한 물품이 담겨 있다. 모자, 가슴에 케모 테라피(Chemo Therapy)가 새겨진 친정엄마가 만들어 준 곰인형, 민머리일 때 친구가 여러 가지 스타일의 머리를 합성해서 만들어준 사진, 딸의 편지, 유방암 관련 책 등등. 이걸 다시 꺼내게 될 줄은 몰랐다며 먹먹한 표정으로 이야기한다.

영화에서는 현재와 과거가 교차한다. 여행을 좋아하고 활동적이며 건강했던 크리스티나의 예전 모습과 암환자로서 투병 중인 지금의 모습. 그녀는 운동도 많이 하고, 음식도 잘 챙겨 먹고, 비만도 아니었고, 밝은 에너지의 잘 웃는 아름다운 여성이었다. 발리 파리 칸쿤 레바논 코스타리카 등 여행지에서의 설렘과 즐거움이 가득한 풍경과 침대가 놓인 작은 병실의 모습이 번갈아 비춰진다.

크리스티나뿐 아니라 남편, 환자 가족의 이야기도 들을 수 있다. 그녀의 첫 진단 후 더욱 함께하고 싶은 마음에 바로 결혼을 했다. 쉽지 않았을 선택. 그는 재발 후에도 그녀를 극진히 돌보며 아낀다. 그녀는 남편에게 감사와 사랑을 표현하며, 인생에서 이토록 진실한 사랑을 경험한 것만으로도 감사하다고 말한다. 만일 암이 이걸 위한 여정이었다면 어떠한 후회도 없이 지금의 길을 다시 택하겠노라고.

많은 환우가 암에 걸린 뒤 복잡했던 인간관계가 정리된다고 한다. 가족과는 연대감이 더욱 깊어지거나 극단적으로 안 좋아지거나. 실제로 이혼 직전 암 진단으로 화해하고 함께 이겨내기도 하고, 진단 후 상대방의 이기적인 모습에 이별을 선택하기도 한다. 목숨 외에 다른 일체의 잡다한 요소들이 사라지면 관계가 명확해지는 걸까.

어디서든 암치료로 인한 경제적인 문제는 부담이 될 수밖에 없다. 그녀가 복용하는 고가의 영양제들. 남편은 홀아비가 되기보다는 파산이 낫다며 웃는다. 하지만 맞벌이에서 한 사람의 소득이 줄고, 치료비 지출은 많아지고, 얼마나 오래 갈지 기약이 없다는 건 어려운 문제일 수밖에 없다.

그녀의 재발 후에도 남편은 직장을 유지했다. 일을 그만두는 것도 고려했지만 현실적으로는 더 나은 치료를 위해 경제적으로 안정되어야 하고, 지금의 모습을 유지함으로써 그녀가 다시 일상으로 돌아올 수 있다는 희망을 품게 하기 위해서. 모든 걸 팽개치고 그녀한테만 매달린다면 더 큰 좌절감을 느낄 수도 있으니까.

부러웠던 점은 영상을 통해 본 병원과 의료진이다. 다큐멘터리 영화로서, 실제 그녀의 진료 검사 입원 장면을 연출 없이 촬영해서, 간접적으로 해외 의료 시스템을 경험할 수 있었다. 항암주사를 맞는 떨리는 순간, 간호사는 유쾌하게 웃음을 건네며 긴장을 풀어주고, 잘 할 수 있다고 응원한다. 의료진도 현재 상태를 자세히 설명하고 질문에 친절하게 답하며 환자의 컨디션, 감정도 보살폈다. 심지어 재발로 두려움과 불안, 걱정에 둘러싸인 그녀를 따뜻하게 안아주고 토닥이며 위로해 주었다. 대기 환자가 많아 엉덩이를 의자에서 떼면서 인사해야 하는 우리나라와는 사뭇 다른 느낌.

재발 후 그녀는 의사에게 자신과 비슷한 경우에 얼마나 더 살 수 있는지를 간절하게 묻는다. 암협회에서는 같은 상태에서 5년 넘게 생존한 암경험자가 직접 연락해서 이야기를 들려주어 그녀가 심리적으로 안정을 찾을 수 있도록 도왔다. 우리나라의 암 생존자지지센터나 자조모임도 더 알려지고 공식화되어 많은 환자들이 도움을 받을 수 있으면 좋겠다.

영화의 엔딩, 그녀는 이 말을 전하는 게 그녀의 운명이고, 그걸 위해 이 자리에 있다고 이야기한다. 힘겨운 시간을 통해 얻은 교훈이니, 제발 들어주었으면 하는 간절한 눈빛과 몸짓, 목소리로.

> "어제는 분명 사라지고 내일은 절대 없어요. 바로 지금, 이 순간이 당신이 가진 전부이고, 당신에게 주어진 유일한 선물이에요. 제발 깨어나세요. Right now. Wake up."

진단과 치료로 무뎌져 가던 나의 다짐. 선물처럼 주어진 매일의 소중한 순간. 지나간 일을 후회하지 말고, 미리 걱정하지 않기. 그녀에게 애도를 표하며, 그녀가 진심을 담아 전한 메시지를 다시 마음에 새겨본다.

크리스티나, 그녀가 아픔 없는 곳에서 행복하기를.

암요양병원 병동 이야기

수술 후부터 들락날락 이어진 요양병원 생활. 처음에는 고민이 많았지만, 돌이켜보니 무수한 선택 중 잘한 것에 속한다. 암요양병원에 대한 기대치는 각자 다르지만, 나는 표준치료 중에는 요양과 휴식에 의미를 두었다. 가족들에게 힘든 모습을 보이고 싶지 않은 마음도 컸다. 움직이는 게 힘들고 기력이 없을 때 마음 편히 쉬면서 스스로를 돌볼 수 있었다. 집안일에 대한 부담 없이 영양적으로 균형 잡힌 식사가 가능했고, 림프 관리와 재활 치료도 도움을 받았다.

무엇보다 전우들과 함께하며 정서적으로 유대감과 안정감을 느낄 수 있었다. 민머리가 우세인 곳에서 위축됐던 마음이 조금씩 펴지기도 했다. 나 혼자만 힘든 게 아니고, 같은 치료여도 증상이 다르다는 것도 위로가 되었다. 한편으로는 실손보험이 없는 경우 비용에 대한 부담과, 낯선 곳에서 낯선 사람과 지내는 것에 대한 거부감이 있을 수 있다. 진단 후 맞닥뜨리는 많은 선택처럼 이 또한 정답은 없다. 각자 처한 상황도 다르니까. 환자 본인의 사정에 맞게 잘 선택하길 바란다.

어린 자녀를 둔 엄마 환우들이 많이 고민하는 부분인데 치료 중에는 내 몸을 가장 우선으로 여기면 좋겠다. 가족들에게 미안한 마음은 잠시 접고, 아이들이 눈에 밟혀도 눈을 살짝 감고. 얼른 잘 회복해서 가족과 함께 하는 게 가장 중요하니까.

에피소드 1. 함께 웃으며 견디기!

요양병원에 있는 동안 가족들과는 잠시 떨어져 있었지만, 든든한 동지들을 만났다. 앞으로도 응원하며 함께 할 소중한 인연. 1년 전만 해도 각자의 자리에서 열심히 살았을 텐데. 어쩌다보니 다 같이 빡빡머리로 먹고 자고 울고 웃고, 전투를 치른 전우가 되었다.

힘들 때 뭐라도 먹어야 한다며 챙겨주고, 쉐이빙을 동영상으로 남기며 슬픔을 웃음으로 승화시키고, 혼자서는 주저했을 산책길을 비니와 두건, 환자복으로 무장하고 씩씩하게 함께 걸었다. 집에서 오롯이 혼자 감당했다면 외롭고 서러웠을 텐데. 유방암이라는 강력한 공통분모에 공감하고 위로받았다. 치료 시기는 모두 달랐지만, 한 명씩 다음 단계로 나아가는 걸 보는 것만으로도 힘이 되었다. 열두 명의 전우와 함께 한 투병의 추억.

• 문어 머리 vs 검은 머리

항암 패스의 행운을 누리지 못한 열세 명은 모두 빡빡머리. 언제부턴가 우리는 서로를 문어라 불렀다. 문어들끼리 있는데 검은 머리가 끼면 왠지 문어족이 우월한 느낌이었다. 수술 후 항암 여부를 기다리던 한 환자. 본인도 유방암 C코드(상피내암은 D코드)라고 주장했지만, 우리는 일반인(?)의 지위를 부여했고, 고맙게도 흔쾌히 과일 깎기 등을 전담했다. 문어족이 우세인 이곳. 오예! 단, 문어족만 문어의 호칭을 사용할 수 있다.

• 흰 면장갑으로 머리 때리기(?)

힘든 부작용인 말초신경 통증. 손끝이 저리거나 시리고 아프다. 별다른 약도 없고, 손끝 보호를 위해 다들 흰 면장갑을 꼈다. 또 다른 부작용인 열감. 괜찮다가도 어느 순간 갑자기 머리, 상체로 열감이 훅 올라오며 벌게지고 땀이 난다. 이때 면장갑은 부채로 변신한다. 장갑을 벗어 끝을 잡고 민머리를 찰싹찰싹. 살짝 열감이 사그라지면서 임시방편으로 활용할 수 있다. 묘사가 너무 진지했나? 그냥 흰 장갑을 손에 들고 빡빡머리를 휘적휘적

때린다는 이야기.

• 문어 레이스, 내가 일등이야!

조금이라도 몸을 움직이려고 식판은 가능하면 직접 반납했다. 어느 날 저녁 식기 반납 풍경. 발톱에 진물이 난 1번 선수가 발가락이 뚫린(실은 가위로 잘라낸) 양말을 신고 일반인의 4분의 1 속도로 걸었다. 뒤이어 2번 주자가 근육통으로 다리를 절룩거리며 2분의 1 속도로 추월의 의지를 불태웠다. 그들을 지켜보던 나. 이것은 레이스다! 갑자기 승부욕이 솟아오른다. 상대적으로 걸음은 양호했던 나는 일반인의 속도로 성큼성큼 걸었다. 한 명을 제치고, 또 제치고. 뒤에서 안타까운 절규가 들려왔다.

"안 돼~ 이럴 수는 없어~"

난 일등 문어가 되었다.

• 항암한 바나나

구수한 경상도 사투리를 구사하는 포항 언니가 항암 때 간식으로 싸간 노랗고 싱싱한 바나나. 깜빡하고 돌아와서 풀어보니 가방 속에서 치이고 눌려서 여기저기 거뭇거뭇, 멍도 들고 상태가 영 좋지 않았다. 바로 터져 나온 시상. "아침에는 멀쩡하고 싱싱했는데, 꼭 바나나가 항암한 것처럼 맛이 가삐떼이~ 항암하면서 우리 만신창이된 거랑 똑~같네." 항암 약이 감정선도 자극하는 건가. 맛 간(?) 바나나를 이렇게 찰지게 비유하다니.

• 림프 관리는 중요하니까

여자들의 만남에 빠질 수 없는 수다. 원으로 모여 앉았고, 이날의 주제는 림프 관리. 본병원에서 받은 림프 치료 내용을 공유했다. 림프를 위해 수술한 쪽 겨드랑이 아래를 세게 마사지해 주는 게 좋다고. 잠시 후 풍경, 다들 수술한 팔을 들고 반대쪽 팔로 옆구리를 주물주물. 누가 보면 서로 이야기하겠다고 손을 든 모양새. 그래도 림프 관리는 중요하니까 이렇게라도 주물러주자!

• 술 먹는 환자?

떠들썩했던 스님들의 술자리 파문 사진을 본 순간 흠칫했다. 병동에서의 우리 모습인 줄. 사연은 이렇다. 오심에 효과가 좋은 레몬즙, 그런데 영롱한 초록색 유리병은 멀리서 보면 딱 소주병이다. 모두 민머리에, 공교롭게도 승려복 빰치는 회색 환자복, 과일과 간식, 레몬즙을 꺼내 놓고 수다 한마당을 벌이면, 기사 속 사진과 흡사하다. 항암 중인 환자들이 늘어지게 술판을 벌이는 '홍덕사 파문'이 되려나.

에피소드 2. 함께여서 행복했고, 새로운 시작을 응원해요!

길고 힘들었던 치료. 그 시간을 아픔과 슬픔이 아닌, 함께 웃고 보듬고 챙겨주던 따뜻함으로 기억할 수 있는 건 전우들 덕분이다. 13명 완전체의 화려한 라인업.

· 전국 각지 출신 : 경기, 원주, 구미, 여수, 포항, 광주

· 다양한 연령대 : 1967~1981년생

· 유방암 전체 타입 총망라

· 버라이어티한 소속사 : 삼성, 분당서울대, 아주대, 강남 성모, 용인 세브란스

· 각양각색의 수술 방법 : 부분절제, 전절제 복원(복부, 내장지방, 보형물), 전절제 미복원

그녀들은 참 순수하고 아름다웠다. 다양한 멤버의 경험으로 유방암 정보와 에피소드를 채울 수 있었다. 시행착오를 겪은 각자의 경험이 후배 환우들에게 도움이 된다면 아낌없이 나누고 싶어했다. 수첩을 들고 '요런 거 써보려고 하는데 얘기 좀 해주세요'라는 말이 끝나기 무섭게 서로 먼저 알려주겠다고 순식간에 아수라장이 되는 아름다운 광경이 펼쳐졌다.

우리가 항상 다짐했던 말, "시간은 울어도 가고, 웃어도 간다. 기왕이면 웃자." 암에 걸린 것도, 항암을 하는 것도, 머리카락이 빠지고 부작용에 힘든 것도, 그 어느 것도 선택할 수 있는 건 없었다. 다만 그 시간을 어떻게 받아들이고 보낼지는 우리가 결정하는 거니까.

번쩍번쩍 빛나는 머리로 모여서 웃고 떠들다가도, 누군가가 진단받던 순간을 이야기하면 함께 울었다. 그러다가도 엉뚱한 멘트에 눈물 닦으며 웃고, 갑자기 컨디션이 다운돼서 슬며시 침대로 가도 전혀 이상하지 않다. 가족도 그 누구도 이해할 수 없는 그 느낌, 우리는 굳이 말하지 않아도 안다.

병원에 가는 날, 속을 채우라고 계란을 삶고, 과일을 싸주고, 오심으로 먹지 못할 때도 뭐라도 하나 더 먹이려고 애썼다. 병원 밥이 물렸을 때 벌이던 소박한 만찬, 한여름밤 병원 옥상을 뱅글뱅글 줄지어 걸으며 나누던 수다, 아플 때는 더 자주 들여다보고 챙겨주던 따듯한 기억들.

한 명씩 표준치료를 마치고 퇴원 릴레이가 이어졌다. 포항 언니가 마지막 테이프를 끊었다. 이목구비가 훤칠하고 눈썹이 진했는데, 독한 항암 약이 막판에 예쁜 눈썹을 가져갔다. 아직 부기가 채 빠지지 않아 부스스한 안색. 항암 6개월째. 집이 멀어 자주 가지도 못하고 얼마나 힘들었을지. 그래도 항상 씩씩해서 케모포트를 뽑고도 아무렇지도 않다고 웃던 밝은 모습.

덕분에 포항 죽도 시장의 찐 황태포와 미역귀도 맛보고, 아픈 손으로 까주던 옥광밤도 알게 되었다. 가을에 진한 갈색의 밤을 볼 때마다 생각날 것 같다. 언니는 드디어 집에 갈 생각에 설렌다. 정작 가는 사람은 씩씩하게 손 흔들며 건강하라는데, 내가 왜 그리 눈물이 나는지.

"가족들이랑 다시 완전체로 오붓한 시간 보내세요. 부디 집안일은 해야겠다 싶은 거 십분의 일만 하고요."

모두 큰 탈 없이 치료를 마친 것도 마지막 졸업생을 배웅할 수 있는 것도 감사하다.

나이도, 사는 곳도, 성격도 달랐지만, 암 덕분에 우리는 '다른 세계'에서 만나게 되었다. 도대체 언제까지 이렇게 힘드냐고 한탄도 했지만, 함께 잘 견디고 보금자리로 돌아갔다. 평생 관리를 향한 새로운 도전이 시작되었다. 우린 잘 해냈고, 또 잘 해낼 거니까. 서로 응원하고 북돋아 주며 행복한 하루하루가 되기를.

암 생존자임을 깨닫는 일상의 순간들

표준치료 종료 6개월 차. 아직 호르몬 치료 중이지만, '적극적인 치료'를 마친 '암 생존자'이자 '암 경험자'다. 우리나라에서는 아직 익숙하지 않지만, 서양에서는 'Cancer Survivor'로 널리 쓰인다. 그 말이 그 말 같지만, 생존자라는 말은 왠지 치료를 잘 견뎠고, 앞으로도 잘 지낼 것 같은 자신감이 든다. 굳이 내세울 필요는 없지만, 일상의 우연한 순간에서 치료의 기억이 떠오르고, 암 경험자임을 자각한다.

에피소드 1. 2022년 북경 동계 올림픽. 개막식에는 시큰둥하던 아이들이 첫날 경기인 쇼트트랙을 보면서 신이 났다. "우리나라 이겨라! 오오~ 추월~", "중국은 1등 하면 안 되지~ 일본도 안 되지~" "맞아! 맞아!" 중학생 아들과 초등생 딸이 주거니 받거니 얼마나 신나고 다정한지. 덩달아 함께 흥분해서 응원을 했다. 순간 데자뷔처럼 떠오르는 기억.

작년 여름 2020년 도쿄 올림픽. 그맘때 한창 방사선 치료 중이었다. 방사 표시선이 지워질까봐 바깥 운동을 할 수 없던 그때, 올림픽은 훌륭한 여가거리였다. 스포츠는 모여서 봐야 제맛이라며 옹기종기 함께 응원했다. 공동생활인지라 큰 소리를 낼 수는 없지만, 순간순간 흥분을 감추지 못했다. 가슴까지 쫄깃했던 양궁, 잃어버린 나라를 찾은 듯 기뻤던 여자배구 일본전, 각자 좋아하는 사람이 더 멋지다며 분란을 일으킨 펜싱 꽃미남 선수들.

참 오래된 것 같은데, 불과 두 번의 계절이 지났을 뿐이다. 한여름 병원에서의 올림픽을 떠올리며, 한겨울의 올림픽을 아이들과 따뜻한 집에서 마음껏 소리 지르며 즐기고 있다. 시간은 이렇게 흘러간다.

에피소드 2. 어디서 찾았는지 딸아이가 수면안대를 갖고 왔다. 핑크 볼터치가 포인트인 극세사 캐릭터 수면안대. 아이가 귀엽다며 어쩔 줄을 모른다. 다인실에서 편히 자려고 장만한 건데, 지금 보니 한여름에 왜 극세사를 산 걸까. 센스 쇼핑은 언제나 꽝이다. 하여튼 그 수면안대를 쓰고 긴긴밤 뒤척이며 잠 못 이루던 시간이 스쳐 간다. 아이랑 장난을 치다 수면안대를 쓴 순간 깨달았다. '아, 그때 빡빡머리였는데.' 민머리에 귀염뽀짝 안대를 쓴 모습이 상상되어버렸다. 오마이갓! 무슨 용기로 그런 무시무시한 짓을 한 건지. 상상만 하고 말았어야 하는데, 한 걸음 더 나가 버렸다.

"이삐야, 엄마 머리 빡빡이일 때 이거 썼는데 어땠을 거 같아? 응?" 순간 웬만해서는 당황하지 않는 아이의 눈빛이 흔들렸다. 3초간의 침묵. "아~ 귀여웠을 거 같아." 날 닮아 생존본능과 임기응변이 뛰어난 딸. 미안해. 거짓말을 강요하다니. 미안한 마음에 안대를 선물로 주었다. 여전히 불면증은 종종 찾아온다.

다만 다인실에서 다른 사람의 뒤척임과 텔레비전 불빛에 방해받지 않고, 편안한 집에서 딸의 머리를 쓰다듬으며 자려고 노력 중이다.

에피소드 3. 암 진단 이전에 푹 빠졌던 재테크 공부. 한창 재미를 느끼던 때에 덜컥 암이 걸렸다. 그때의 안타까움이란. 치료 중에도 미련을 놓지 못했다. 일상으로 돌아가는 시도로 강의를 신청했다. '할 수 있을까' 망설여졌지만, 시도하지 않으면 좋아하던 것들, 하고 싶던 것들을 아무것도 할 수 없을 것 같아 용기를 냈다.

좋아하던 강사님의 열띤 강의. 전직 보험회사 출신이라 보험 다이어트라는 컨셉으로 필요한 항목들을 짚어 주었다. 종잣돈을 모으기 위해서는 불필요한 보험을 줄여서 최소한 슬림하게 설계하란다. 20~30대는 실비보험만으로 충분하다며 이어진 멘트. "혹시나 암 걸리면 어떻게 하냐고요? 그건 어쩔 수가 없어요." 맞다. 암 걸리는 건 어쩔 수 없는 일인 거다. 내 잘못도, 누구 잘못도 아니다. 그냥 의지와 상관없이 겪는 독한 우연. 그나저나 재테크 강의에서 이렇게 암을 맞닥뜨리다니.

30대를 살짝 벗어난 만 나이 마흔에 나는 암에 걸렸고, 막상 걸리고 보니 주변에 20~30대 젊은 암환자도 많았다. 보험은 적은 비용으로 미래에 닥칠지도 모르는 불행을 예비하는 장치이다. 최소한의 보호막은 갖고 있는 게 좋지 않을까. 젊을수록 질병의 확률은 낮지만, 안타깝게도 내가 걸리면 100%니까.

시간이 흘러 아무 일도 없었던 것처럼 일상에 완전히 푹 스며들더라도, 이렇게 문득 치료의 기억을 떠올리게 하는 물건과 상황들을 접하겠지. 다행히도 너무 아프고 힘든 기억은 조금씩 무뎌지고 흐려지는 듯하다. 그 모든 기억을 지금의 나를, 일상의 소중함을 알게 해준, 고마움으로 간직해본다.

그가 바라보는 세상, 내가 꿈꾸는 풍경

남편은 큰아이가 세 살이 되던 2011년, 서른일곱 살에 녹내장 진단을 받았다. 나는 마흔 살에 유방암 진단을 받았다. 어쩌다 보니 우리는 유병자 부부가 되었다.

남편이 진단을 받던 때 나는 서른두 살. 녹내장이 어떤 병인지, 그게 앞으로의 삶에 어떤 영향을 줄지 알지 못했다. 그저 6개월에 한 번씩 검사하고 진료받고 매일 안약을 넣고. 좋아질 수는 없지만 병원에서 시키는 대로 하면 막연히 지금 그 상태로 유지가 되는 줄 알았다. 그러면 안 되는 줄 알면서도 안압이 높다는 이상소견에도 빨리 병원에 가지 않은 남편을 책망하기도 했다.

유방암으로 빡센 치료를 마치고, 평생 관리라는 영역으로 옮겨오고 나서야 남편의 병이 보였다. 내가 표준치료를 마친 뒤, 남편의 정기검사 주기가 6개월에서 3개월로 변경되었다. 시력이 좀 떨어진 것 같다더니 검사 결과에 나타났나보다. 그제야 남편의 병에 대해 알아보기 시작했다. 황급히 녹내장 환우 카페에 가입하고, 관련 책을 읽고 강의를 듣고, 좋다는 영양제와 음식을 구매했다. 암과 마찬가지로 현대의학으로는 원인을 알 수 없어서 딱히 치료법이 없고, 진행을 늦추기 위해 여러 가지 처방을 하지만 결국 실명에 이를 수 있는 질병. 나는 '암'만 무서운 줄 알았는데 암만큼 무서운 병이었다. '실명'이라는 단어가 주는 공포감은 무어라도 해야 할 것 같은 조바심으로 바뀌었다.

병에 대해 알아갈수록 이렇게 심각한 병을 앓으면서도, 운동도 제대로 하지 않고, 가끔 과하게 술을 마시기도 하고, 적극적으로 관리하지 않는 남편에게 화가 나서 잔소리를 했다. 남편은 당황했다. 병에 걸린 지가 십 년이 훌쩍 넘었는데 이제야 갑자기 마누라가 잔소리를 퍼부으니. 그러거나 말거나 내 나름의 갈굼을 시전했다.

그맘때 표준치료를 마치고 환자에서 일반인으로 넘어오면서, 어떻게 해야 '암'이라는 것과 조금이라도 멀어질 수 있을까 궁리하면서 불안해했다. 끼니마다 영양제를 한움큼씩 먹고, 각종 면역 검사를 하고, 암 관련 책을 읽으면서 예민해졌던 시기. 나는 이렇게 노력하는데 남편은 무슨 자신감으로 저러나 싶었다.

12월 말 남편의 정기검진 때 처음으로 함께 병원에 갔다. 다양한 연령대의 많은 사람들이 대기실에 가득 했다. 그간 공부한 내공을 발휘해서 검사기록지도 떼고, 이것저것 질문할 생각에 마음이 분주했다. 남편이 항상 말하던 친절하고 자세하게 설명해 주시는 담당 교수님. 남편은 최근에 시력이 안 좋아졌다고 느꼈지만, 다행히 검사상으로는 크게 나빠지지는 않았다고 한다. 십 년 전 대비 지금의 상태가 어떠냐는 나의 질문에 선생님은 처음부터 너무 진행이 많이 되었다고 하셨다. 차트는 문외한인 내가 봐도 좋지 않아 보였다. 부분적으로 시야 결손이 발생할 수 있고, 운전도 조심해야 한다고 덧붙였다.

아, 가끔 남편이 운전할 때 위험한 상황을 만들어서 핀잔을 주고는 했는데, 일부러 그런 게 아니라 잘 보이지 않아서였나보다. 저녁 식사 후 산책길에 가끔 발을 헛디디는 것도. 순간 남편이 안쓰럽기도 하고 미안했다. 내가 암의 재발이나 전이에 대한 두려움을 항상 머릿속에 안고 살아갈 수 없듯이, 녹내장 십 년 차인 남편은 나름의 불안함을 안고, 일상을 이어가는 거였는데. 막 관리 영역으로 넘어온 초보가 전투적인 조바심으로 남편을 갈군 것이다. 나 또한 6개월 차가 되니 긴장이 풀어지면서 철저한 관리의 삶과는 거리가 조금씩 멀어지고 있다.

암을 얻었지만, 그 덕에 아픈 사람에 대해서, 남편의 마음에 대해서 조금이나마 이해하게 되었다. 같은 눈으로 같은 곳을 보지만, 그가 바라보는 세상은 나와는 조금 다르다는걸.

내가 꿈꾸는 빨간 원피스의 귀여운 할머니 되기. 거기에 소박한 풍경 하나를 더하고 싶다. 사랑스러운 눈길로 손자, 손녀들을 바라보며 혹여나 넘어질까 따라가는 할아버지. 지금과 같은 몸 상태로 오롯이 나이 들어 평화로운 일상을 맞이하고 싶다. 누군가에게는 소박하지만, 나에게는 소중하고 행복한 미래의 풍경을 그려본다.

유병자 부모가 된다는 것

평범했던 삶. 대학을 졸업하고 무난하게 취직하고, 결혼하고, 아이를 낳고 키우며 복작거리며 살았다. 깊숙이 들여다보면 마디마디 울고 웃고 우여곡절이 많았지만, 큰 이벤트만 떼어놓고 보면 그럭저럭 무난한 삶이었다. 이후에도 특별한 것 없이 살다가 평균 수명인 팔순쯤에 잠을 자듯 하늘나라로 소풍을 가지 않을까 막연히 생각했었다. 그랬는데 어느 날 갑자기 암환자가 되었고, 삶의 많은 것들이 바뀌었다.

17년간 비가 오나 눈이 오나 아침마다 향하던 회사를 쉬게 되었고, 치료 중 몸과 마음은 소용돌이에 휘말린 듯 변화를 겪었다. 스스로를 챙기기도 버거웠기에 미처 주변을 바라볼 여유가 없었다. 표준치료를 마치자 아이들이 눈에 들어왔다. 1년 가까이 치료를 받는 동안 힘들었을 텐데 잘 견뎌준 두 아이. 고맙고 대견함과 동시에 한 가지를 깨달았다. 유병자 부모가 되었다는 것. 단순히 아픈 엄마, 아빠가 아니라 유전성이 있는 질병인 유방암과 녹내장 환자. 유전의 가능성은 유방암은 5~10%, 녹내장은 30%. 병에 있어 확률은 0% 아니면 100%라는 걸 알면서도, 아이들과 관련되니 숫자가 한없이 무겁게 다가온다.

지금은 연세가 있어 병원에 자주 가지만, 15년 전 결혼할 때 양가 부모님은 모두 건강하셨다. 집안에 특별한 병력도 없고, 건강한 부모님의 두 자녀로 만나서 결혼을 했다. 참 감사한 일인데, 그때는 당연한 줄 알았다. 아이들에게 미안함과 동시에 걱정이 스멀스멀 몰려왔다. 혹시나 병이 유전되는 건 아닌지, 미래에 소중한 사람을 만나 인연을 맺을 때 영향을 주는 건 아닌지. 도돌이표처럼 하필 이런 나쁜 병에 걸린 건지 살짝 책망도 됐다. 내 몸이야 그렇다치고 아이들에게 영향을 줄 수 있다는 게 괴롭기만 했다. 기왕 유방암 환자가 될 거면 시어머님처럼 아들딸 시집 장가 다 보낸 뒤에 걸리지 하는 억지스러운 생각도 들었다.

대학병원에서 4주마다 주사를 맞는 딸아이. 교수님이 해야 한다니까 무슨 치료인지도 모르고 그냥 기계적으로 갔다. 무려 1년이 지나서야 유병자 부모임을 깨달았고, 그제야 호르몬 치료라는 걸 알게 되었다. 호르몬 치료? 혹시나 하는 걱정은 점점 불안함으로 바뀌었다. 3개월 만의 진료, 나에게서 떨어지지 않으려는 아이를 달래서 진료실 밖으로 내보내고 선생님께 조심스럽게 물었다. 현재 유방암으로 호르몬 치료 중인데, 혹시 아이의 치료와 영향이 없을지.

"아이는 지금 호르몬 억제 치료를 받고 있어요. 치료가 아직 30년 정도밖에 되지 않아서 충분한 임상 데이터가 있는 건 아니지만, 이론적으로는 여성 호르몬을 억제하고, 초경을 늦추기 때문에 유방암 관련 위험도를 낮춰줄 걸로 생각됩니다. 너무 걱정하지 않으셔도 돼요."

선생님의 말 한마디에 온몸의 긴장이 풀렸다. 호르몬 치료라는 말에 걱정했는데, 오히려 위험을 낮춰준다니. 아이를 위해 적극적으로 무언가를 하고 있다는 게 위로가 되었다. 물론 완벽한 방어는 아니지만, 애초에 그런 방법은 없으니까. 엄마로서 할 수 있는 최선을 다하는 것.

다음으로 녹내장이 눈에 들어왔다. 유방암보다 유전율이 훨씬 높은 질병. 찾아보니 어린아이도 녹내장에 걸리기도 했다. 안타까움은 곧 두려움이 되었다. 둘 다 시력이 안 좋아서 진즉부터 안경을 끼는데다, 딸은 근시에 난시까지 있다. 아이들과 병원으로 향했다. 남편의 녹내장 병력을 이야기하니 안저 검사를 권했다.

뭐가 그리 신나는지 아이들은 키득거리며 장난을 치는데, 마음이 심란하다. '눈은 나를 좀 닮지'라며 애꿎게 탓을 해본다. 1차 검사 결과, 아들의 시신경 유두가 또래 아이들 대비 좀 크단다. 크기가 클수록 녹내장 가능성이 커서 2차 OCT 검사(시신경)를 권했다. 검사 후 결과를 듣기까지 15분 남짓. 시간이 그렇게 길 수가 없다. 머릿속에는 중심을 잡지 못한 생각들이 이리저리 날뛰었다.

설마 아닐 거야, 괜찮을 거야.(낙관)

혹시나 그러면 어떻게 하지?(불안)

남편이 병력이 있는데 왜 진작 검사를 안했지.(책망)

만약 그렇다면, 내가 몸이 이런데 잘 케어할 수 있을까?(걱정)

잠시 후 결과를 들었다. 다행히도 이상 소견은 없고 1년마다 검사를 권했다. 15분간 지옥을 맛봐서인지, 괜찮다는 말 한마디에 모든 걱정이 싹 사라졌다. 불안과 두려움이 순식간에 감사와 행복으로 바뀌었다.

시간이 흐르면서 유병자 부모로서의 미안함은 조금씩 무뎌지고 있다. 매일 미안해 하고 눈물 쏟으며 살 수는 없으니까. 한

편으로는 걸리고 싶어 걸린 것도 아니고, 100% 유전되는 건 아니라고 위안도 삼아본다. 완벽한 예방은 없지만, 가족력을 감안해서 조심하면서, 정기적으로 검사받는 게 최선인 것 같다. 바꿀 수 없는 것을 걱정하거나 스트레스 받지 않기, 할 수 있는 것에 최선을 다하기. 한편으로는 내가 평생 관리라는 마법에 걸린 덕에 아이들은 더 신선한 먹거리를 먹고, 더 나은 생활 습관을 갖게 된 거니 원래보다 더 건강해지는 거다. 그러니 아이들은 나에게 감사해야 한다. 엇, 결론이 좀 이상한가? 괜찮다. 내 정신건강에 좋은 게 바로 정답이다.

부모라는 존재는 딱히 무얼 하지 않아도, 곁에 있어 주는 것만으로도 힘이 된다. 가끔 친정 엄마에게 아프면 안 된다고, 백살까지 곁에 있어야 한다고 농담처럼 말했는데. 비록 한 번 아팠지만, 일병장수하는 엄마로 아이들 곁에 오래오래 함께 하고 싶다. 얘들아, 사랑해!

니들이 탈가발을 알아?

제목이 너무 도발적인가 싶지만, 그만큼 유방암 환자가 된 이후 접한 새로운 것들이 많다. 시리즈로 엮어도 될 만큼 다채롭고. 보통의 사람들이 알지 못하는 세상. 선항암, 선수술, 호르몬치료, 암요양병원, NK세포, 야채수, 히포스프 등등. 그 중 오늘의 주제는 바로 '탈가발.' 가발은 알겠는데, '탈가발'은 도대체 뭔지. 나조차도 경험하기 전에는 무슨 말인지 와닿지 않았다.

머리카락이란 게 참 묘하다. 예전에는 어쩌다 한 번 미장원에 가는 것도 귀찮았다. 헤어스타일을 패션으로 소화하는 멋쟁이도 있지만. 바쁜 아침, 아이들 챙기고 출근하려면 몸이 열 개라도 모자랄 판인데, 자고 나면 하늘로 날아갈 듯이 치솟은 머리는 금세 떡이 졌다. 후루룩 털고 나가면 편하련만, 머리를 감고 말리는 것조차 번거로웠다.

그랬는데 항암치료로 민머리가 되고서야 알게 되었다. 머리카락이 자존감과 연결되어 있었다는 걸. 그간 너무 당연해서 고마운 줄 몰랐을 뿐. 물론 팔이나 다리처럼 실제 생활에 영향을 미치는 정도는 덜하지만, 심리적인 데미지는 무엇보다 크다. 특히 여자로서! 마치 머리카락을 잃고 힘을 잃은 삼손처럼, 거울을 볼 때마다 느껴지는 상실감.

쉐이빙 때도 브이자를 그리며 해맑게 인증사진까지 찍었건만, 이후 일상에서 순간순간 맞닥뜨리는 상황과 감정들은 또 달랐다. 단순히 대머리가 된 거라면 어찌어찌 넘겨볼 텐데, 그 상태로 독한 항암 치료를 받으니, 어퍼컷을 맞고 또 맞는 기분이랄까. 위축된 마음을 다잡다가도, 항암 약이 들어가면 또다시 원점으로 돌아가고는 했다.

외출 때마다 쓰는 비니, 가발, 모자. 누구는 패션이라지만 선택적으로 멋을 내는 것과 어쩔 수 없이 해야 하는 것과는 느낌이 달랐다. 35도를 넘나드는 한여름에 가발이나 모자, 비니가 땀으로 흠뻑 젖고서야, 눈앞을 가리는 모자 챙 안에 갇힌 기분이 들고서야 '탈가발'이 무엇인지 알게 되었다. 탈가발 선언과 축하의 말들이 어떤 의미인지.

막항 7개월의 어느 날, 곱게(?) 기르던 머리를 충동적으로 다듬고 운동하는 남중생 같은 모습이 되었다. 잠깐씩 모자를 쓰다 벗다 했지만 동네에서는 아직 어색했다. 누가 봐도 너무 짧은 머리, 혹여나 아이 친구들 엄마를 만날까봐 살짝 신경이 쓰였다. 추운 날씨도 한몫하면서 짧디짧은 곱슬머리는 집에서만 자신감을 뿜뿜했다. 가끔 거울을 비춰보면 얼마 전까지 머리와 얼굴 사이 경계가 없던 모습이 겹쳐졌다. 짧든 곱슬머리든 얼마나 예쁜지. 한편으로는 좀더 멋진 민머리 셀카를 남겨두지 않은 게 살짝 아쉽다.

진정한 의미의 탈가발은 가족여행이 계기가 되었다. 예전의 나를 아는 사람이 없는 곳, 다시 만날 일이 거의 없을 스쳐 지나가는 행인들. 가방에 챙겼던 털모자를 어느 순간 캐리어에 넣고 꺼내지 않았다. 마음의 거리낌 없이, 모자 없이 오롯이 만나는 한겨울의 찬 바람, 이 해방감이란! 추울 때는 잠바 모자를 뒤집어썼다. 아직 방한 역할까지 맡기기에는 머리카락이 너무 버거우니까. 한껏 기분이 업되어 날아갈 듯한 표정으로 방방거리는 나를 보고 가족들은 의아해했다. '흥, 니들이 탈가발을 알아?'

역시나 이 마음을 전우들은 단번에 알아챘다. 여행 기록의 끝에 작게 써놓은 "이번 여행은 모자를 쓰지 않고, 탈가발하고 다녔어요!"라는 문구에 누군가는 공감하며, 누군가는 머지않은 미래의 그날을 꿈꾸며 축하해 주었다. 모자 하나 벗는 게 뭐 그리 대단하냐고 할지도 모른다. 내 몸의 일부를 어떤 이유에서든 보이지 않고 싶고, 가려야 한다는 건 겪어보지 않고는 알 수 없을 테니까.

누군가에게는 별 거 아닌 탈가발이 나에게는 마음이 치유되는 과정의 일부였다. 표준치료를 마치고도, 아직 돌아오지 않는 스스로에게 조급하고 속이 상했다. 생각해보면 긴 시간 힘들었을 몸과 마음이 조금씩 최선을 다하고 있었던 건데, 충분히 믿고 기다려주지 못한 것이다. 더 많이 아끼고 사랑해 주어야지.

17년간의 직장 생활에서, 치료 중에 힘들 때마다 되뇌었던 말, '이 또한 지나가리라.' 많은 일들이 미리 걱정하거나 조급해하지 않아도 시간이 지나면 해결되고는 한다. 조금은 쑥스럽지만 탈가발 선배로서 너무 걱정하지 말라고, 하루하루 치료를 잘 받고, 회복하다 보면 어느새 머리카락은 쑥쑥 자라 있을 거라고 이야기하고 싶다. 예전 같지 않다고 툴툴거리지만, 그래도 가장 힘들었을 때보다 서서히 나아지고 있다. 어제보다는 오늘이 낫고, 내일은 조금 더 나아질 거니까. 그렇게 하루하루 시간이 지나면 몸도 마음도 어느덧 일상에 스며들어 있을 테니까.

더 많은 탈가발 인증샷을 기대하며, 응원합니다!

단백질에 대한 집착, 너를 먹고 말 거야!

표준치료 후 일상으로 돌아오기 위해, 효과는 알 수 없지만 여러 가지 노력(이라 쓰고 뻘짓이라 읽는)을 했었다. 해외직구로 몸에 좋다는 영양제를 컬렉팅 수준으로 사들이기도 했고(영양제가 과하면 첨가물 때문에 간에 무리가 갈 수 있다는 걸 나중에 알았다), 근육이 없어져서 걷기도 버거운데 수준에 맞지 않는 무리한 운동을 하다가 몸져눕기도 했다. 남들에게는 일상적인 동작인데 나에게는 힘들었다. 다행히 대부분의 삽질은 오래가지 못하고 잠시 하다가 멈추었다.

유일하게 꾸준히 이어지는 노력은 바로 '단백질에 대한 집착.' 지금도 앞으로도 필요한 일이기에 목표 설정을 잘한 게 나름 뿌듯하다. 어릴 때 배운 거 같기는 한데, 희미하기만한 영양소. 내 방식으로 단순하게 이해하면 단백질은 몸에서 무언가를 만드는 모든 행위의 기본이 된다. 쉽게는 머리카락이 자라는 것, 근육을 만드는 것, 입 안이 헐었다가 다시 낫는 것 등 모두 단백질이 필요하다. 성장기의 아이에게도, 한창 에너지를 많이 쓰는 젊은이에게도, 노화로 근력이 소실되는 노년층에도 단백질이 중요한 이유다. 하지만 누가 뭐래도 단백질이 가장 필요한 경우는 바로 암환자가 아닐까 싶다.

수술도 방사선 치료도 몸에 타격을 주고, 항암 치료는 대놓고 근력을 앗아가고 구석구석을 헤집으며 세포를 파괴한다. 치료 중에도 잘 먹고 운동도 해야 하는 건 알았지만, 하루하루 버티는 게 목표였던지라 이성적인 사고를 할 여유가 없었다. 그래서 치료 후 회복을 위해 꼭 챙기는 게 바로 단백질 섭취이다.

단백질의 적정 섭취량은 체중 1kg에 1.0~1.2g. 즉 체중 50kg 기준 단백질 50~60g이다. 50g이면 작은 요쿠르트 한 병보다 적으니 만만해 보이지만 결코 쉽지 않다. 보통 단백질이라면 고기를 떠올리는데, 유방암에는 과도한 붉은 고기 섭취는 지양하란다. 그렇다고 맨날 닭고기만 먹을 수도 없고. 요즘 몸짱 열풍으로 단백질 파우더 같은 보충제도 있지만, 가장 좋은 건 몸이 자연스럽게 받아들일 수 있는 음식이다. 도대체 어쩌라규?

나름 이리저리 헤매고 고심하며 시행착오 끝에 안착한 작은 루틴. 물론 완벽하지는 않다. 다만 평생을 해야 하니 실생활에서 지속할 수 있도록, 쉽고 부담이 없어야 한다는 게 나의 지론이다. 너무 많은 노력이 필요하면 도중에 포기하게 될 테니까. 하는 듯 안 하는 듯 습관으로 스며드는 게 좋다. 쉽지는 않지만 할 수 있는 만큼 해보기!

<쉽고 간단한 일상의 단백질 섭취 루틴>

· 흰밥보다는 잡곡밥(검정콩밥 또는 현미밥) : 100g당 단백질 함량은 백미·현미 약 3g, 검정콩 34g. 콩이 압도적이다! 기왕 넣는 거 듬뿍, 콩 반 밥 반 느낌으로.

· 계란 1개(단백질 6g), 두부 반 모(12g)

· 두부면은 단백질 함량이 무려 20g으로 폭탄급이라 식사로도 좋음.

· 매주 붉은 고기·흰 고기 각 1회(약 25g), 생선 1~2회 (약 15g).

· 간식 : 두유(5g), 견과류 한 봉(3g), 작은 연두부(3g), 무가당 요플레(3g), 바나나 1개(1g), 치즈 1장(3g)
· 단백질 섭취가 부족한 날에는 단백질 보충제(9g)+우유 한 컵(5g)

예전에는 장을 볼 때 뒷면의 칼로리를 확인했다. 이제는 아는 만큼 보이는 건지, 생존 본능인지, 단백질과 당 함량에 눈길이 간다. 그렇다고 철저하게 식이 관리를 하냐면 딱히 그렇지는 않다. 매일, 매주 횟수를 맞추어 챙겨 먹지도 못한다. 다만 단백질이 중요하다는 걸 의식하고, 조금이라도 더 먹으려고 노력하는 중이다. 예를 들면, 김치볶음밥에 계란후라이 얹기, 샐러드에 삶은 계란이나 치즈를 올리고 요플레를 뿌려서 먹기, 볶음밥에 닭가슴살, 국이나 찌개에 두부 반모 투하하기 등. 특히 냄새 때문에 지레 겁먹고 한 번도 시도하지 않았던 생선구이는 종이 호일을 활용해서 손질된 고등어, 연어, 갈치 등을 구워 먹고 있다.

초반에는 과도한 집착으로 끼니마다 간식을 먹을 때마다 단백질 양을 계산했다. 약간의 스트레스도 받았지만, 이것저것 시도하다보니 편하게 먹을 수 있는 음식을 알게 되고, 단조로운 식단이지만 품을 많이 들이지 않으면서도 슬렁슬렁 유지할 수 있게 되었다. 다만 한동안 영화 <미저리>의 주인공으로, '단백질충'으로 불리긴 했다. 건강을 위해 잠깐의 오해는 괜찮다. 평생 관리를 위한 나만의 루틴을 찾는 과정이니까.

단백질 섭취를 영양학적 관점에서 깊이 있게 들어가면 한도 끝도 없다. 더군다나 유방암 환자라고 이것저것 다 따지니 너무 어려웠다. 동물성 단백질은 괜찮은지, 식물성 단백질만으로 필요량을 다 채울 수 있는지 등등. 고민 끝에 내린 나름의 결론은 무엇이든 적당하게 과하지 않게 먹는 것이다. 완벽한 식습관을 유지하려고 스트레스를 받기보다는 적정 수준에서 꾸준히 유지하는 쪽을 택했다. 채식주의자가 될 자신은 없고, 식물성 단백질은 동물성에 비해 흡수율이 떨어지니 가끔 고기를 맛있게 먹는다. 콩은 의학적, 영양학적으로 유익하다니 열심히 먹고 있다. 다만 콩을 원료로 한 보충제가 아닌 음식으로. 완벽하지는 않지만 실천할 수 있는 범위 내에서 최선을 다하는 중이다.

단백질에 대한 충만한 사랑으로 가장 달라진 건 바로 냉장고. 요리와는 거리가 먼 나에게 가장 만만한 재료는 바로 계란과 두부. 항상 떨어지지 않도록 여유 있게 쟁여둔다. 매일 건강한 영양소를 제공하는 무수한 닭들에게 감사하며, 경건한 마음으로 계란을 삶고 굽고 휘젓는다.

치료는 의료진이 주도하고 환자는 잘 견디는 역할이었다면, 이후의 회복 관리는 스스로가 주체가 되어야 한다. 노력한 만큼 점수나 등수가 오르면 신나고 좋겠지만, 몸의 변화는 단기간에 쉽게 나타나지 않는다. 실제로 몸이 튼튼해지고, 근육을 만들려면 오랜 시간 많은 노력이 필요하다. 아, 근육을 만들려면 단백질 섭취뿐 아니라 근력 운동도 필요하다. 숫자로는 확인되지 않아도 허물어진 몸이 조금씩 추슬러지고, 세워지는 느낌을 스스로는 알 수 있다.

먹는 것도 운동도 마음가짐도, 왜 나만 이렇게 힘든 길을 가는지 억울하고 서러울 수도 있지만, 토닥토닥하고 다시 이어가야 한다. 진단받고 놀랐던 그 순간을 떠올리며. 앞으로 주어진 선물 같은 시간을 소중한 사람들과 더 건강하게, 더 오래오래 행복해야하니까!

한 입, 한 조각에서 느끼는 깊은 행복

암 진단 직후, 두려움 속에 유방암 정보를 찾아 헤맸다. 본능적으로 몸에 안 좋다 싶은 음식은 강박적으로 피했다. 튀김, 곱창, 햄버거, 피자뿐 아니라 어디서인가 주워들은 우유, 고기, 버터, 홍삼 등 몸에 좋지 않다는 건 모두 먹지 않았다. 내 손으로 암세포한테 먹이를 주는 느낌이었다. 환자로서의 식생활을 제대로 알지 못한 채, 대다수의 음식을 끊고 풀떼기로만 연명했다. 49kg였던 체중은 한 달 만에 4kg이 줄었다. 효과만 보면 돈도 안 들이고 가히 기적의 다이어트겠지만, 급작스런 체중 감소는 건강에 적신호다!

하루에도 열두 번씩 널뛰는 감정을 추스르며 한 달 여가 흘렀다. 어느 날 옷을 갈아입는데, 갈비뼈와 승모근이 도드라지고, 턱살이 빠진 퀭한 눈빛의 낯선 모습이 거울에 보였다. 순간 '이건 아니구나!' 깨달았다. 저체중이나 영양실조까지는 아니었지만 시작도 안 했는데 벌써 밀리는 느낌이랄까. 어설픈 생존 본능에서 치료를 견디려면 잘 먹고 체력도 길러야 한다는 위대한 마인드로 업그레이드가 되었다. 그 뒤로는 먹지 말라고 병원에서 콕 찍어준 음식들 외에는 적당히 먹고 있다.

명색이 암경험자라 안 좋은 음식을 대놓고 먹을 수는 없지만, 한 번씩 밀려오는 '맛있는 것'에 대한 욕구, 항암 특권을 패러디해서 '깍두기' 찬스를 만들어냈다. 가족들의 취향 존중을 핑계 삼아 가끔 한 조각의 아슬아슬한 행복을 만끽한다.

불금에 즐기는 치킨 파티. 애정하는 닭 날개. 한 마리로는 명함도 못 내미는 대식가들이라 두 마리를 시키면 인당 다리 한 개, 날개 한 개. 딜을 제안한다. "다리랑 날개랑 바꿀 사람?" 그렇게 날개 두 조각을 획득한다. 예전처럼 양껏 내키는 대로 먹을 수 있다면 절대 느끼지 못할 깊은 맛. 소중한 한 조각을 휙 먹어치울 수는 없다. 따끈따끈 바삭한 튀김, 야들야들 부드러운 하얀 살, 악마의 유혹처럼 손길을 기다리는 불그스름한 양념 소스. 이 모든 것들을 하나하나 쪼개도 보고, 합쳐도 보고, 천천히 입에 넣고 음미한다. 비록 불량이를 입에 넣었지만, 왠지 절제하면서 먹으니 해롭지 않다는 비겁한 변명을 하면서.

대상만 다를 뿐, 피자도 비슷한 과정을 거친다. 맛이 다른 피자 피자 2판. 맛은 달라야 한다. 그래야 두 조각을 먹을 명분이 생기니까. 양심상 가장 작은 조각을 고른다. 맛이 다르니까 다른 것도 한 조각 더. 두 조각 획득! 나름 '고르곤졸라는 밀가루랑 치즈니까 괜찮아', '페퍼로니는 다 걷어냈으니까 해롭지 않아'라는 철저한 자기 합리화. 동시에 일말의 거리낌도 없이 맛있게 감사하는 마음으로 먹는다.

오늘따라 마트에서 눈길을 끄는 정감 가는 빨간 봉다리. '손이 가요. 손이 가'로 시작되는 로고송의 주인공, 바로 새우깡. 과자를 즐기는 편이 아닌데 뜬금없이 왜일까. 생각해보면 새우깡은 이로 음식을 씹기 시작한 이래 줄곧 최애 과자였다. 살짝 고민이 된다. '에이, 애들 거도 아니고, 이건 좀 그렇잖아?' vs '그렇게 좋아하는 과자인데, 조금만 먹으면 되잖아.' 체조 선수 저리 가라 할 만큼 유연한 자기합리화는 이번에도 지극히 정상적으로 작동했다. 흐뭇한 마음으로 새우깡을 사서 품에 꼭 안았다. 봉지를 뜯기 전의 그 설렘. 봉다리 빛깔도 어찌나 영롱한지. 와사삭 깨물 때 특유의 바삭함, 어린 시절 추억을 불러일으키는 그 맛. 그래도 맹세할 수 있다. 봉지째 다 먹지는 않았다!

40여 년을 살았지만, 암이 아니었다면 영영 알지 못했을 한 입, 한 조각의 오묘한 맛과 기쁨. 위험하지만 달콤한, 뿌리칠 수 없는 유혹! 마치 무제한보다 10분, 20분 엄마가 정해준 시간만큼만 즐길 수 있는 게임이 훨씬 더 재미있고 스릴 있는 것처럼. 양껏 많이 먹을 수는 없지만 누구보다 맛있게 최고의 행복을 느낀다. '맛있게 먹으면 0 칼로리! 맛있게 먹으면 건강해!'라고 나만의 주문을 외운다.

비단 음식뿐 아니라 모든 게 그런 것 같다. 물질적으로 풍족하면 가진 것의 소중함을 느끼기 어렵고, 건강하면 몸의 소중함을 깨닫기가 어렵다. 비록 암을 겪었지만, 접하고 누리는 것에 대해 호기심과 감사함으로 대하는 마음의 눈을 갖게 되었다. 늘 잊지 않으려고 한다. 작은 것에 감사하기, 파랑새는 우리 마음에 있다는 걸. 그래도 우리 덜 좋은 건 조금씩만 절제해서 먹어요! 저도 그러려구요!

1년 전, 1년 후의 나에게 쓴 편지

며칠 전 우편함 틈 사이로 편지처럼 보이는 우편물이 보였다. 우편물은 대개 세금 고지서, 아니면 광고지였기에 궁금할 수밖에 없었다. 카카오톡에서 상대방이 메시지를 읽었는지 숫자 '1'이 있나 없나 확인하는 요즘 시대에 손편지라니. 낯설고 반갑다.

보낸 사람 타샤, 받는 사람도 타샤. 아, 1년 전 가족과 함께 갔던 분당 율동 공원에서 1년 후의 나에게 쓴 편지였다. 작년 2월, 수술을 앞두고 많이 긴장했었다. 바다가 보고 싶었지만 수술 전이라 코로나에 극도로 예민해져서 바람을 쐴 겸 찾은 공원. 그곳에서 '느린 우체통'을 발견했다. 빨간 우체통에 편지를 넣으면 1년 후에 보내준다고 했다. 호기심에 아이들과 함께 편지를 썼다. 어느새 1년이 흘렀고, 그 편지가 나에게 왔다.

그때 편지지와 펜을 손에 들었지만, 막상 편지를 쓰려니 당황스러웠다. 1년 후 나의 모습이 잘 그려지지 않았기 때문이다. 으레 연초에는 야심차게 연간 계획을 세우고, 벽돌 깨기를 하듯 하나씩 이뤄가며 신나했는데. 1년 전의 나에게는 무언가를 계획하고, 미래를 꿈꾸는 게 두렵고 어려웠다.

수술은 무사히 될지, 회복은 빨리 될지, 항암을 할지, 한다면 얼마 동안 할지, 몸 상태는 어떨지, 책을 읽거나 좋아하는 공부를 할 수 있을지, 1년 안에 복직은 할 수 있을지 등. 인생은 계획대로만 되지는 않는다는 걸 몸소 깨달았지만, 가까운 미래도 예측할 수 없음에 기분이 가라앉았다. 한참을 망설이다가 마음을 내려놓고, '1년 후엔 그랬으면 좋겠다'고 소망하며 편지를 썼다.

타샤에게

21년 2월의 마지막 날 찾은 율동공원. 아이들이 어릴 때 함께 왔던 곳인데, 어느새 이렇게 시간이 흘렀는지. 넌 어떻게 지내고 있니? 예전과는 다르겠지만, 또 무언가 새롭고 의미 있는 일을 찾아내겠지? 넌 항상 그런 사람이니까!

주말 오후의 여유와 가족과 평화로운 시간을 오롯이 즐길 수 있으면 참 좋을 텐데. 문득 2주 뒤 예정된 수술을 아이들에게 어떻게 이야기해야 할지, 나의 빈자리에도 새 학기에 잘 적응할지, 이런저런 걱정들이 하나씩 떠오르네.

나뿐만 아니라 아이들도 남편도 엄마도 잘 이겨냈겠지. 예전과 같을 수는 없겠지만 우리는 항상 함께니까. 이 편지를 받을 때쯤에는 그 어느 때보다 건강하고 밝고 희망찬 모습이기를 바라. 사랑해♡

– 2021년 2월 28일 율동공원 책테마파크에서

본격적인 치료의 시작을 앞두고 두렵고 걱정되었을 텐데. 그럼에도 불구하고 1년 전의 나는 기특하게도 스스로 잘 이겨내리라 믿고 응원했다. 무려 하트까지 뿅뿅 날리면서. 무언가 새롭고 의미 있는 일을 찾아내서 열심히 하고 있을 거라는 놀라운 예측까지. 빙그레 웃음이 나온다. 그즈음 시작한 블로그는 1년 넘게 이어졌고, 소중한 인연들 덕분에 치료를 잘 견디고 암 경험자라는 타이틀을 획득했다. 이제 회복과 건강관리, 다시 일상으로 돌아오려고 노력하고 있다. 치료의 기억과 느낌은 나누고 싶은 소중한 경험이 되어 이렇게 책쓰기에도 도전하게 되었다.

암 진단, 임상이 몰고 온 갱년기, 수술 후 극심한 통증, 항암 중 경험한 인체의 신비, 끝난 줄 알았는데 끝이 아니었던 방사선 치료 후 면역 저하, 아직은 익숙지 않은 암경험자로서 관리의 삶까지. 그 당시에는 매 순간마다 힘들고 억울하고, 가끔은 짜증도 났다. 그런데 돌이켜보니 힘든 기억들은 느리지만 조금씩 희미해져 가고 시간은 흘렀다.

찰리 채플린은 말했다. "인생은 가까이서 보면 비극, 멀리서 보면 희극이다." 너무 힘들고 고통스러울 때는 그 순간에 매몰되지 말고, 한 발짝 옆으로 떨어져서 상황을 바라보면 어떨까. 지금의 내가 1년 전의 긴장하고 두려워하던 나에게 전하고 싶은 말이기도 하다. 치료를 앞둔 분들께도 조심스럽게 이야기하고 싶다. 지금은 힘들어도, 잘 견디고 나면 아픔의 기억들은 흐려지고, 더 행복한 일상이 펼쳐질 거라고. 우리의 시간은 절대 멈추지 않는다고.

가족들과 조만간 다시 공원에 가야겠다. 다시 1년 후의 나에게 편지를 보내기 위해!

'잘 견뎌낸 시간만큼 더 단단하고, 성숙해진 너, 지금은 또 어떤 신나고 재미있는 일을 하고 있니? 아마 누군가에게 의미있고 도움이 되는 무언가를 즐겁게 하고 있겠지? 항상 좋은 일만 있지는 않겠지만, 넌 어떤 일이든 슬기롭게 잘 헤쳐 나가고 그 시간을 통해 또 성장할 거야. 너의 미래를 응원해!'

선물 같은 하루에 감사하며

아직도 끝나지 않은 우크라이나 전쟁. 가보지 않았지만 짐작할 수 있다. 평화롭던 일상의 공간과 삶의 터전이 어느 순간 전쟁터로 변한 것을. 군인뿐 아니라 민간인의 희생 소식도 들려온다. 갑작스러운 상황의 변화, '죽음'에 대해 조금 더 가까이에서, 더 많이 생각했어서인지 느낌이 예전과 다르다. 밝고 즐겁게 살아야지 생각하지만, 현실에서의 삶과 죽음은 이토록 가까이 있나 보다.

80년생 유방암 친구들이 스무 명 남짓 모인 단톡방 '미코80(자칭 미스코리아80).' 만난 적은 없지만 오랜 친구처럼 편하게 소소한 일상을 나누고, 힘들 때는 서로 위로한다.

어느 날 글이 하나 올라왔다.

"여기는 암 환자들의 방이었나요? 아내가 암 치료 중 코로나 확진까지 받아서 치료하고 격리는 해제됐는데, 점점 안 좋아지더니 오늘 장모님과 함께 기도 중에 편하게 잠들면서 좋은 곳으로 갔네요. 감사합니다."

분명 읽었는데 맥락을 이해할 수 없었다. 순간 머리는 멍해졌고, 본능적으로 닉네임으로 눈길이 갔다. 아, 3개월 전 재발 소식을 전했던 친구였다. 잠시 친정에 들렀을 때라 얼른 핸드폰을 덮었다. 친정엄마에게 당황한 모습을 보이고 싶지 않았다. 허둥지둥 나서서 차에 탔다. 울음이 터졌다. 일상적인 조의 문구는 차마 남길 수가 없었다.

한참을 울다가 문득 프로필 사진이 눈에 들어왔다. 환하게 웃고 있는 세 명의 아이들. 뒤이어 아내의 부고를 전하는 친구의 남편이 떠올랐다. 이전에는 '나'의 죽음이 두려웠는데, 남겨질 사람들의 모습을 헤아리게 된다. 힘든 마음을 추스르며 떠나보내는 의식을 치르고, 남겨진 흔적을 하나하나 정리하고, 이후 긴긴 시간을 함께 한 추억의 힘으로 지내야 할 가족들. 온종일 멍하니 아무것도 손에 잡히지 않았다.

'살고 싶다, 살고 싶다.' 마음 깊은 곳에서 '살고 싶다'는 욕망이 격하게 올라왔다. 돈도 명예도 화려함도 그 무엇도 아니고 그냥 살아서 일상을 보내고 싶은 마음. 늦잠을 자고, 밥을 먹고, 산책하고, 음악을 듣고, 책을 보고, 친구를 만나고, 따뜻한 라떼를 마시고, 아이를 품에 꼭 안고. 이렇게 숨쉬면서 사랑하는 이들과 부대끼며 살아가고 싶다는 강한 욕망.

지금 내가 누리는 모든 순간이 별이 된 친구에게는 너무나도 간절한 소망이었을 것이다. 아이들과 사랑하는 이들을 두고 가는 마음이 오죽했을까. 친구는 나에게 치료를 마치고 일상으로 돌아오면서 잠시 잊고 있던 '선물 같은 하루'의 마법을 일깨워주었다. 매일 아침 눈뜨며 주문처럼 되새겨야지. 조금 더 너그러운 마음으로, 작은 일에 감사하면서 사랑하는 이들과 함께 할 수 있음에 행복해야지.

암진단 후 필연적으로 암환우와 많은 인연을 맺게 되었다. 예측할 수 없는 병이니, 우리가 기대하는 밝고 즐겁고 희망찬 일들만 일어나지는 않는다. 만일 인연을 맺지 않아서 슬픈 소식을 듣지 않았다면 오히려 더 나았을까. 어떤 일들이 생길지 모르니 너무 많은 관계를 맺지 않는 게 정답일까. 희로애락, 생과 사, 누구라도 삶을 살아가면서 겪게 되는 지극히 자연스러운 일이다.

수많은 사람 중에 귀한 인연으로 만났으니, 좋은 일이든, 슬픈 일이든 서로 삶의 일부분을 나누고 보듬어 주는 게 아닐까. 좋을 때만 함께 하는 게 인연은 아니니까.

앞으로도 어떤 일들이 생길지 알 수 없다. 여러 번을 겪어도 무뎌지거나 덜 힘들 자신도 없다. 하지만 이 시간을 통해 삶을 소중히 여기고, 죽음도 삶의 일부라는 걸 조금씩 받아들이면서 성숙해지고 싶다. 그것이 나일 수도 있다는 두려움보다는 누구에게나 일어날 수 있는 거라고 받아들일 수 있는 마음을 기르는 것. 그게 내가 할 수 있는 최선이다.

누군가는 간절히 소망했을 '오늘'과 '지금 이 순간'에 감사하며, 행복하려 한다.

친구야, 이제는 아픔 없는 곳에서 편히 지내렴.

케모 브레인이지만 괜찮아!

'케모 브레인(Chemo Brain)', 일명 '항암뇌.' 한참 전부터 정리하고 싶었는데, 나 역시도 항암뇌인지라 뒤늦게 생각이 났다. 다소 생소하겠지만 온라인 상담학 사전에도 기재되어 있다.

항암뇌(Chemo Brain) : 항암치료 후 흔히 나타나는 인지적 기능의 저하 증상. 항암치료 후 결정을 담당하는 뇌의 특정 부위에 에너지 사용이 현저하게 줄어들어 뇌기능의 변화를 가져옴으로써 정신이 멍해지고 생활기능이 저하되는 증상.

너무 학술적인가. 한마디로 자주 멍하고 깜빡깜빡 기억을 못하거나 집중력이 떨어지는 후유증이다. 항암 치료 후 나타나는 갑작스러운 변화라 나이를 먹으면서 조금씩 기억력이 감소하는 것과는 다르다. 사람마다 증상이나 정도는 다르지만, 치료 전과 다른 인지 상태에 일상에서 한 번씩 당황하게 된다. '아주 똑똑하지는 않았어도 이 정도로 멍청했나' 싶다. 그래도 나만 바보가 된 게 아니니 작은 위로가 된다. 좋은 일은 아니지만 혼자는 아니다.

나처럼 슬퍼할 누군가를 위한 셀프디스 케모 브레인 에피소드.

에피소드 1. 슬리퍼는 짝짝이로 신어야 진정한 패피!

요양병원에서 내 별명 중 하나는 패피(일명 패션피플). 항암 치료 중 피부가 예민해져 솔기나 매듭을 바깥으로 옷을 뒤집어 입었는데, 복고 패션의 부활 같단다. 유행이나 패션과는 거리가 먼 허름한 옷차림을 긍정으로 승화시키는 멋진 전우들.

어느 날 림프치료 후 아지트인 601호실에 갔다. 나를 보는 모두의 시선이 발로 향한다. 이럴 수가. 왼발과 오른발의 슬리퍼가 달랐다. 모양도 색도 심지어 느낌도. 완전히 다른 두 짝의 슬리퍼를 신고 병원 구석구석을 누빈 것이다. 하하하. 괜찮다. 그래도 양쪽 다 신은 게 어딘가. 한쪽은 신고, 한쪽은 맨발은 아니니까. 혹은 누군가는 나를 진정한 패피라고 생각했을지도!

에피소드 2. 가루 녹차처럼 즐기는 녹차 티백

방사선 치료 중 내 맘대로 필수 아이템으로 꼭 챙긴 녹차물. 작은 생수병 하나에 녹차 티백 하나. 몸 안의 방사선을 밖으로 쏙 빼내 줄 거라는 믿음을 담았다. 아이템 완비를 위해 경건한 마음으로 고르고 고른 꽤 고가의 유기농 녹차 가루. 박스를 여니 긴 직사각형 모양의 부직포에 담겨 있다. 바로 티백을 뜯었다. 가위도 없어서 손으로 짓이겨서. 내용물을 조심조심 작은 병 입구로 밀어넣었다. 입구가 좁으니 옆으로 줄줄 샌다. 포장이 엉망이라며 힘들게 가루를 넣고 잘 섞이도록 흔들었다. 청아하고 맑은 초록 빛깔을 기대했건만, 혼탁 그 자체다. 물이끼로 가득한 한여름의 저수지 느낌. 마시는데 자꾸 혀와 이에 뭔가 낀다. 찝찝하지만 흘러들어온 건더기(?)도 열심히 먹었다.

비장의 방사템을 자랑하러 다시 601호로 출동. 순간 묘한 눈빛이 짝짝이 슬리퍼 때와 데자뷔. 쎄한 느낌. 헛, 이건 가루 녹차가 아니라 녹차 티백이었다. 입에 씹힌 건 이파리. 티백을 굳이 찢어서 털어넣다니. 하하하. 괜찮다. 이러나 저러나 녹차는 녹차니까! 잎째 먹으면 더 좋지 않을라나. 아님 말고.

에피소드 3. 대파는 날걸로 먹어야 제맛?

재택근무와 아이들 온라인 수업으로 삼시세끼 돌밥이 이어지던 어느 날. 없는 솜씨에 마음만 분주하다. 결국 고른 메뉴는 초간단 떡국. 육수를 내는 동안 떡을 물에 담그고, 파를 총총 썰어서 그릇에 담았다. 준비 끝! 육수가 끓고 재료를 투하하려던 찰나. 어랏! 대파가 사라졌다. 분명 내 손으로 썰고, 그릇에 담고, 냄비에 넣는 시뮬레이션까지 했는데 없다니! 조리대, 냉장실, 냉동실, 베란다까지 뒤졌건만. 급기야 아이들에게 SOS.

실종된 파 수색으로 애를 태우는 나와 달리, 영문을 모르겠다는 표정의 아이들. "엄마, 파 여기 있는데?" 헉, 식탁 위 한가운데에 먹음직스럽게 썰어놓은 김치 한 포기와 파그릇이 나란히 놓여 있었다. 순간 당혹스러움과 자괴감이 몰려온다. 괜찮다. 파를 넣어야 하는 걸 잊지 않았고, 좌우지간 찾아서 넣었으니까. 어쩌면 떡국은 생파와 궁합이 더 잘 맞는다는 새로운 레시피를 발견했을 수도 있다.

에피소드 4. 여기가 거기 아니에요?

다른 요양병원으로 옮기게 된 전우. 짐을 다 정리하고, 픽업 차량을 부탁하려고 전화를 했다. 상냥하고 낭랑한 솔톤으로

"입원 준비 다 했는데 짐이 많아서 차량 좀 부탁드려요~"

"아, 퇴원 준비 다 하셨다고요?"

"호호호, 아직 입원도 안 했는데 어떻게 퇴원을 할까요?"

"오늘 퇴원하시는 OOO호실 XXX님 아니세요?"

"무슨 말씀이세요? 저는 오늘 입원할……."

더 이상 말을 잇지 못했다. 퇴원하는 병원에 전화를 해서 콧소리를 가득 담아 '차 좀 보내주세요'라고 한 것이다. 황급히 전화를 끊고 못내 부끄러워했다. 괜찮다. 119에 전화해서 민폐를 끼친 것도 아닌데 뭐. 두고두고 전설처럼 이야기되면서 큰 웃음까지 주고 있으니까.

케모 브레인*의 발생 원인은 아직 명확하지 않다. 항암제가 뇌혈관을 통과해서 직접적으로 영향을 줄 수도 있고, 혈관 염증,

뇌세포 보호막 결핍 등 다양한 원인이 있을 수 있다고 한다. 다만 부작용 때문에 치료를 안 할 수는 없으니, 뇌를 보호하기 위한 최선의 방법은 바로 '운동'이다. 치료 전의 중간·고강도 운동은 치료 후 인지기능 회복에 도움이 되고, 치료 중 중간·고강도 운동은 치료로 인한 인지기능의 저하를 막는 데 도움이 된다고 한다.(*정세희 교수 블로그)

미리 알았으면 좋았을걸. 그런데 곰곰이 생각해보니 미리 알았던들 가능했을까. 근육통으로 끙끙 앓고 저혈압으로 골골하고, 밥도 제대로 못 먹는데? 물론 마의 구간, 초반 10일이 지나서는 만 보씩 걷고, 앞산에도 다녔다. 그 상황에서 나름 최선을 다했다. 그러니 후회하지 않기! 그래도 컨디션이 괜찮을 때는 치료 후 '똑똑한 나'를 위해 열심히 운동하세요!

가끔 단어가 생각나지 않아 '그거 있잖아, 그거'를 서너 번쯤 외치고, 대파 실종처럼 일상의 건망증에 살짝 곤혹스럽기도 하다. 다만 남편은 원래도 그랬다고, 항암치료랑 딱히 상관이 없다는 놀랍지만 불편한 진실을 일깨워준다. 그런 점에서 하나의 무기이자 보호막이 생겼다. "내가 말이지 그 힘든 항암 치료를 받아서 이런 거야. 원래 엄청 똑똑했거든!"

애들 학교 준비물 깜빡하는 거, 차 열쇠 찾느라 온 집안을 뒤지는 거, 적당한 단어가 생각나지 않는 거. 조금 불편하고 시간은 걸리지만 사는 데 큰 지장은 없다. 그럴 때마다 위축되는 마음이 더 안쓰러울 뿐. 내 잘못이 아니라 치료의 후유증인 거고, 점차 회복될 거다. 기억력이 좋다고 똑똑하다고 행복한 건 아니다. 오히려 번잡하고 귀찮은 걸 깔끔하게 잊으면 행복도는 더 올라갈지도 모른다. 누구나 나이 들면 기억력이 쇠하거늘, 이제 우리는 케모 브레인이라는 강력한 보호막까지 생겼다. 좀더 자연스럽게 당당해지자!

수술 1주년, 살아있음에 감사하기

다소 무뚝뚝한 성격이라 아기자기하게 기념일을 잘 챙기지 못한다. 그래도 집안 경조사는 달력에 적어두는데 그마저도 휴대폰에 알람을 해두지 않으면 잊어버린다. 일상의 소소한 이벤트는 활력이 된다는데, 좋은 말로 시크하고, 속된 말로 무심한 성격은 당최 변하질 않는다. 그런데도 머릿속에 콕 박힌 날짜가 몇 개 있다. 유방암 진단을 받은 10월 16일, 몸에 처음으로 칼을 댄 3월 16일, 표준치료를 마친 8월 11일. 시간이 지나면 가물가물해질는지. 누군가는 기억하고 싶지 않다는데, 왠지 다른 건 무심코 스쳐가도 이날만큼은 기념하고 셀프 축하를 마구 날리고 싶다. 아무도 알아주지 않아도 스스로에게.

1년 전 수술 입원 짐을 챙길 때, 만감이 교차하며 마음은 한없이 비장했다. 한동안 떨어져 있게 될 아이들에 대한 미안함, 불안과 걱정의 눈빛으로 배웅하던 친정엄마, 수술 전 소란스러운 병실에서 잠 못 이룬 밤, 봅슬레이 같았던 이송 침대, 공장 같았던 수술방, 내 손을 놓지 못하고 안타까운 눈으로 쳐다보던 남편, 가슴에 심한 압박감을 느끼며 마취에서 깨기 위해 정신없이 이어진 심호흡, 수술 결과에 감사했던 마음, 다음 날 어김없이 찾아온 가슴과 겨드랑이 통증. 그 와중에도 열심히 수술의 기억을 기록한 나. 1년 전 일인데도 이렇게 순간순간을 끄집어낼 수 있는 걸 보면 꽤 인상 깊었던 사건임이 틀림없다.

수술 직후 그렇게 아프던 겨드랑이는 언제 그랬냐는 듯 멀쩡해졌다. 옆구리와 수술 부위는 가끔 찌릿한 전기 같은 통증이 느껴지며 욱신거리지만 그래도 살 만하다. 한 번씩 '너 아팠던 거 잊지 말고, 감사하며 열심히 살아!'라며 신호를 보내는 게 아닌가 싶다. 수술방에 들어가며 한 번으로 충분하니 다시 들어가지 말자고 다짐했고, 아직은 잘 지내고 있다.

아무도 알아주지 않는 수술 1주년이지만 그 덕에 새로운 하루를 맞았다. 아이들과 아침 식사 때 나누는 짧은 대화, 지정석인 주방 식탁에 앉아 글을 쓰다 보면 배가 고프다며 헐레벌떡 아이가 돌아오고, 조잘거리는 학교 이야기를 들으면서 점심을 먹고, 따사로운 햇볕을 받으며 동네 산책을 하고, 피로감이 몰려오는 저녁 무렵에는 남편에게 한 번씩 툴툴거리기도 한다. 그냥 그런 지극히 평범한 일상들.

1주년이라 생각하고 소소한 일상들을 바라보니 온통 신기하고 감사한 일들로 변하는 마법이 펼쳐진다. 1년 전에 수술실을 무사히 나와서 다시 일상으로 돌아갈 수 있을지 두려웠다. 수술 뒤 통증과 요양병원 입원으로 일상에 대한 간절함은 커져만 갔다. 그랬던 내가 다시 예전과 같이, 아니 더 즐겁게 잘 살아가고 있으니 어찌 감사하지 않을까.

아침마다 통통한 딸아이의 볼을 쓰다듬고 쪽쪽 뽀뽀하고, 삼시 세끼가 부담스럽지만 그래도 내 손으로 차린 식사를 맛있게 먹는 가족들을 보면 뿌듯하다. 책을 읽든 글을 쓰든 누구 하나 뭐라는 사람이 없으니 진정한 자유인이다. 큰아이는 뜬금없이 학급 임원을 하고 싶다며 혼자 열심히 연습하더니 부반장이 되어 나를 놀래킨다. 머리 감기를 싫어하는 딸내미와 목욕 때마다 한참 실랑이를 하지만 오동통한 몸을 씻기다 보면 어느새 미소가 지어진다. '살아있는' 덕분에 누리는 즐거움이자 행복.

저녁 무렵 남편과 투덕거리고 살짝 억울해 핀잔을 주었다. 이렇게 같은 공간에 있는 것에 감사하지 않음을 탓했더니, 엉뚱하게도 날 데리고 살아주는 거란다. 저 세상에 안 가고 '살아있다'는 걸 상기시켰더니 아차 싶은지 무안해하며 사과를 한다.

암 진단 후에야 내가 삶에 대한 애착이 꽤 강하다는 걸 깨달았다. 그전에는 막연히 누구나 살다가 운명대로 가는 거라 생각했다. 막상 '죽을 수도' 있다는 걸 깨달았을 때, 어떻게든 '살고' 싶었다. '개똥밭에 굴러도 이승이 낫다'는 말을 가슴으로 이해하게 되었다. 1년 전 수술을 받은 덕분에 이렇게 살아있고, 덤으로 행복한 일상도 누리고 있다. 가슴 졸이고 속 끓이는 많은 일들이 따지고 보면 죽고 사는 일도 아닌데, 좀더 너그럽게, 여유있게 살아야겠다.

이제 매 순간을 소중히 살아가는 스스로가 장하고 사랑스럽다. 앞으로도 매일 감사하고 행복하게 살 것이다. 2주년도 꼭 기념하고 동네방네 소문내야지!

검진 전날 주어진 모든 것에 감사하리라 경건하게 다짐했건만, 내 마음은 간사하기 그지없었다. 남편의 에스코트가 무색하게 첫 시작인 유방 엑스레이부터 녹록지 않았다. 검사실로 들어서는 순간 고통이 되살아났다. 둘째 아이를 낳으러 분만실에 들어서면서 첫 출산의 고통이 떠오르는 것처럼. 수술 후에는 어떻게 엑스레이를 찍을지 몹시 궁금했었다. 아직은 딱딱하고 뭉쳐있는데 설마 기계로 누를까 싶었지만, 설마가 사람 잡는다더니 수술이든 뭐든 예외는 없었다. 가뜩이나 흔적만 남은 가슴, 나를 끌어안다시피 혼신의 힘을 다해 가슴을 모아 기계에 밀어넣는 간호사 샘. 샘도 안쓰럽고 기계에 매달린 나도 안쓰럽다. 가차없이 눌린 가슴, 헉 소리가 절로 나왔지만 체념하고 인내할 뿐. 가슴을 고정하고 촬영 버튼을 누를 때까지 고통을 참으며 숨도 못 쉬는 인고의 시간. 몇 초가 몇 분 같다.

가슴 정밀 초음파. 초음파 기계가 징 소리를 내며 가슴 위를 이리저리 움직인다. 아픈 검사가 아닌데도, 수술 부위와 유두로 다가올수록 겁이 난다. 매 맞는 순서를 기다리는 느낌이랄까. 온다, 온다. 눈을 질끈 감았다. 아~ 또 아프다. 그래도 순식간에 쓱 스쳐 가니 감사하다.

겨드랑이 초음파. 찰칵찰칵. 얼마 전 초음파 검사 촬영 소리가 너무 불안했다는 글에 건강한 상태를 찍는 거라고 응원의 글을 남겼건만, 정작 겪어보니 이해가 되었다. 때맞춰 모니터에 동그란 멍울이 보인다. 저건 무엇? 볼 줄도 모르면서 괜히 불안해진다. 한 번 불안해지니 불안감을 떨쳐내기가 쉽지 않다. 이상이 있나 물어볼까 말까. 너무 오버인가, 물어본들 답을 해줄까. 그 짧은 시간에 많은 생각이 스쳐가고 어느새 검사가 끝났다.

탈의실에서 옷을 갈아입는데 눌리고 찍히고 혹사당한 가슴이 온통 벌겋다. 악 소리가 나던 통증의 느낌도 아직 가시지 않았다. 문득 부분절제에 수술부위가 크지 않은데도 이 정도니 다른 분들은 얼마나 힘들고 아플까 싶다. 타고난 오지랖으로, 유방암 선후배, 동기까지 걱정이 된다. 수술한 지 1년이 넘었는데도 돌덩이처럼 딱딱한 가슴 때문에 힘들어하는 프리지아 언니도 생각났다.

의료기술이 발전했다지만 더 좋아지면 좋겠다. 가까운 미래에 이렇게 원시적인 검사와 치료를 했냐고 어이없어할 만큼. '스윽' 바디스캔만으로 큰 암덩이뿐 아니라 곳곳에 씨앗처럼 미세하게 퍼진 암세포를 하나도 놓치지 않고 찾아내기. 뭉칠 기미가 보이면 잽싸게 해열제처럼 암순이들을 소멸시키는 알약. 그런 날이 오면 좋겠다. 머리카락조차 다 빠지는 독한 항암 약이 아니고, 가슴을 짓누르고 방사성 물질을 몸에 넣어서 찾아내는 게 아니라. 병은 점점 다양해지고 어차피 피해 갈 수는 없으니 더 나은 예방법과 검사, 치료법이 나오면 좋겠다.

이어서 채혈. 그 뒤에 잡힌 뼈 검사를 생각하면 주사 바늘을 한 번만 찔러도 됐을 텐데. 오른팔은 두 번 연속 찔림을 당했다. 뼈검사는 두 번째인데도 주사실의 풍경이 낯설다. 방사성 물질이어서인지 약품을 넣을 때 의료진과 환자 사이에 가림막이 놓여 있다. 위험한 물질을 취급해야 하는 사람과 몸에 넣어야 하는 사람. 왠지 그 공간이 더 휑하고 서글프다. 검사는 약품을 넣고 두 시간 후. 물을 많이 마셔야 검사 결과가 명확하고, 몸 밖으로 빨리 배출할 수 있다. 3시간의 대기시간 동안 물 1.5ℓ를 마셨다. 검사 기계가 얼굴 바로 앞까지 다가와서 당황스러웠지만, 반듯하게 누운 자세라 유방 MRI보다는 수월했다. 긴장과 피로 때문인지, 검사 15분 동안 깜빡 단잠을 잤다. 밤에도 이렇게 잘 자면 좋을 텐데.

첫날의 마지막 검사 저선량CT. 조영술CT만 받다가 저선량 CT는 처음인데, 폐의 이상 여부를 확인한다. 금식도 없고 조영제도 안 넣고 이렇게 편할 수가! 숨만 잘 참았다 쉬었다 가뿐하게 스테이지 클리어! 꼬박 아침 9시부터 저녁 6시까지 이어진 검사. 종일 병원에서 기를 쪽쪽 빨린 느낌이더니 역시나 다음 날까지 정신을 못 차리고 골골했다.

4일 뒤 복부 초음파 검사. 하루에 모든 검사를 마쳤다면 일주일 뒤 결과를 듣기까지 마음이 홀가분했을까. 검사가 남아서인지, 기다리는 내내 일이 손에 잡히지 않았다. 예약이 꽉 차서 끼워 넣은 거라 1~2시간 대기로 안내받았는데, 싱겁게도 접수 후 5분 만에 검사를 마쳤다.

1년 검진 즈음 질풍노도의 청소년처럼 소심한 반항을 하고 있다. 물론 아닐 거로 생각하고 아니어야 하지만, 만일 결과가 안 좋다면? 결과를 기다리는 동안 빡세게 지내면 왠지 억울할 것 같다. 멍도 좀 때리고 빈둥거리고 꽃구경도 가야 할 것 같았다. 글도 쓰지 않고, 재테크 공부도 멈추고, 책도 읽지 않은 것에 대한 그럴싸한 변명거리를 찾았다.

암 유병자 200만 명 시대라지만, 나에게는 드라마처럼 극적인 일이었다. 삶을 암 진단 전후로 갈라놓을 만큼. 하긴 누군들 안 그럴까. 드라마 주인공을 꿈꾼 적은 없지만, 기왕 이리 될 거 가슴 설레는 로맨스였으면 좋았을 텐데, 웬걸 투병기라니. 그래도 '오래오래 행복하게 잘 살았습니다'라는 진부하고 상투적인 엔딩이 되기를 바란다. 이미 충분히 드라마틱하니까. 더 이상의 반전과 예상치 못한 이벤트는 반사. 이제 내일부터 극적인 드라마의 평범한 2막이 시작되겠지?

1년 검진 패스, 평범하지만 희망찬 드라마 2막이 되기를

1년 정기 검진. 이 말의 무게감을 몸소 체험하기 전에는 알지 못했다. 시어머님의 정기 검진 때 '다 괜찮으실 거예요. 파이팅!'이라고 해맑게 메시지를 보냈다. 그때는 그게 최선이었건만 지금 생각하니 민망하다. 간간히 들려오는 주변 전우들의 검진 소식 때도 괜찮을 거니 걱정 말라고 했다. 그랬는데 막상 결과를 기다리는 일주일. 이성과 본능이 유체 이탈된 듯 마음이 오락가락했다. 스스로 멘탈 갑이라고 자부했건만 갑은 무슨, 또 이렇게 얄팍한 나의 실체를 인지하게 된다.

괜찮을 거라 수없이 되새겼건만 머릿속을 떠나지 않는 단어 '만에 하나' 혹시나 다시 급반전의 드라마를 맞는데 혼자라면 왠지 서러울 것 같다. 고민 끝에 보기에는 나보다 더 환자 같은 남편과 함께 병원으로 향했다. 허벅지 안쪽에 생긴 피지낭종을 째는 바람에 온전히 걷지 못하고, 어기적거리며 내 어깨에 살짝 기댄 남편. 진료실로 향하는 길, 찐 유병자 부부를 인증하는 우리 모습에 웃음이 터졌다. 무얼 해도 왠지 어설픈데 이럴 때는 또 의지가 된다. 남편의 걸음걸이 신경 쓰랴, 웃음을 참느라 긴장을 느낄 새가 없다. 남편은 내 마음을 다 안다고 하는데, 글쎄, 미심쩍다. 상투적인 립서비스 같기도 하고. 하긴 겪어 보지 않은 일을 어떻게 알겠는가. 너무 많은 기대를 해도, 그 기대에 못 미친다고 서운해 할 일도 아니다. 오늘따라 유난히 푸르고 청명한 하늘이 눈에 들어온다.

진료 대기 1시간. 이쯤이야 이제는 익숙한 중견 환자. 1년 검진은 검사 결과만 보는 줄 알았는데, 입는 순간부터 환자내가 폴폴 나는 마법의 핑크 가운을 입으란다. 진료 베드에 누워 대기하는 짧은 시간, 옆 진료실의 대화가 들린다. "잘 지내시고 6개월 후에 뵙겠습니다." 아, 저분도 정기검진이구나. 나도 듣고 싶다. 곧 담당 교수님이 들어오고 이름을 확인한다. 짤깍짤깍 마우스 소리. 두근두근. "검사 결과 깨끗하네요!"

아! '깨끗'이라는 단어가 이렇게 강력한 힘이 있는지 이제서야 깨달았다. 바로 긴장이 풀리며 무장해제가 되었다. 이어진 촉진, 1년 후 검사 통보를 받고 정신없이 진료실을 나섰다. 경황없이 훅 지나갔지만, 그래도 감격스러운 '1년 검진 패스.' 다만 다음 혈액종양내과 진료를 기다리다 보니 검진 항목이 진료과별로 나뉜 게 생각났다. 유방외과에서는 엑스레이와 초음파, 즉 가습 위주로 보고, 혈종내과에서는 뼈검사, CT, 혈액검사로 기타 장기 전이 여부와 종양표지자 수치까지 전반적으로 확인했다. 찐 담임샘인 혈종과 교수님의 최종 승인까지 받아야 완료. "표지자도 좋고 간수치도 좋고, CT, 뼈검사 전부 깨끗해요. 우리는 6개월 후에 봐요."

진짜 패스다. '현재 이상 무!' 병원을 나섰는데도 실감이 나지 않았다. 검사부터 결과를 듣기까지 긴장했던 시간이 스쳐 간다. 강하지만 찬 기운이 사라진 봄바람, 햇빛에 비쳐 반짝이는 물결, 노란 개나리, 소담스럽게 꽃망울이 맺힌 목련이 그제야 눈에 들어왔다. 6개월이라는 새로운 삶을 얻었다.

검진 전후 흐느적거리는 몸과 마음을 핑계로 미뤄두었던 일들이 슬금슬금 머릿속에 떠오른다. 이제는 비겁한 변명도, 배배 꼬인 자기합리화도 불가능하다. 오히려 무언가를 하고 싶은 의욕이 마구 솟아난다. 너무 바쁘게 살 필요도 없지만, 또 지나치게 몸 사리며 방어적으로 살 필요도 없다. 하고 싶은 일들을 무리하지 않고 즐겁게 하고 싶다. 때로는 예전처럼 무언가에 온 힘을 다 쏟아부을 수 없는 게 못내 아쉽겠지만, 무엇이 중요한지 생각하고, 적절히 조절하면서, 선물 같은 6개월을 소중하게 보내고 싶다.

얼마 전 우연히 본 <장화 신은 고양이 2> 영상. 9개의 목숨을 가진 고양이가 흥청망청 죽고 살기를 반복했는데, 어느 순간 마지막 목숨이 되었다. 그간의 방탕한 삶을 반성해보지만 이미 다 지나간 일. 남은 시간을 의미있게 보내기 위해 위험천만한 모험을 한다는 내용이다. 웃자고 보는 애니메이션인데 암에 꽂혀 감정이입이 되고 만다. 개그가 다큐가 되는 순간. 매 순간이 얼마나 각별할지. 9번째 삶을 소중히 사는 주인공처럼, 나도 진중하게, 즐겁게 살고 싶다.

의도치 않게 찍게 된 투병 드라마. 비록 또 한 번의 가슴 졸이는 극적인 반전은 없었고, 앞으로도 없어야 한다! 평범하지만 희망으로 가득 찬 드라마 2막을 그려본다.

뜻밖의 선물, 병가 중 승격 & 복직을 앞두고

회사의 승격 발표는 매년 2월 말일인데, 나는 10월 중순부터 병가 휴직에 들어갔다. 암 진단으로 잠시 혼이 나갔다가 정신이 들고 보니 현실적으로 다가온 문제들 중 하나인 '승격.' 암이라는 돌발 변수 앞에 승격 따위가 무슨 의미일까 싶지만, 대학 졸업 후 푸릇한 신입사원으로 입사해서 17년째 몸 담고 있는 곳이고, 승격의 마지막 단계를 4개월 앞두고 있었다.

'사는 게 원래 그렇잖아.' 받아들여야 한다고 되뇌면서, 서운한 마음 한구석을 그렇게 괜찮은 척, 아무렇지 않은 척 했다. 왜 하필 지금인 건지, 혹은 그간의 노력이 왜 현재 상태로 아무것도 아닌 게 되는지 원망스럽기도 했다. 어차피 받아들이는 것 말고는 할 수 있는 게 없었다. 어느 날 찾아온 암처럼.

암경험자로 사회에 복귀하는 게 어떤 느낌일지 아직 경험하지 못했다. 다만 워킹맘으로서의 삶이 그러했듯 많이 내려놓아야 하지 않을까. 첫 아이 출산 후 3개월 만에 붓기가 채 빠지지 않아 임부복을 입고 출근하고, 돌쟁이 둘째를 떼놓고 중국 파견지에서 눈만 뜨면 정신없이 일하기도 했다. 그럼에도 나의 바람과는 멀어져 갔던 조직 생활. 나중에 덜 아프도록 미리 생채기를 내듯이 조금씩 내려놓음을 새겼는데, 암으로 진짜 내려놓음을 경험하게 되었다. 시간이 약이라고 진단 4개월 차가 되니 '그래도 괜찮아. 죽고 사는 것도 아니잖아'라고 할 만큼 여유를 찾았다. 그래도 발표 날은 속이 쓰리겠지만 잘 넘기자고 추스르면서.

당일 아침, 아무렇지 않은 척하며 스스로를 달래고 있는데, 회사 선후배들에게 메시지가 오기 시작했다. "승격 축하합니다!"라는 문구를 포함해서. 승진이라고? 그렇다. 병가 중에 승격이 되었다. 얼떨떨하면서도 기분이 좋았다. 이래도 되나 싶다가도, 그냥 기쁘고 싶었다. 암환자로 쪼그라든 마음은 병가 휴직만으로도 감지덕지였는데, 생각지 못한 선물을 받았다.

"회사는 이렇게 용부장을 생각하고 있으니, 지금은 건강에만 신경 써요. 나중에 건강하게 돌아와서 더 열심히 해주세요."

상사의 따뜻한 말에 마음이 뭉클했다.

"마음껏 축하만 할 수 있으면 참 좋을 텐데, 축하와 더불어 위로와 응원도 함께 보내요."

축하 인사와 함께 건강을 걱정하는 동료들. 부담을 주어 미안하면서도, 더 많은 응원을 받게 되니 감사하다.

기분은 날아갈 듯 했지만, 휴직 중이기에 실제로 달라진 부분은 없다. 휴직 중 직급 체계가 없어지면서 모두 평등한 '님'이 되었다. 부장으로 불릴 기회가 사라진 게 살짝 아쉬우면서도, 이걸로도 이미 충분히 감사하다.

그때가 진단 4개월 차였는데, 어느새 복직을 4개월 앞두고 있다. 아직도 년도를 헷갈릴 만큼, 통째로 날아가버린 힘들고, 아팠던 2021년의 기억을 뒤로 하고. 무늬뿐인 승격이어도, 그 덕에 이후 승격에 대한 압박감을 덜었다. 사회 복귀를 앞두고 한껏 긴장한 암경험자에게는 보이지 않지만 든든한 힘과 위로도 된다. 내가 돌아가서 적응해야 할 곳.

초기에는 스트레스를 주는 모든 것을 멀리하고 싶었다. 회사도 그중 하나였다. 의료진이 치료 후 직장 생활을 왜 적극적으로 권하는지 이해할 수 없었다. 평범한 월급쟁이가 얼마나 시달리는지 몰라서 그러는 거라고 의심했다.

생각보다 길어진 치료로 당연하고 익숙하던 일상은 차츰 희미해졌다. 직장인으로서의 시간을 포함해서. 가족을 건사하는 밥벌이로서 뿐 아니라, 그곳에서 만난 좋은 사람과의 커피 한 잔, 새로운 경험을 통한 성장, 굳이 애쓰지 않아도 거기 있는 게 자연스러운 공간. 미처 인지하지 못했을 뿐 돌아가고 싶은 일상에는 나의 일터가 깊숙이 자리잡고 있었다. 의사들의 말에는 다 이유가 있었다.

2년 만의 복직. 직장 생활 중 가장 긴 공백. 달라진 몸과 마음으로 잘 적응할 수 있을지, 항상 마음속으로 다짐했던 '1인분'은 제대로 해낼 수 있을지, 지금은 그리워하지만 막상 돌아가면 예전처럼 스트레스를 자가발전하며 허우적거리지는 않을지, 예고 없이 한 번씩 찾아오는 뚝 떨어지는 피로감은 어떻게 대처할지,

나날이 컬이 풍성해지는 아톰 머리가 이상하지 않을지, 이런저런 생각이 몰려든다.

한편으로는 아픈데도 내치지 않고 다시 받아주는, 돌아갈 곳이 있다는 게 정서적인 회복에 도움이 된다는 걸 이제야 깨달았다. 첫 취업 혹은 새롭게 직장을 구해야 하는 상황이라면 이 또한 얼마나 배부른 투정일는지.

복직 후 어떤 삶이 펼쳐질지는 알 수 없다. 2년 전 내가 암 환자가 될 줄 몰랐던 것처럼. 실상 미리 걱정할 필요도, 미리 준비할 방법도 없다. 앞으로 남은 인생도 그럴 거고. 그래도 지금은 내가 익숙했던 공간과 자리로 돌아가고 싶다. 혹시 생각과 다르면? 그건 그때 고민하면 된다. 사는 게 언제 계획대로만 되던가. 살짝 죽음에도 가까이 가봤는데 이까짓 거, 한 번 해보고 아니다 싶으면 돌아가면 된다. 길은 하나만 있는 게 아니니까.

어쩌면 별은 못 달아도 부장이라고 한 번 불려는 봐야겠다는 욕망과 꼰대 심보가 마음 깊숙이 자리잡고 있는지도 모르겠다. 그러거나 말거나. 일단은 직진!

Part 8.

유방암 알쓸신잡

암환자에게 유용한 사회복지제도

매달 월급에 비해 과해 보이는 의료보험료에 놀라고는 했다. 이것만 아니어도 좀더 많은 돈이 통장에 찍힐 거라며 투덜거리기도 했다. 언제 어떻게 아플지 모르는데 어리석었다. 나뿐만 아니라 암환자인 시어머니, 교통사고 후유증으로 치료 중인 친정엄마, 녹내장 환자인 남편까지 의료보험 덕을 보고 있으니 감사하다고 절을 해도 모자랄 것을. 의료 보험 외에도 암환자가 되고 알게 된 여러 가지 지원제도를 정리해보았다.

암환자 모두가 대상인 제도

• 중증환자 산정 특례

암 관련 치료비 중 건강보험 급여 본인부담비율을 5%로 경감해준다(비급여는 제외). 예를 들어, 급여 의료비가 100만 원이면 부담액은 5만 원. 등록 후 5년 시점에 특례가 종료되지만, 종료 시점에 치료를 계속 받는 경우 재등록 및 연장이 가능하다. 진단을 받으면 병원에서 등록해준다.

• 본인부담상한제

1년간 발생한 급여 의료비가 본인부담상한액을 초과하면 건강보험공단에서 초과분을 돌려주는 제도다. 이에 해당되면 건강보험공단에서 '본인부담상한액 초과금 지급 신청 안내문'을 발송해준다. 본인부담상한액은 연평균 보험료를 10분위로 나누어 분위별 기준이 있다. 몇 분위에 속하는지, 상한액을 확인하려면 건강보험공단에 문의하면 된다. 1년 동안 지출한 의료비에 대한 실제 환급은 다음 해 8월 진행된다. 일단 내 돈으로 치료받고 나중에 돌려받는 개념이다.

• 연말정산 소득공제

장애인 인적공제 200만 원, 의료비 공제 한도 무제한.

암환자는 소득세법상 장애인으로 분류되어 장애인 인적공제 200만 원을 받을 수 있다. 단, 장애인 복지법상 장애인이 아니므로 장애인 등급이나 카드와는 무관하다. 추가로 연말정산 의료비 3% 초과분에 대해 한도 없이 공제받는다(일반 공제한도는 700만 원). 장애인 인적공제는 부양가족이 암환자여도 해당되는데 모르고 놓치는 경우가 많다. 그해에 신청하지 못했더라도 과거 5년까지는 경정청구가 가능하다.

암환자 치료비 지원 사업

• 보건소 암환자 지원사업

건강보험 가입자와 의료급여 수급자 및 차상위 계층에 대한 의료비 지원사업이다. 건강보험 가입자에 대한 지원은 2021년 7월 1일자로 지원이 종료되었으나, 이전에 국가암검진을 수검하고 만 2년 이내 암 진단, 건강보험료 기준을 충족하면 지원 대상이 된다. 단, 해당 지역내 예산이 남아 있어야 하니 미리 보건소에 문의해보자.

예 : 2020년 5월 국가암검진, 2022년 1월에 유방암 진단 및 건강보험료 기준을 충족하면 지원 대상이 된다.

• 건강보험 가입자

-21년 건강보험료 기준 : 직장가입자 103천원, 지역가입자 97천원.

-지원 암종 : 위암, 유방암, 자궁경부암, 간암, 대장암, 폐암

-지원 내용 : 매년 본인부담금 200만 원 한도(최대 3년)

• 의료급여 수급자 및 차상위 계층

-매년 본인부담금 300만 원 한도(최대 3년)

• 긴급 의료비 지원사업

저소득층의 긴급한 치료를 위한 일회성 지원으로 연간 300만 원 이내에서 지원해준다. 소득 기준은 중위 소득 75% 이하, 재산 기준은 지역별로 다르다. 거주지의 행정복지센터에 문의하면 안내받을 수 있다.

• 재난적 의료비 지원사업

긴급의료비를 포함하는 상위개념으로 지속해서 발생하는 고액의 비급여 의료비에 대한 지원이 포함된다.(산정특례제도는 급여항목에 한정됨) 소득 기준은 중위소득 100% 이하, 재산 기준은 5억 4천만 원 이하인데, 개별 실사로도 평가가 가능하니 일단 상

담을 신청하는 게 좋다. 연간 2천만 원 한도 내에서 횟수 제한은 없고 본인 부담 의료비의 50%를 지원받을 수 있다. 자세한 내용은 건강보험공단에 문의하면 안내받을 수 있다.

생활비 지원 제도

• 국민 기초생활 보장제도

소득이 최저 생계비 이하인 경우 필요 급여를 지원하며 생계급여 의료급여 주거급여 교육급여가 있다. 중위 소득 기준을 충족해야 하고 부양의무자 기준이 있다.

• 차상위 계층 보호제도

기초생활보장 대상은 아니지만, 상황에 따른 저소득층에 대한 지원으로 중위소득 기준 및 부양의무자 기준을 충족하면 건강보험료 감면 의료비 감면 등을 받을 수 있다. 긴급 생계비 지원사업은 갑작스러운 위기 사유로 생계유지가 곤란한 경우 최대 6회(6개월)에 한해 지원해 준다. 지역에 따라 내용이 다르므로 거주지의 행정복지센터나 보건복지 콜센터(129)에서 안내받을 수 있다.

• 국민연금 장애연금 제도

국민연금 가입자가 사고나 질병으로 장애를 얻었을 때 지급하는 것으로 암환자도 자격이 충족되면 수급이 가능하다. 국민연금 가입자여야 하고, 암진단(초진) 후 1년 6개월 심사 시점에 장애 기준에 해당되면 대상이 된다. 악성 종양으로 국민연금 장애 1~3급에 해당하거나, 암치료가 1년 6개월 이상 지속될 경우 신청이 가능하다. (말기암은 장애 1급으로 초진부터 6개월 시점에 신청 가능.) 실제 신청 및 심사 과정에서 제출 자료도 많고, 대상 기준에 부합하는지 확인도 필요하므로 우선 국민연금관리공단에 문의하는 게 좋다. 중증도 구분 기준에 따르면 전이암이나 재발암, 말기암이 해당된다.

• 한국혈액암협회(https://www.kbdca.or.kr)

혈액질환 및 종양 환우들의 투병을 돕기 위해 설립되었다. 경제적(치료비, 약제비), 교육적, 정서적 지원 등 다양한 투병 지원 사업으로 완치 및 사회복귀를 돕고 있다

• 한국유방건강재단 (https://www.kbcf.or.kr)

유방암 예방, 인식 개선 및 치료 지원을 목적으로 설립되었다. 치료비(수술, 항암, 방사선) 및 유전자(BRCA) 검사비 지원 외에도, 항암 후 외모 관리를 위한 건강 강좌, 유방암 인식 개선 및 조기 검진 활성화를 위한 핑크런 캠페인도 정기적으로 진행된다.

• 브라카스토리 (https://www.brcastory.com)

유방암 유전자검사 인식 제고를 위해 유전자(BRCA) 검사를 지원한다. 홈페이지에서 지원 대상 조건 및 신청 절차를 확인할 수 있다.

좋은 제도와 지원 사업이 있지만, 환자가 직접 알아보고 신청을 해야 하는 점이 아쉽다. 산정특례나 본인부담상한제처럼 신청하지 않아도 자동으로 등록되고, 그 정보가 관련 사업이나 제도에 연계되면 효율적이고 덜 수고로울 텐데. 심지어 제도를 몰라서 혜택을 못 받는 경우도 있다. 주변에 연말정산 장애인 추가 공제를 몰라서 신청하지 않거나, 의료비 지원사업을 뒤늦게 알아서 전년도 분은 지원받지 못한 경우도 있다. 치료병원의 사회복지 전담부서의 도움을 받을 수 있으니 필요한 부분은 문의해보자. 기존의 제도와 지원사업으로 조금이라도 마음 편히 치료를 받을 수 있으면 좋겠다.

백혈구 촉진제 약제비 지원 사업

항암 치료시 중요한 수치 중 하나인 '호중구(ANC, Absolute Neutrophil Count).' 힘들지만 기왕 해야 하는 거 계획대로 마치면 좋은데, 생각지 못한 복병이 있다. 항암약의 피아식별을 못하는 센 공격에, 우리팀 방어군인 백혈구도 영향을 받는다. 그렇기에 항암약에 버틸 아군이 있어야 하는데 그 척도가 호중구 수치다. 항암 당일 혈액검사 결과 수치가 낮으면 치료가 늦춰진다. 수치가 올라갈 때까지 기다리거나 심한 경우 수혈을 받는다. 치료 기간이 길어질 뿐만 아니라 겨우 버티던 마음 한 자락이 무너지는 느낌.

백혈구 촉진제는 호중구 수치를 올려주는 역할을 한다. 약제명은 뉴라스타, 뉴라펙, 듀라스틴 등 다양하지만 기능은 동일하다. 보통 항암 2~3일차에 맞으며, 이후에 허리 통증 등 부작용이 나타난다. 아이러니하게도 부작용은 몸에서 백혈구를 열심히 만들고 있다는 뜻이다.

백혈구 촉진제는 항암약과 별도로 건강보험심사평가원의 요양급여 적용 기준에 해당하면 급여로 처방된다(자기부담 5%). 하지만 요양급여 조건에 해당하지 않더라도, 상황에 따라 백혈구 주사를 맞기도 하는데, 이때는 전액 비급여로 처방된다. 회당 30만 원에서 70만 원인데다 매 차수마다 지불해야 한다.

다행히 관련된 약제비 지원사업이 있다. 보통 치료 병원에서 안내해주지만 간혹 누락되는 경우도 있다. 지인도 따로 안내를 받지 못하고, 우연히 알게 되어 뒤늦게 신청했다. 예산이 소진되면 사업이 조기 종료되니, 해당된다면 바로 연락해 보자. 지원 조건 및 내용, 세부 신청절차와 필요 서류는 한국혈액암협회나 한국의료지원재단 홈페이지(http://komaf12.org)에서 확인할 수 있다.

• 트리페그필그라스팀(약제명 : 듀라스틴)

지원처 : 한국의료지원재단

지원 대상 : 비급여 신규, 고형암 및 악성 림프종에 대한 세포독성 화학요법을 투여받은 환자, 중증 호중구 감소증 기간 감소를 위해 전액본인부담으로 치료한 환자, 기준중위소득 120% 이내.

지원 내용 : 회당 22만원, 최대 5회(인당 지원한도 110만원)

• 페그필그라스팀(약제명 : 뉴라스타)

지원처 : 한국혈액암협회

지원 대상 : 호중구 감소증 위험도 감소를 위해 예방목적으로 비급여 처방받은 환자. 악성 종양에 대한 세포독성 화학요법을 투여받은 환자. 항암 화학요법 사이클이 2주 요법 이상인 경우

지원 내용 : 6mg 1회 투여당 25만 원 정액, 최대 4회

(인당 지원한도 100만 원)

• 페그테오그라스팀(약제명 : 뉴라펙)

지원처 : 한국혈액암협회

지원 대상 : 고형암 및 악성 림프종에 대한 세포독성 화학요법을 투여받은 환자. 중증 호중구 감소증 기간 감소를 위해 전액본인부담으로 치료한 환자.

지원 내용 : 6mg 1회 투여당 20만 원 정액, 최대 4회

(인당 지원한도 80만 원)

• 에플라페그라스팀(약제명 : 롤론티스)

지원처 : 한국혈액암협회

지원 대상 : 발열성 호중구 감소증 위험도 감소 예방 목적으로 비급여 처방을 받은 환자. 고형암 및 악성 림프종에 대한 세포독성 화학요법을 투여받은 환자. 중증 호중구 감소증 기간 감소를 위해 전액본인부담으로 치료한 환자.

지원 내용 : 13.2mg 1회 투여당 19만 원 정액, 최대 4회

(인당 지원한도 76만 원)

암생존자 통합지지센터, 우리는 혼자가 아니에요!

암생존자는 수술 항암 방사의 적극적인 치료를 마친 사람이다. 표준치료를 마친 뒤 3개월쯤 아직도 일상으로 돌아오지 못한 느낌에 혼란스럽고 자괴감이 들었다. 그나마 다행인 건 나만 이런 게 아니었다. 특히 유방암은 표준치료 이후에도 신체적 심리적으로 회복에 시간이 필요하고, 후속 치료로 새로운 부작용이 더해지기도 한다. 하지만 극진했던 가족이나 보호자도 시간이 지나면서 병원 가는 횟수가 줄고, 환자라는 사실에 무뎌져 예전처럼 대하니 서운하기도 하다. 복학 복직 취업 등 다시 사회로 돌아가려니 '암환자'라는 꼬리표 때문에 불이익을 받기도 한다. 치료만 잘 견디면 될 줄 알았는데, 다시 다른 종류의 레이스가 시작된다.

215만 명의 암생존자가 공통적으로 겪는 문제로, 이를 적극적으로 돕는 국가 제도가 있다. 바로 '암생존자통합지지사업.'

암생존자 통합지지사업

암 치료 후의 다양한 신체, 정신 및 사회적 문제를 경감하고 삶의 질을 높일 수 있도록 통합지지 서비스를 제공한다. 암생존자가 직면하는 문제를 스스로 극복하도록 자기관리 능력 향상

및 회복 탄력성을 증진해 암생존자의 건강증진과 사회적 기능 복귀를 도모한다.

2019년 2월 국립암센터를 중앙암생존자통합지지센터로 지정하고 전국 13개 권역에서 센터를 운영 중이다.

• 대상 : 암진단 후 완치 목적의 치료(수술, 항암, 방사선)를 마친 암환자.

• 참여 방법 : 거주 지역 내 센터에 방문 및 전화로 등록 후 참여

• 서비스 내용 : 영양, 식생활, 운동, 수면위생, 이완 등 체험형 자기관리 프로그램, 디스트레스 및 불안한 마음을 다스리는 심리지지 프로그램, 치료 후유증상을 케어하는 암생존자 클리닉

• 센터 현황 : 강원대학교병원(강원), 아주대학교병원(경기), 경상대학교병원(경남), 화순전남대학교병원(광주,전남), 칠곡경북대학교병원(대구,경북), 충남대학교병원(대전), 부산대학교병원(부산), 가천대학교길병원(인천), 울산대학교병원(울산), 전북대학교병원(전북), 제주대학교병원(제주), 충북대학교병원(충북), 국립암센터

암생존자통합지지센터는 센터가 소속된 병원에서 치료받지 않아도 등록할 수 있다. 현재 통합 홈페이지는 없지만, 각 센터별로 카카오톡 채널이나 유선 전화, 온라인 상담 등을 이용할 수 있다.

암생존자의 몸과 마음의 회복을 고려한 다양한 프로그램이 있고, 각자 상황에 맞게 활용할 수 있다. 가령 운동 프로그램은 림프부종, 손목 통증 등 암생존자가 겪을 수 있는 문제들을 고려하여 난이도와 상황에 맞게 알려준다. 재발에 대한 불안이나

우울증, 불면증과 같은 심리적인 부분도 다룬다.

치료병원은 분당서울대병원이지만, 표준치료를 마친 뒤 경기 지역 아주대학교 암생존자지지센터에 등록했다. 센터에서 인바디 측정도 가능해서 정기적으로 체중, 근육량을 체크한다. 이완 명상, 운동 교실, 원예 치료, 직장 복귀 등 다양한 프로그램을 통해 몸과 마음 회복에 도움을 받았다. 함께 참여한 분들과 이야기를 나누며 위로받고, 누군가가 도와주려고 손 내밀어주는 것에 힘을 얻었다.

처음 문을 두드리기가 어렵지만, 용기를 내서 한 번 방문하기를 추천한다. 앞으로도 더 좋은 프로그램으로, 더 많은 암생존자가 참여해서 도움을 받으면 좋겠다.

가까이 하기에는 너무 어려운 보험 이야기

에피소드 1. 여자에게도 아내가 필요해

진단 1개월 차, 충격에서 헤어난 후 나타난 현실적인 문제들. 그중 하나인 보험. 귀찮아서인지, 암환자인 걸 다시 각인하고 싶지 않아서인지 하기 싫은 방학 숙제처럼 차일피일 미루었다. 누가 대신 해주면 좋으련만. 필요한 서류를 알아보고, 접수 방법을 확인하고, 양식을 다운로드 받아서 출력하고 발송 주소를 확인했다. 번거롭고 복잡했다. 보험이 있는 거에 감사해야지 하다가도 신청서를 쓰면서 또 무너진다. 청구 항목은 진단금, 병명은 유방암, 질병코드 C50.9. 이제 받아들였다고 생각했지만, 막상 쓰고 보니 또 마음이 아프다. 쓸 때마다 암환자임이 상기되는 느낌이었다.

가족이 아프면 챙길 게 많다. 병원 예약, 입원 준비, 보험 처리, 약 처방, 투약, 음식, 영양제, 건강 관리 등. 보통 부모님이 아프면 자식이, 자식이 아프면 부모가, 남편이 아프면 아내가 하는데, 아내가 아프면……. 아픈 아내를 지극정성으로 돌보는 남편도 있지만 극히 드물다. 더욱이 30~40대 환자들은 독립해서 혼자 지내거나, 가족이 있어도 애들은 어리고, 남편은 일을 해야 하니 스스로 챙겨야 한다. 유방암이 유독 버겁게 느껴지는 이유인가 보다. 한창 아이를 키우면서 일을 하거나 살림을 도맡아 해야 하는 시기. 치료뿐 아니라 가족도 다른 것들도 챙겨야 하니.

숙제를 끝내는 기분으로 보험을 청구했다. 신나고 좋아야 하는데 씁쓸한 이 기분. 더군다나 보험은 만약을 위한 거라 최소한만 준비하면 된다고 생각했다. 나름 원칙을 지킨 건데 막상 겪고 보니 살짝 아쉽다.

하긴 더 안타까운 사연이 많다. 진단 직전에 보험을 리모델링해서 십 년 넘은 보험을 해지하거나 만료된 경우도 있다. 한 치 앞도 모르는 게 인생이라더니 기가 막힌다. 젊은 날에는 젊음을 모르는 것처럼, 건강할 때는 그 소중함을 모른다. 자신에게는 암이 없을 거라고 과신하는 경우를 보면 씁쓸하다. 보험은 만약을 위한 장치인 만큼 스스로의 안전막을 점검해보자.

타샤의 생각
보험 청구 관련 팁

• 내보험찾아줌서비스 (cont.insure.or.kr)

생명보험협회와 손해보험협회가 운영하며, 가입한 모든 보험계약과 숨은 보험금을 한 번에 확인할 수 있다. 일반적으로 직접 가입한 보험은 알지만, 어릴 때 부모님이 혹은 회사나 배우자의 회사에서 단체로 가입한 보험이 있을 수 있다. 나도 회사 단체보험과 남편의 배우자로 가입된 보험을 이 사이트에서 확인했다. 보험회사는 청구하지 않으면 알아서 챙겨주지는 않는다. 일단 무슨 보험을 갖고 있는지 확인하는 것부터 시작하자!

• 가입 보험 약관 확인하기

보험증권은 보험사와 맺은 계약이다. 대략적인 내용은 증권으로 알 수 있지만, 세부 조항은 약관을 확인해야 한다. 보험에 가입하면서 두툼한 책을 받은 것 같은데, 어디에 있는지 당최 기억이 나지 않는다. 20년 전 가입한 보험은 당연히 약관이 없다. 이럴 때는 고민하지 말고 보험회사에 요청하면 된다.

먼저 보험사 홈페이지. 보험사 사이트 – 공시실 – 상품공시 – 가입한 보험 상품명으로 검색하면 직접 약관을 다운받을 수 있다. 보험사와 청구 관련 분쟁이 생겼을 때 기준이 되는 문서이니 필요한 때 활용하면 좋다. 하지만 같은 보험 상품도 가입 시기마다 약관이 달라서 찾기가 쉽지 않다. 그런 경우 보험사 콜센터에 요청하면 보험 증권과 약관을 이메일이나 팩스로 받을 수 있다. 약관은 내용이 많고 용어가 어려운 만큼, 콜센터에 상황을 이야기하고 청구 가능한 부분을 문의할 수도 있다.

• 보험금 청구 및 원본 서류 돌려받기

보험금 청구 방법은 방문, 우편, 팩스, 인터넷, 앱 등으로 다양하다. 보통 청구 금액이 고액인 경우 보험사별로 금액 기준이 다르다. 세부 신청 절차는 인터넷 사이트에서 확인이 가능하고, 콜센터에 문의하면 필요한 내용을 문자로 보내준다.

일반적으로 진단서, 입퇴원확인서, 수술기록지 등 원본을 우편으로 제출하는데, 타보험사나 다른 사유로 해당 서류가 필요한 경우, 콜센터에 요청하면 원본 서류를 돌려받을 수 있다.

• 보험 관련 FAQ

Q) 암 진단금은 수술 후에만 청구할 수 있는지?

A) 수술 여부와 상관없이 최초 진단으로 청구가 가능하다. 다만 약관에 따라 수술 후 청구 내지 서류 보완을 요청할 수도 있다. 소액암으로 분류되는 D05코드(유방의 제자리암종)의 경우, 수술 후 일반암인 C50코드(유방의 악성신생물)로 변경되는 경우, 추가 청구 형태로 진행하면 된다.

Q) 한 번에 모아서 신청해도 되는지?

A) 보험 청구가 번거로워서 한 번에 신청하기도 하는데, 합산 금액이 적으면 괜찮지만, 금액이 크다면 가급적 건별로 즉시 청구하는 게 낫다. 청구 금액이 클수록 보험사는 심사를 꼼꼼하게 실상은 깐깐하게 하지 않을까. 만 원짜리 물건을 살 때와 백만 원짜리 물건을 살 때 마음이 어떻게 달라지는지 생각해보면 된다. 단, 가입한 실손보험

의 연간 통원 횟수가 30회라면, 영수증을 모아두었다가 금액이 큰 것부터 신청하는 게 좋다.

Q) 깜빡 잊고 청구를 안 한 경우는?

A) 보험 청구 시효는 사고 발생일로부터 3년 이내이다. 즉, 발생한 지 3년 안쪽이라면 청구할 수 있다. 간혹 시효가 지났어도 사유서 등을 통해 처리해주는 경우도 있으니, 일단 콜센터에 문의해보자.

에피소드 2. 고객님과 호갱님의 간극

보험이 치료만큼 어려운 건 나만은 아닐 듯 하다. 실은 오랜 시간 보관만 했던 보험증서는 암환자가 되고 현실이 되었다. 계약 내용에 따라 가입자는 청구하고, 보험회사는 지급하면 되는데, 현실은 그렇게 아름답지 않았다.

분명 가입할 때는 고객님이었는데, 청구와 동시에 호갱님이 되는 안타까운 상황. 그렇기에 호갱님이 되지 않으려면 노력이 필요하다. 직업이 보험설계사인 분이 유방암 진단을 받고 청구를 하는데, 이해가 안 되는 것 투성이란다. 일반인은 오죽할까.

치료 중이라 경황도 없고 보험은 익숙하지 않은 환자. 보험사의 지급심사 담당자의 친절하지만 화려한 멘트를 듣다 보면 정신을 놓게 된다. 한참 후 결론은 보험금을 줄 수 없단다. 치료 초반 '네네' 하면서 준다면 받고, 안 주면 그런가보다 했던 흑역사가 떠오른다.

안타깝지만 약관상 당연히 지급해야 하는데 가입자의 노력이 필요한 경우가 많다. 몸도 마음도 힘든 아마추어가 전문가들과 약관 조항을 따져가며 다투기란 쉽지 않다. 이런 이유로 일단은 지급을 거부하거나 적게 주는 게 아닐까 싶다. 나의 추측이 과대망상이면 좋을 텐데, 주변에 황당한 사례가 많았다.

• 유방암 진단금 지급 거부

가입한 지 2년이 안 되었다고 지급을 거부한 보험사. 당황하고 억울한 마음에 수소문해서 손해사정사를 선임했고 불과 며칠 후에 전액이 지급되었다. 가입자는 수수료만 부담한 상황. 참고로 분쟁 규모가 큰 경우 손해사정사를 선임하기도 한다.

• 항암, 방사 치료 중 입원 일당 부지급

'반으로 합의 보실래요?소송하시든가요.' 발톱까지 빠지면서 치료를 받던 지인에게 협박조로 말하던 보험사 담당자. 설마 치료중인 환자에게 저럴까 싶은데 리얼 현실이다. 어이없게도 가입 시기, 상품, 치료 내용이 완전히 같은 다른 환자는 순조롭게 처리가 되었다. 설마 순하고 착해 보이면 지급기준이 달라지는 걸까?

• 치료 약에 대한 실비 부지급

항암 치료 중 처방약도 지급을 거부하더니, 방사선 치료시 의료용 로션도 지급되지 않았다. 명확한 부지급 사유도 없이 줄 수 없다고 전화로 일방통보. 치료로 지친 지인은 스트레스보다는 지급받지 않는 쪽을 택했다.

• 입원 일당 누락 부지급

보험을 처리한 지인이 입원 일당이 누락된 걸 나중에 알게 되었다. 보험사에 문의하니 입원 일당에 체크를 안 해서 실비만 지급했단다. 며칠 후 추가 요구 사항 없이 누락된 보험금이 그대로 지급되었다. 눈뜨고 코 베인 느낌.

작은 가게도 아니고 큰 기업이니까, 보험회사가 꼼꼼하게 잘 챙겨주리라 생각하지만 불합리한 일들은 생각보다 많다. 고의는 아니지만 실수를 하기도 한다. 약관상 명확한 부지급 사유가 없다면 보험금을 지급받는 게 계약자의 권리인데, 오히려 시간과 에너지를 쏟고 스트레스를 받기도 한다. 때로는 시민의 편이라 생각했던 금감원조차 아리송한 태도로 빈축을 사기도 한다. 일반인인 개인과 거대한 보험사. 구조적으로 상대가 되지 않는데, 심지어 가입자를 상대로 소송을 제기하기도 한다. 어차피 보험사는 전담 부서가 있으니 그리 어려운 일이 아니겠지만, 개인에게는 부담스럽고 겁날 수밖에 없다.

보험금이 지급되지 않으면 감정적인 대응보다는 일단 '부지급 사유서'를 요청하자. 약관상 부지급 사유가 명확하다면 수긍하고, 석연치 않다면 먼저 보험사 민원을 활용하자. 홈페이지나 콜센터, 우편 등으로 진행이 가능하다. 불편, 건의, 분쟁사항 등에 대해서 담당자가 아닌 보험 회사에 공식적으로 재검토를 요청하는 것이다.

그 외에 금감원에 민원을 제기하여 분쟁 조정을 요청할 수 있다. 다만 금감원에 민원을 제기하면 보험사는 각종 평가상 불이익을 받다 보니, 금감원 민원이 만능 해결사는 아닐 수도 있다. 이 과정에서 손해사정사를 선임하는 방법도 있다. 수수료를 지불하더라도, 보험을 잘 아는 전문가에게 맡기는 게 시간과 비용, 정신적인 스트레스 측면에서 나을 수 있다. '아는 게 힘'이라는 말은 보험에도 해당한다. 일단 치료 중에는 건강 회복에만 집중하고 그후에는 스스로의 권리를 지킬 수 있으면 좋겠다.

에피소드 3. 보험사 손해사정사와의 만남

항암 치료 중 현장 심사 안내 문자가 왔다. 보험사에서 손해사정사를 보낸다는 통보. 모름지기 손님은 반가워야 하는데 왠지 반갑지 않다. 보험사와 얽힌 여러 가지 분쟁을 들은 터라 겁이 났다. 치료 마치고 멀쩡할 때 신청할 걸 하는 후회와 함께 괜한 적개심에 전투 의욕도 샘솟았다. 바짝 긴장해서 벼락치기 하듯 투혼을 발휘해 정보와 경험담을 찾았다.

긴장된 만남. 메모와 치료 관련 서류를 잔뜩 들고 갔다. 불안함에 휴가였던 남편도 대동했다. 드디어 대면. 싱겁게도 무리한 요구는 없었다. 선해 보이는 담당자는 오래된 보험이라 현황 파악을 위한 거라고 설명해 주었다.

별 탈 없이 진행돼서 다행이다. 한편으로 매일 적대시하고 경계하는 사람을 만나려면 힘들겠다 싶다. 카톡 프로필에 밝게 웃는 세 명의 아이. 환자와 손해사정인으로 만나지만, 가정에서는 소중한 사람들인데. 먹고 사는 게 쉽지 않다는 깨달음을 얻으며 싱겁게 마무리되었고 열심히 공부한 비법 노트는 이렇게 남았다.

타샤의 생각

현장 심사 전 알아두기

보험사는 약관에 근거해 지급 여부를 통보하면 되는데, 현장 심사를 한다는 건 애매하거나 덜 주고 싶은 경우가 많으니 너무 겁먹지 말자!(말은 이렇게 해도 긴장되긴 했다.) 일반적으로 가입 3년 미만 보험은 대체로 현장 심사를 한다. 다만 오래 전에 가입한 보험은 보험금 삭감이나 특약 과다 청구를 방지하기 위한 목적이 많다.

- 서명할 때 날짜 기재하기

보험사는 30일 이내에 지급 의무가 있는데, 미기재 시 임의로 날짜가 작성될 수 있다.

- 아래에 공란이 있으면, 마지막 줄에 이하 여백 표시하기
- 서명해서 제출한 서류는 사진으로 찍어두기

동의해도 되는 서류

- 의무기록 열람 사본 및 사본 발급 동의서

보험 약관상 필요한 내용으로, 동의하지 않으면 지급을 연기해서 보험금을 받지 못할 수도 있다. 다만 동의 시, 의무기록 열람은 대상 병원으로 한정하고, 기간, 병원명, 진료과를 명시하는 게 좋다. 범위를 명시하지 않으면 원치 않는 기록까지 오픈하게 될 수도 있다.

예시 : B병원, 유방외과·혈액종양내과·방사선과
21년 3월 1일~ 현재

• 손해사정교부 동의서

손해사정 결과를 보험회사와 피보험자에게 통보하는 것에 대한 동의서이다.

동의하지 않아도 되는 서류

상황에 따라 아래 서류가 없으면 진행되지 않는 경우도 있어서, 동의하면 안 된다고 할 수는 없다. 다만 가입자에게 부정적인 영향을 줄 수 있으므로, 서명 전에 내용을 충분히 확인해야 한다.

• 의료자문 동의서

분쟁이 길어질 경우 필요하며, 주치의에게 자료와 소견서를 충분히 받아서 보험사가 선임하는 의료 기관이 아닌 다른 곳에 의뢰하는 게 좋다.

• 손해사정 합의서(면책합의서, 부제소합의서)

결과에 대해 이후 어떠한 책임도 묻지 않고, 법적으로 고소도 하지 않겠다는 내용이다. 잘 모르고 서명했더라도, 법원에서는 자발적으로 서명된 서류를 기준으로 삼는다고 한다.

• 국민건강보험 진료기록 열람지, 국세청 의료비 공제 내역서 등.

약관상 필수 제공 사항이 아니고, 가입자에게 불리하게 작용할 수 있다.

이외에 계약해지 동의서, 부지급 동의서도 주의해야 하고, 예상하지 못한 상황이 발생할 수 있다. 인터넷에서 기본적인 내용은 파악할 수 있고, 필요시에는 전문가의 조언을 구할 수도 있으니 차근차근 대응하면 된다.

애증의 진단서와 병가 휴직

3년 차 암경험자, 나름 환자로서의 일에 익숙하다 싶지만, 여전히 진료실에서 진단서를 요청하고 제출하는 과정은 어렵기만 하다. 그래도 병가 휴직이 가능한 게 어딘가. 안타깝게도 암진단 이후 실직, 혹은 재취업이 되지 않아 경제적인 어려움을 겪는 경우도 많다. 휴직이라는 복지를 누리기 위해 기꺼이 해야 하는 작은 수고로움이다.

회사마다 병가 휴직을 위한 진단서에 대한 요구사항은 다르다. 병가 휴직에 대한 세부적인 내용은 회사의 규정을 따르기 때문이다. 병원에 오가며 여러 번 고생하고 마음을 상하지 않으려면 병가 휴직 규정 및 필요 사항에 대해 회사의 담당 부서나 담당자에게 확인하는 게 좋다.

휴직 기간이 명시된 진단서에 익숙해지는 것과 병원에서 진단서를 발급받는 건 또 달랐다. 병원에서는 수술, 항암, 방사를 적극적인 치료, 표준치료라고 한다. 보통 치료 중에는 진단서를 받을 수 있지만, 문제는 적극적인 치료 이후. 후유증과 후속 치료에 따른 부작용이 더해진다. 병원에서는 '적극적인' 치료가 끝났다는데, 내 몸은 왜 이러는지. 여전히 여기저기 만신창이에, 시원찮은 몸을 보면 마음도 우울해진다. 짧게는 6개월, 길게는 몇 년까지도 후유증이 남는다니 서러워하지 말자. 다만 충분한 휴식을 위해 병가 휴직을 하려면 진단서가 필요하다.

환자는 후유증으로 휴식이 필요하지만, 의료진은 표준치료를 마쳤으니 진단서 발급을 어려워한다. 착하고 나쁘거나 옳고 그른 문제가 아니다. 특히 대형병원일수록 진료과가 세분화되고 책임의 범위도 제한된다. 암 걸린 것도 서럽고 후유증을 회복할 시간도 필요한데, 회사는 진단서를 제출하래고, 병원에서는 못 준단다. 목구멍이 포도청이라 그만둘 수는 없고, 결국 몸으로 때우게 된다. 이런 이유로 충분히 회복되지 않은 상태로 일터로 돌아가는 경우가 많다. 물론 치료 중 일을 병행하기도 하지만 개인마다 체력과 상황은 다르니까.

피로감과 부작용은 검사로 측정될 수 없는 주관적인 느낌인데, 의료진은 판단해서 객관화된 증명서를 발급해야 한다. 이런 상황이 '애증의 진단서'가 되는 이유가 아닐까. 치료 종류나 기간에 따라 가이드가 있다면 의료진도 부담이 덜할 텐데. 아픈 몸을 가엾게 여겨 선처를 바라야 하는 상황이 안타깝다.

감사하게도 회사는 충분한 병가 휴직을 제공했다. 예전에도 합리적이라고 생각했던 회사의 제도들은 직접 겪어보니 든든하고 고맙다. 담당 교수님은 나의 문드러진 속을 한눈에 간파하고 친히 진단서를 하사해 주셨다.

충분한 휴직이 보장되지 않거나 진단서를 발급받지 못해 준비되지 않은 상태로 복귀했다가 퇴사하는 경우를 종종 본다. 암은 함께 안고 갈 사회의 문제인데, 특정한 개인의 불행으로만 여겨지니 안타깝다. 누구에게나 생길 수 있는 일인만큼 사회적인 인식의 변화가 필요하지 않을까. 충분한 휴식과 재충전 후 일터와 일상으로 복귀할 수 있도록 제도적으로 보완이 되면 좋겠다.

매일매일 해피엔딩을 꿈꾸며

암 진단 전, 저는 평범한 워킹맘이었습니다. 나누는 삶을 살고 싶었지만, 나눌 수 있는 무언가를 찾지 못했습니다. 그러던 제가 암 '덕분에' 이렇게 글도 쓰고, 경험을 나누게 되었습니다. 누군가처럼 '암 덕분에 더 행복해졌다'는 관대함의 경지에는 아직 이르지 못했습니다. 다만 한 가지 확실한 건 암을 만난 뒤로 삶을 대하는 제 마음은 달라졌습니다.

정신없이 달리던 삶을 멈추고 주변을 돌아보게 되었습니다. 소중하지만 무심코 지나치던 것들을 살피고, 진심으로 하고 싶은 것에 귀를 기울이게 되었습니다. 처음에는 제 삶이 실패한 듯했지만 이제 어두운 터널을 지나고 더 찬란한 햇빛을 마주한 듯합니다.

지금은 이전과는 달라진 제 모습에 조금씩 적응하는 중입니다. 예전처럼 할 수 없는 것들이 아쉽기도 하지만 괜찮습니다.

지금 할 수 있는 것들에 감사하고 좋아하면 되니까요. 책을 쓰겠다고 마음먹었을 때, 치료의 기록과 기억을 책으로 갈무리하면 환자로서의 시간에 마침표를 찍는 게 아닐까 기대했습니다. 이제는 깨달았습니다. 굳이 마침표를 찍지 않아도 된다는 걸. 제 삶은 환자든 아니든 계속되고 있으니까요. 이어지는 삶 속에서 적응하고 받아들이고, 현재에서의 '나다움'을 찾으려고 합니다.

치료 초반 마음이 힘들 때, 우연히 인연을 맺은 환우 선배가 기꺼이 손을 내밀어 주었습니다. 흔들리지 않도록 마음을 도닥이고 위로해 주었습니다. 먼저 길을 걸어간 선배님 덕분에 저는 좀더 수월하게 암 생존자의 길을 가고 있습니다. 표준치료를 마치고, 우연히 인연을 맺게 된 열 살 어린 동생. 갓 돌이 지난 아기의 엄마, 항암치료로 몸도 마음도 힘들던 그녀에게 제가 해줄 수 있는 건 공감과 위로뿐이었습니다. 기특하게도 잘 견디고 치료를 마쳤습니다. 이제는 본인도 선배가 되어 첫 항암을 하는 환우를 응원하게 되어 기쁘다고 소식을 전합니다. 같은 경험을 통해 느낄 수 있는 공감과 위로. 힘든 순간, 서로 손 잡아주고 힘이 되어줄 수 있는 아름다운 연대를 꿈꾸어봅니다.

암 진단 직후 저의 목표는 5년 완치 판정이었습니다. 이야기의 결말은 꼭 해피엔딩이 되어야 한다고, 그래서 희망의 아이콘이 되겠노라 굳게 결의를 다지기도 했습니다. 1년여의 시간이 흐른 지금, 치료를 마치고 서서히 일상으로 돌아가면서 저의 꿈은 달라졌습니다. 물론 5년 완치 판정은 너무나도 바라지만 더 이상 인생의 목표는 아닙니다. 전제가 잘못되었다는 걸 알았거든요. 5년 검진을 통과해야만 제 삶이 행복한 건 아니니까요.

저를 비롯해 모두가 마음 한 켠에 안고 있는 재발과 전이에 대한 걱정. 잘 지내다가도 한 번씩 불안한 마음이 들고는 합니다. 하지만 어쩌면 이 걱정은 영원히 현실이 되지 않을 수도 있고, 혹여나 그렇더라도 우리의 삶은 계속될 겁니다. 진단을 받았지만 지금 이렇게 살아가고 있는 것처럼요. 일어나지 않은 일을 걱정하며 시간을 흘려보내기에는, 삶이 너무 소중하다는 걸 이제는 깨달았습니다.

바로 지금 여기, 이 순간에 감사하며 행복하게 살아가는 것. 그게 바로 제 유방암 이야기의 해피엔딩입니다. 매일매일 해피엔딩, 생각만 해도 설레지 않나요? 과거는 지나갔고, 미래는 알 수 없지만, 현재는 오롯이 우리 품에 있으니까요.

이 책을 읽는 모든 분들이 오늘도, 내일도 해피엔딩을 이어가시길 소망합니다.

유방암이지만 괜찮아

다시 태어난 마흔, 당당하게 때로는 담담하게

초판 1쇄 발행 | 2022.10.11
초판 2쇄 발행 | 2024.5.10

지은이 | 타샤 용석경

기획 편집 | 전미경
펴낸이 | 정세영
표지 내지 | 일러스트 손미연

펴낸곳 | 위시라이프
등록 | 2013.8.12 /제013-000045호
주소 | 서울 강서구 양천로30길 46
전화 | 070-8862-9632
이메일 | wishlife00@naver.com
ISBN | 979-11-976477-2-7 03810
정가 | 16,800원